诗说

潘雨廷 著

上海文艺出版社

詩說

卷一 國風（凡十五國一百六十篇）

國風一 周南十一篇說

后稷十三世孫古公亶父由邠遷岐以建周國,孫文王昌辟國寖廣,徙都於豐,乃分岐周為周公旦召公奭之采邑,且使周公為政於國中,而使召公宣布於諸侯,由是德化由北而南,是謂周南召南。文王之時,三分天下有其二,周南與召南有功焉。周南十一篇,四「關雎」后妃之德也,於男女之情,咸下經之始,窈窕淑女君子好逑,山澤通氣之象,寤寐思服,輾轉反側,所以絕懂懂佳色之念耳,一致之,鐘鼓樂之,風天下以正天婦之道,序卦曰,有天地然後有萬物,有萬物然後有男女,有男女然後有夫婦,有夫婦然後有父子,有父子然後有君臣,有君臣然後有上下,有上下然後禮義有所錯,夫婦之道,詩始「關雎」,易基乾坤,其德同為政化及鄉人邦國而南至天下,外無曠夫,內無怨女,皆嫁以時,王天下之本也。「葛覃」著后妃志在女功,「維葉莫莫,是刈是濩,為絺為綌,服之無斁」,蓋亦勤勞焉,服之無斁,蓋亦節儉焉,「言告師氏言告言歸」,蓋亦知禮焉,「薄污我私,薄澣我衣」,蓋亦本也。「卷耳」「嗟我懷人,寘彼周行」,蓋亦未違父母之教,能「歸寧父母」,天下化之,猶易「家人」之象,「卷耳」之嗟,「我姑酌彼金罍」,「我姑酌彼兕觥」,奈以酒漿莪莪更甚,其何能不懷,「我僕痡矣」「馬瘏矣」「云何吁矣」,蓋有大塹存焉,或謂作於文王拘幽姜里之日,「不九,膚緒至,馬瘃」「償痡」而云「何呼矣」,固天下之夫婦貴思輒相共,況主如下(待卦曰天婦之道不可以不久也)其理誠然也,「樛木」,其德貞婦人焉」

《卷一 國風》手稿

国风会通洛书

四齐风(八) 东方未明 南山 卢令 敝笱 载驱 猗嗟 鸡鸣 著 还	通九 名南(二) 何彼襛矣 驺虞 汝坟 野有死麕 麟之趾 鹊巢 采蘩 草虫 采𬞟 甘棠 行露 羔羊 殷其雷 摽有梅 小星	二陈风(十二) 宛丘 衡门 东门之枌 东门之池 东门之杨 墓门 防有鹊巢 月出 株林 泽陂
三郑风(七) 缁衣 将仲子 叔于田 大叔于田 清人 羔裘 遵大路 女曰鸡鸣 有女同车 山有扶苏 萚兮 狡童 褰裳 丰 东门之墠 风雨 子衿 扬之水 出其东门 野有蔓草 溱洧 王风(六) 黍离 君子于役 君子阳阳 扬之水 中谷有蓷 兔爰 葛藟 采葛 大车 丘中有麻	五周南(十一) 关雎 葛覃 卷耳 樛木 螽斯 桃夭 兔罝 芣苢 汉广 汝坟 麟之趾	七秦风(十) 车邻 驷驖 小戎 蒹葭 终南 黄鸟 晨风 无衣 渭阳 权舆
八(金)卫风 淇奥 考槃 硕人 氓 竹竿 芄兰 河广 伯兮 有狐 木瓜 邶风(四) 柏舟 绿衣 燕燕 日月 终风 击鼓 凯风 雄雉 匏有苦叶 谷风 式微 旄丘 简兮 泉水 北门 北风 静女 新台 二子乘舟	一豳风(十五) 七月 鸱鸮 东山 破斧 伐柯 九罭 狼跋	六唐风(十) 蟋蟀 山有枢 扬之水 椒聊 绸缪 杕杜 羔裘 鸨羽 无衣 有杕之杜 葛生 采苓 魏风(九) 葛屦 汾沮洳 园有桃 陟岵 十亩之间 伐檀

《国风会通洛书说》存图手稿

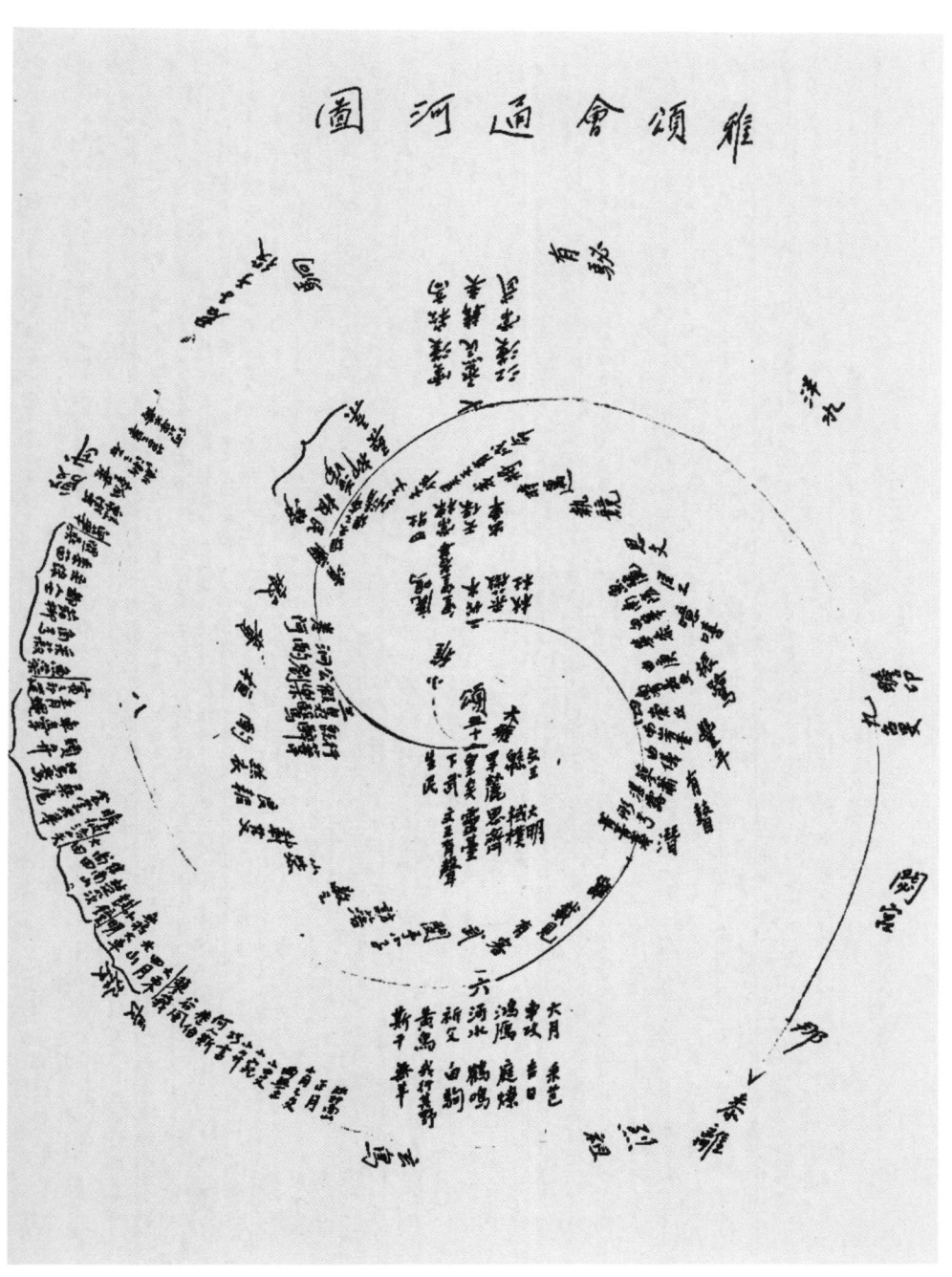

《雅颂会通河图说》存图手稿

《诗赞(附注)》手稿

左起：潘雨廷、刘公纯、梁漱溟、王星贤、田镐
1978年10月10日重阳节游北京香山卧佛寺留影

左起：单培根、庄一拂、潘雨廷、郁功圭
1980年5月18日岁次庚申四月初五日摄于南湖

目　次

引言 /1

序 /1

卷一　国风（凡十五国一百六十篇）

国风一　《周南》十一篇说 /3
关雎　葛覃　卷耳　樛木　螽斯　桃夭　兔罝　芣苢　汉广　汝坟　麟之趾

国风二　《召南》十四篇说 /8
鹊巢　采蘩　草虫　采蘋　甘棠　行露　羔羊　殷其雷　摽有梅　小星　江有汜　野有死麕　何彼襛矣　驺虞

国风三　《邶风》十九篇说 /14
柏舟　绿衣　燕燕　日月　终风　击鼓　凯风　雄雉　匏有苦叶　谷风　式微　旄丘　简兮　泉水　北门　北风　静女　新台　二子乘舟

国风四　《鄘风》十篇说 /22
柏舟　墙有茨　君子偕老　桑中　鹑之奔奔　定之方中　蝃蝀　相鼠　干旄　载驰

国风五 《卫风》十篇说 / 27
　　淇奥　考槃　硕人　氓　竹竿　芄兰　河广　伯兮　有狐
　　木瓜

国风六 《王风》十篇说 / 32
　　黍离　君子于役　君子阳阳　扬之水　中谷有蓷　兔爰　葛藟
　　采葛　大车　丘中有麻

国风七 《郑风》二十一篇说 / 37
　　缁衣　将仲子　叔于田　大叔于田　清人　羔裘　遵大路　女
　　曰鸡鸣　有女同车　山有扶苏　萚兮　狡童　褰裳　丰　东门
　　之墠　风雨　子衿　扬之水　出其东门　野有蔓草　溱洧

国风八 《齐风》十一篇说 / 45
　　鸡鸣　还　著　东方之日　东方未明　南山　甫田　卢令　敝
　　笱　载驱　猗嗟

国风九 《魏风》七篇说 / 50
　　葛屦　汾沮洳　园有桃　陟岵　十亩之间　伐檀　硕鼠

国风十 《唐风》十二篇说 / 54
　　蟋蟀　山有枢　扬之水　椒聊　绸缪　杕杜　羔裘　鸨羽　无
　　衣　有杕之杜　葛生　采苓

国风十一 《秦风》十篇说 / 60
　　车邻　驷驖　小戎　蒹葭　终南　黄鸟　晨风　无衣　渭阳
　　权舆

国风十二 《陈风》十篇说 / 65
　　宛丘　东门之枌　衡门　东门之池　东门之杨　墓门　防有
　　鹊巢　月出　株林　泽陂

国风十三 《桧风》四篇说 / 70
　　羔裘　素冠　隰有苌楚　匪风

国风十四 《曹风》四篇说　/72

　　　蜉蝣　候人　鸤鸠　下泉

国风十五 《豳风》七篇说　/75

　　　七月　鸱鸮　东山　破斧　伐柯　九罭　狼跋

卷二　雅（凡小雅、大雅一百十一篇，内六篇阙辞）

甲　小雅（凡八什八十篇，内六篇阙辞）　/85

　　小雅一 《鹿鸣之什》十篇说　/87

　　　　鹿鸣　四牡　皇皇者华　常棣　伐木　天保　采薇　出车　杕杜　鱼丽

　　小雅二 《南陔之什》十篇说（内六篇阙辞）　/95

　　　　南有嘉鱼　南山有台　蓼萧　湛露

　　小雅三 《彤弓之什》十篇说　/99

　　　　彤弓　菁菁者莪　六月　采芑　车攻　吉日　鸿雁　庭燎　沔水　鹤鸣

　　小雅四 《祈父之什》十篇说　/105

　　　　祈父　白驹　黄鸟　我行其野　斯干　无羊　节南山　正月　十月之交　雨无正

　　小雅五 《小旻之什》十篇说　/114

　　　　小旻　小宛　小弁　巧言　何人斯　巷伯　谷风　蓼莪　大东　四月

　　小雅六 《北山之什》十篇说　/125

　　　　北山　无将大车　小明　鼓钟　楚茨　信南山　甫田　大田　瞻彼洛矣　裳裳者华

小雅七 《桑扈之什》十篇说 /133

桑扈 鸳鸯 頍弁 车舝 青蝇 宾之初筵 鱼藻 采菽 角弓 菀柳

小雅八 《都人士之什》十篇说 /140

都人士 采绿 黍苗 隰桑 白华 绵蛮 瓠叶 渐渐之石 苕之华 何草不黄

乙 大雅（凡三什三十一篇） /149

大雅一 《文王之什》十篇说 /151

文王 大明 绵 棫朴 旱麓 思齐 皇矣 灵台 下武 文王有声

大雅二 《生民之什》十篇说 /162

生民 行苇 既醉 凫鹥 假乐 公刘 泂酌 卷阿 民劳 板

大雅三 《荡之什》十一篇说 /172

荡 抑 桑柔 云汉 崧高 烝民 韩奕 江汉 常武 瞻卬 召旻

卷三 颂（凡周颂、鲁颂、商颂四十篇）

甲 周颂（凡三什三十一篇） /189

周颂一 《清庙之什》十篇说 /191

清庙 维天之命 维清 烈文 天作 昊天有成命 我将 时迈 执竞 思文

周颂二 《臣工之什》十篇说 /196

臣工 噫嘻 振鹭 丰年 有瞽 潜 雍 载见 有客 武

周颂三 《闵予小子之什》十一篇说 / 201

　　　　闵予小子　访落　敬之　小毖　载芟　良耜　丝衣　酌　桓
　　　　赉　般

乙　鲁颂（凡四篇）/ 205

　　鲁颂四篇说（说阙）/ 207

　　　　駉　有駜　泮水　閟宫

丙　商颂（凡五篇）/ 211

　　商颂五篇说（说阙）/ 213

　　　　那　烈祖　玄鸟　长发　殷武

卷四　诗丛说

诗名说 / 217

《诗经》篇数说 / 225

述《论语》说诗（述阙，存所辑《论语》原文）/ 229

述《孟子》说诗（述阙，存所辑《孟子》原文）/ 233

《诗经》体物说（阙）/ 239

国风会通洛书说（说阙，图存）/ 240

雅颂会通河图说（说阙，图存）/ 241

正风正雅周颂会通六龙既济说（说阙，图存）/ 242

变风变雅鲁颂商颂会通六龙未济说（说阙，图存）/ 243

诗赞（附注）/ 245

附录一　论《诗经》与《楚辞》/ 257

附录二　书赞　/ 263

附录三　论《乐律》　/ 267

附录四　潘雨廷先生信札（附简注）　/ 279

1. 潘雨廷和金德仪致佛学家单培根　/ 281

2. 潘雨廷致沈延发、卢松安、刘公纯　/ 293

3. 潘雨廷致张仁杰、王永嘉、应光荣、金文杰、徐京华　/ 303

后记　张文江　/ 315

又记　张文江　/ 317

修订本补记　张文江　/ 319

引 言

潘雨廷先生（1925—1991），上海人，当代著名易学家。生前担任华东师范大学古籍研究所教授、中国《周易》研究会副会长、上海道教协会副会长。潘雨廷先生早年就读于上海圣约翰大学教育系，毕业后先后师从周善培、唐文治、熊十力、马一浮、杨践形、薛学潜等先生研究中西学术，专心致志于学问数十载，融会贯通，自成一家，在国际国内有相当的影响。潘雨廷先生毕生研究的重点是宇宙与古今事物的变化，并有志于贯通东西方文化之间的联系，对中华学术中的《周易》和道教，有深入的体验和心得。他的著作是二十世纪中国文化取得的重要成果之一。本书由张文江根据潘雨廷夫人金德仪女士保存的遗稿整理而成。

《诗说》以易象解说《诗经》，分析其中的结构，厘定每篇诗的位置，并演其大旨。

序

　　幼习《论语》，有感乎子谓伯鱼之言，将以免正墙面而立，辄为二南。其后渐及变风、雅、颂，年二十许始读毕，略知其意，尚未足以论《诗经》之大义。于今回忆，可得而言者三：其一，《玄鸟》有"天命玄鸟，降而生商"之颂，《生民》《閟宫》皆记姜嫄之事。此简狄、姜嫄之生契、生弃，有至情存焉。周以后稷配天，不亦宜乎，马利亚、基督继之而三。或以生物学证其伪，殊浅陋也。其二，情生于《蓼莪》《鸨羽》《陟岵》诸篇。其三，未是小序之说，必诵原诗以味其情旨，惜多未知其义，且信《诗》无达诂云。

　　是时承欢膝下，享荫下之福，学而时习，来游来歌。虽则如毁，父母孔迩，其乐何如，然恶识双亲之心者哉。年二十三，慈母弃养，严父悼之曰："于归我家四十余年，与乡党邻里，远近亲友，绝无一言不和，斯为难得。"小子何知，不期而应之："温柔敦厚之诗教，慈母盖知之、体之、行之、化之矣。"父亦首肯。由是非徒废《蓼莪》，并废全经，实不胜其情也。故不仅正墙，有志乎嵩山之面壁。过哀之丧，郁而未发，苦思年余，茫然失所。幸承祖德，感通乎幽明之故，二观二玩，将终身焉。

　　年三十余，读黄道周《易象正》，间有一图，以《诗》三百列成周天之象，如《卦气图》然。观之即有所得，盖情之反复，犹气之消息。消息者，近则刹那之一呼一吸，以至地自转以一日，月盈虚以一月，地公转以一年。远则北辰之转以二万五千余年，是谓岁差。更长的消息，尚多不胜言，而情之终始，理实相同。乃启二读《诗经》之心，旨在观诗情之周流耳。数月之功，温故知新。始悟于小序之说，宜不即不离。《诗》无达诂者，读诗者之情也。若欲论全经大义，当求诸辑《诗》之理。凡《风》《雅》《颂》各有其道，"道有变动故曰爻"。爻者，正变之情也。然则黄氏之图，犹未曲尽诗情之变，然亦未能更有所得。夫情变之正，周流复性，利贞性情，以通贯《易》《诗》，岂可贸然以言哉！

年四十四，严父见背，生离死别，人情之至变。伦常睽孤，谓性不谓命，宿业基因，于焉显乎。惟送死可以当大事，对越在天，基命宥密；转约而博，以遇元夫。呜呼！亲丧而化，何人子之不仁乃尔。凡居丧之一年中，兼痛薛师之亡，乃绘成《易与多维正则空间卦图集》以归易理。于小祥后，又成此《诗说》，所以一《易》《诗》而性其情。

《诗说》共四卷，前三卷分说风、雅、颂，各当一卷，三百十一篇之大义，每以易象喻。卷一之《风》，旨在成各国之象。卷二之《雅》，旨在明大、小《雅》之相应。卷三之《颂》，旨在观《商颂》《鲁颂》之辅颊《周颂》，以见损益生生之理。卷四《诗丛说》，要在明全经纲领。至若诗情之消息，亹亹之氤氲。主之者非图书乎，位之者非六龙乎。喜怒哀乐之发，悲欢离合之情，有外于此理乎。因成四图，为全书之殿。

其一，《河图与雅颂》。孔子自卫反鲁，然后乐正，雅颂各得其所，此象似焉。其二，《洛书与国风》。孔子周游列国，盖以《豳风》、二《南》之象为准，庶可睹天下风气之变也。前图凡诗一百五十一篇，后图凡诗一百六十篇。其数犹中分三百，各为一百五十。《雅》《颂》当属上层之诗，增一首；《国风》当属下层之诗，增十首。一与十为数之始终，一散而十，十归而一，惜散之易而归之难。此见世变之亟，宜诗人有不胜其情之扰。虽然，戚戚何谓哉。以诗而言，《雅》《颂》之一首，非《卷阿》乎，以当正变之几。《国风》之十首，非《王风》之十首乎，我其为东周，徒存空言而已矣。

其三，《正风正雅周颂会通六龙既济》；其四，《变风变雅商颂鲁颂会通六龙未济》。前者凡诗百有三篇，后者凡诗二百有八篇。其数犹三分三百，而一二分之。正者阳一而一百，变者阴二而二百。正者增三首，以当天地人三才之道。在天为《清庙》，在人为《文王》，在地为《关雎》，不知此三首之旨，虽多亦奚以为。变者增八首，以当"参伍以变"之时。伍者何，上以见五首商颂。参者何，下以见周道之传。传道之三诗何指？曰宣王时之《白驹》、幽王时之《小旻》、秦风中之《蒹葭》当之。君子何入而不自得，庶识利贞性情之诗旨。

按一阴一阳之平分与阳一阴二之参分，同具易数之至理，不期辑《诗》者正应用之。或准此四图以读诗，其斧痕丁丁，凿迹斑斑。然情思辗转，忧虑反复，幸能以意逆志，毋执高叟之固，《诗》犹未亡也。

岁次重光大渊献月旅大吕日临壬戌之平旦潘雨廷序

卷一 国风（凡十五国一百六十篇）

国风一　《周南》十一篇说

后稷十三世孙古公亶父，由豳迁岐，以建周国。孙文王昌，辟国寖广，徙都于丰。乃分岐周为周公旦、召公奭之采邑，且使周公为政于国中，而使召公宣布于诸侯。由是德化由北而南，是谓《周南》《召南》。文王之时三分天下有其二，周、召与有功焉。《周南》十一篇。

○关雎

关关雎鸠，在河之洲。窈窕淑女，君子好逑。
参差荇菜，左右流之。窈窕淑女，寤寐求之。
求之不得，寤寐思服。悠哉悠哉，辗转反侧。
参差荇菜，左右采之。窈窕淑女，琴瑟友之。
参差荇菜，左右芼之。窈窕淑女，钟鼓乐之。

曰《关雎》，后妃之德也。于易卦曰咸，下经之始。"窈窕淑女，君子好逑"，山泽通气之象。"寤寐思服""辗转反侧"，所以绝憧憧往来之思而一致之。一致咸速，"钟鼓乐之"。风天下以正夫妇之道，《序卦》曰："有天地，然后有万物。有万物，然后有男女。有男女，然后有夫妇。有夫妇，然后有父子。有父子，然后有君臣。有君臣，然后有上下。有上下，然后礼义有所错。"《诗》始《关雎》是其义。

文王太姒固有其德，周召为政，化及乡人邦国而南至天下。外无旷夫，内无怨女，昏嫁以时，王天下之本也。

○葛覃

葛之覃兮，施于中谷，维叶萋萋。黄鸟于飞，集于灌木，其鸣喈喈。

葛之覃兮，施于中谷，维叶莫莫。是刈是濩，为絺为绤，服之无斁。

言告师氏，言告言归。薄污我私，薄浣我衣。害浣害否，归宁父母。

《葛覃》者，后妃志在女功。"维叶莫莫。是刈是濩，为絺为绤"，盖亦勤劳焉。"服之无斁"，盖亦节俭焉。"言告师氏，言告言归"，盖亦知礼焉。"薄污我私，薄浣我衣"，盖亦洁静焉。未违父母之教，庶能"归宁父母"。天下化之，犹《易》"王假有家"之象。

○卷耳

采采卷耳，不盈顷筐。嗟我怀人，寘彼周行。

陟彼崔嵬，我马虺隤。我姑酌彼金罍，维以不永怀。

陟彼高冈，我马玄黄。我姑酌彼兕觥，维以不永伤。

陟彼砠矣，我马瘏矣，我仆痡矣，云何吁矣。

《卷耳》之"嗟我怀人"，何其甚耶。"我姑酌彼金罍""我姑酌彼兕觥"，以酒浇愁愁更愁，其何能"不永怀""不永伤"。终至"马瘏""仆痡"而"云何吁矣"，盖有大变存焉。或谓作于文王拘幽羑里之日，其理诚然，此之谓"恒其德，贞，妇人吉"。风天下之夫妇，贵患难相共，生死如一，《序卦》曰："夫妇之道，不可以不久也。"

○樛木

　　南有樛木，葛藟累之。乐只君子，福履绥之。
　　南有樛木，葛藟荒之。乐只君子，福履将之。
　　南有樛木，葛藟萦之。乐只君子，福履成之。

　　《樛木》者，谓"南有樛木"，虽为"葛藟累之""荒之""萦之"而容之，以兴后妃有逮下之德。《易》曰"贯鱼以宫人宠"，所以止剥床之消。"福履绥之""将之"而"成之"，无不利也。若无樛木之德，瞬息而"困于葛藟"，"愠于群小"。噫，可畏哉。

○螽斯

　　螽斯羽，诜诜兮。宜尔子孙，振振兮。
　　螽斯羽，薨薨兮。宜尔子孙，绳绳兮。
　　螽斯羽，揖揖兮。宜尔子孙，蛰蛰兮。

　　《螽斯》明"子孙"之"振振""绳绳""蛰蛰"，以比生生之德。"则百斯男"，非基于《樛木》之逮下乎。凡此五篇，"黄裳元吉"之德备矣。

○桃夭

　　桃之夭夭，灼灼其华。之子于归，宜其室家。
　　桃之夭夭，有蕡其实。之子于归，宜其家室。
　　桃之夭夭，其叶蓁蓁。之子于归，宜其家人。

　　曰《桃夭》"于归"以"宜其室家""宜其家室""宜其家人"，以见《关雎》刑于之教，已化及乡人邦国矣。

○兔罝

　　肃肃兔罝，椓之丁丁。赳赳武夫，公侯干城。
　　肃肃兔罝，施于中逵。赳赳武夫，公侯好仇。
　　肃肃兔罝，施于中林。赳赳武夫，公侯腹心。

　　《兔罝》之"赳赳武夫，公侯干城"，宜"公侯好仇"之，以之为"腹心"也。"肥遯""咸临"，君民一心以开泰，庶免"小人否"。此二篇由齐家至治国之象。

○芣苢

　　采采芣苢，薄言采之。采采芣苢，薄言有之。
　　采采芣苢，薄言掇之。采采芣苢，薄言捋之。
　　采采芣苢，薄言袺之。采采芣苢，薄言襭之。

　　《芣苢》者，"采之""有之""掇之""捋之""袺之""襭之"，盖一幅和平活泼、安逸舒畅之春景，国其治矣夫。

○汉广

　　南有乔木，不可休息。汉有游女，不可求思。汉之广矣，不可泳思。江之永矣，不可方思。
　　翘翘错薪，言刈其楚。之子于归，言秣其马。汉之广矣，不可泳思。江之永矣，不可方思。
　　翘翘错薪，言刈其蒌。之子于归。言秣其驹。汉之广矣，不可泳思。江之永矣，不可方思。

　　继以《汉广》，德化南及汉水。"汉有游女，不可求思"，汉广江永，终于"不可泳""不可方"，盖有屯二之象。"女子贞不字"，以正蒙三之"不有躬",不亦可贵乎。

○汝坟

  遵彼汝坟,伐其条枚。未见君子,惄如调饥。
  遵彼汝坟,伐其条肄。既见君子,不我遐弃。
  鲂鱼赪尾,王室如毁。虽则如毁,父母孔迩。

  《汝坟》犹《卷耳》之义。唯《卷耳》止于"吁",此则由"未见君子"而"既见君子,不我遐弃",不愧为好逑之君子。呜呼,"王室如毁",汝旁之国,亦已不国。时尚"殷之未丧师,克配上帝",君子之境,"鲂鱼赪尾",可云艰焉。"虽则如毁,父母孔迩",蛊上之象可则,此非受文王之化乎。

○麟之趾

  麟之趾,振振公子,于嗟麟兮。
  麟之定,振振公姓,于嗟麟兮。
  麟之角,振振公族,于嗟麟兮。

  终以《麟之趾》,《关雎》之应也。黄裳黄离,牝马牝牛,老老幼幼,"公子""公姓"而"公族",仁德溥及天下,仁性深入人心,孰能御之哉。

国风二 《召南》十四篇说

《召南》之诗义，一如《周南》。《周南》明国中之德为主，《召南》明南国诸侯受化为主。

○鹊巢

　　维鹊有巢，维鸠居之。之子于归，百两御之。
　　维鹊有巢，维鸠方之。之子于归，百两将之。
　　维鹊有巢，维鸠盈之。之子于归，百两成之。

《鹊巢》者，"维鹊有巢，维鸠居之""方之"而"盈之"。是犹《关雎》之"好逑"，《桃夭》之宜家。

○采蘩

　　于以采蘩，于沼于沚。于以用之，公侯之事。
　　于以采蘩，于涧之中。于以用之，公侯之宫。
　　被之僮僮，夙夜在公。被之祁祁，薄言还归。

《采蘩》以成"公侯之事""公侯之宫"，犹《葛覃》之象。"被之僮僮，夙夜在公"，《易》曰"或从王事，无成有终"，其义同。

卷一　国风（凡十五国一百六十篇）　　　　　　　　　　　　　　　9

○草虫

　　喓喓草虫，趯趯阜螽。未见君子，忧心忡忡。亦既见止，亦既觏止，我心则降。

　　陟彼南山，言采其蕨。未见君子，忧心惙惙。亦既见止，亦既觏止，我心则说。

　　陟彼南山，言采其薇。未见君子，我心伤悲。亦既见止，亦既觏止，我心则夷。

　　《草虫》似《卷耳》之思。唯君子之患难尚小，故其"忧心"能由"忡忡"而"降"、"惙惙"而"说"、"伤悲"而"夷"也。是乃齐家与治国之辨。

○采蘋

　　于以采蘋，南涧之滨。于以采藻，于彼行潦。

　　于以盛之，维筐及筥。于以湘之，维锜及釜。

　　于以奠之，宗室牖下。谁其尸之，有齐季女。

　　《采蘋》亦《葛覃》之象。"采蘋""采藻""盛之""湘之""奠之""尸之"，家人"在中馈无攸遂"之谓乎。以上四篇，明南国之化，皆召公宣教之功。

○甘棠

　　蔽芾甘棠，勿翦勿伐，召伯所茇。

　　蔽芾甘棠，勿翦勿败，召伯所憩。

　　蔽芾甘棠，勿翦勿拜，召伯所说。

　　故继以《甘棠》，美召伯也。敬其人，爱其物，"蔽芾甘棠"既为"召伯所茇""所憩""所说",何可伐之、败之而拜之。呜呼,南人之思召伯,亦甚矣。

○行露

　　厌浥行露,岂不夙夜,谓行多露。

　　谁谓雀无角,何以穿我屋。谁谓女无家,何以速我狱。虽速我狱,室家不足。

　　谁谓鼠无牙,何以穿我墉。谁谓女无家,何以速我讼。虽速我讼,亦不女从。

　　若《行露》犹《汉广》,皆南国之事。究夫《汉广》之辞,其化已纯,故如《周南》。《行露》之辞,有曰"谁谓女无家,何以速我狱""谁谓女无家,何以速我讼",此速狱速讼之迹,尚存南国之风,宜入《召南》云。

○羔羊

　　羔羊之皮,素丝五紽。退食自公,委蛇委蛇。
　　羔羊之革,素丝五緎。委蛇委蛇,自公退食。
　　羔羊之缝,素丝五总。委蛇委蛇,退食自公。

　　《羔羊》之"素丝五紽""五緎""五总",俭也,有《葛覃》"服之无斁"之德。且能"退食自公"而"委蛇委蛇",足当《兔罝》之"公侯腹心"也。

○殷其雷

　　殷其雷,在南山之阳。何斯违斯,莫敢或遑。振振君子,归哉归哉。

殷其雷，在南山之侧。何斯违斯，莫敢遑息。振振君子，归哉归哉。

殷其雷，在南山之下。何斯违斯，莫或遑处。振振君子，归哉归哉。

《殷其雷》犹《汝坟》，亦同为南国之事。然《汝坟》已归，《殷其雷》未归。"振振君子，归哉归哉"，然尚未"高尚其事"，此所以入《召南》欤。

○摽有梅

摽有梅，其实七兮。求我庶士，迨其吉兮。

摽有梅，其实三兮。求我庶士，迨其今兮。

摽有梅，顷筐墍之。求我庶士，迨其谓之。

《摽有梅》者，《芣苢》之象。若有"迨其吉兮""迨其今兮""迨其谓之"之思，犹存南国之情。

○小星

嘒彼小星，三五在东。肃肃宵征，夙夜在公。寔命不同。

嘒彼小星，维参与昴。肃肃宵征，抱衾与裯。寔命不犹。

《小星》者，《樛木》之有葛藟。"寔命不同""寔命不犹"，"归妹以娣"之谓也。

○江有汜

江有汜，之子归，不我以。不我以，其后也悔。

江有渚，之子归，不我与。不我与，其后也处。

江有沱，之子归，不我过。不我过，其啸也歌。

《江有汜》之"不我以""不我与""不我过"，虽则"其后也悔""其后也处""其啸也歌"，亦见逮下之德有所未足云。厚下安宅，为上者其可忽乎。

○野有死麕
　　野有死麕，白茅包之。有女怀春，吉士诱之。
　　林有朴樕，野有死鹿。白茅纯束，有女如玉。
　　舒而脱脱兮，无感我帨兮，无使尨也吠。

《野有死麕》亦《汉广》之象，然其风又来自《摽有梅》。"无感我帨兮，无使尨也吠"，南国之情尤显。

○何彼襛矣
　　何彼襛矣，唐棣之华。曷不肃雝，王姬之车。
　　何彼襛矣，华如桃李。平王之孙，齐侯之子。
　　其钓维何，维丝伊缗。齐侯之子，平王之孙。

《何彼襛矣》，义当《易》之"帝乙归妹"，归之足以化其俗。曰"平王之孙，齐侯之子"，平正也。平王指文王言，即武王之女以归齐侯之子，不当实指平王宜曰。凡二《南》《豳风》之诗，皆西周初期之作，未可与东周之变风相混淆。若齐非南国，此诗者盖召公述之，更以化其情之未纯，而归诸《肃雝》。次于《野有死麕》，不亦宜哉。

○驺虞
　　彼茁者葭，壹发五豝，于嗟乎驺虞。

彼茁者蓬，壹发五豵，于嗟乎驺虞。

终以《驺虞》，犹《周南》终以《麟之趾》。彼为《关雎》之应，此为《鹊巢》之应。嗟乎驺虞，亦不食生物之仁兽，麟之比也。

国风三 《邶风》十九篇说

邶、鄘、卫其初为三国,分纣城朝歌以北为邶、南为鄘、东为卫,其后邶、鄘属卫。卫者,武王以封其弟康叔。若邶、鄘之诗,亦述卫事。犹存其名者,或其诗盖采自卫之北部、南部、东部云。或为诗者,其为邶人、鄘人、卫人乎。《邶风》十九篇。

○柏舟

泛彼柏舟,亦泛其流。耿耿不寐,如有隐忧。微我无酒,以敖以游。

我心匪鉴,不可以茹。亦有兄弟,不可以据。薄言往愬,逢彼之怒。

我心匪石,不可转也。我心匪席,不可卷也。威仪棣棣,不可选也。

忧心悄悄,愠于群小。觏闵既多,受侮不少。静言思之,寤辟有摽。

日居月诸,胡迭而微?心之忧矣,如匪浣衣。静言思之,不能奋飞。

《柏舟》之"我心",忧心也。"不可以茹""不可以据",其境也。"不可转""不可卷""不可选",其情也。终至"愠于群小"而

"不能奋飞"，变风始焉。

○绿衣

绿兮衣兮，绿衣黄里。心之忧矣，曷维其已。
绿兮衣兮，绿衣黄裳。心之忧矣，曷维其亡。
绿兮丝兮，女所治兮。我思古人，俾无訧兮。
絺兮绤兮，凄其以风。我思古人，实获我心。

○燕燕

燕燕于飞，差池其羽。之子于归，远送于野。瞻望弗及，泣涕如雨。
燕燕于飞，颉之颃之。之子于归，远于将之。瞻望弗及，伫立以泣。
燕燕于飞，下上其音。之子于归，远送于南。瞻望弗及，实劳我心。
仲氏任只，其心塞渊。终温且惠，淑慎其身。先君之思，以勖寡人。

○日月

日居月诸，照临下土。乃如之人兮，逝不古处。胡能有定，宁不我顾。
日居月诸，下土是冒。乃如之人兮，逝不相好。胡能有定，宁不我报。
日居月诸，出自东方。乃如之人兮，德音无良。胡能有定，俾也可忘。
日居月诸，东方自出。父兮母兮，畜我不卒。胡能有定，报我不述。

○终风

> 终风且暴,顾我则笑。谑浪笑敖,中心是悼。
> 终风且霾,惠然肯来。莫往莫来,悠悠我思。
> 终风且曀,不日有曀。寤言不寐,愿言则嚏。
> 曀曀其阴,虺虺其雷。寤言不寐,愿言则怀。

继以《绿衣》《燕燕》《日月》《终风》,皆卫庄姜之忧心也。《绿衣》有曰"心之忧矣,曷维其已""曷维其亡","我思古人,俾无訧兮""实获我心"。古人者,《卷耳》《樛木》之谓也。《燕燕》,以送戴妫大归于陈。"仲氏任只,其心塞渊",夫"或跃在渊",无德而临之,甚于坎窞。精卫之衔石,何能塞之。事关弑君之乱,其任不綦重哉。"乃如之人兮,逝不古处""乃如之人兮,逝不相好""乃如之人兮,德音无良",此《日月》之辞也。"谑浪笑敖,中心是悼""莫往莫来,悠悠我思",此《终风》之辞。有人心者,何能不同情之。呜呼,变风之于二南,诚有天渊之别,令人浩叹。

○击鼓

> 击鼓其镗,踊跃用兵。土国城漕,我独南行。
> 从孙子仲,平陈与宋。不我以归,忧心有忡。
> 爰居爰处,爰丧其马。于以求之,于林之下。
> 死生契阔,与子成说。执子之手,与子偕老。
> 于嗟阔兮,不我活兮!于嗟洵兮,不我信兮!

《击鼓》者,"我独南行""不我以归",国人之怨州吁,亦塞渊之心也。若夫民风之淫乱,上弑逆所致。

○凯风

　　凯风自南，吹彼棘心。棘心夭夭，母氏劬劳。
　　凯风自南，吹彼棘薪。母氏圣善，我无令人。
　　爰有寒泉，在浚之下。有子七人，母氏劳苦。
　　睍睆黄鸟，载好其音。有子七人，莫慰母心。

　　《凯风》者，"有子七人"而"莫慰母心"，一典刑耳。三子四子者，将不一而足。

○雄雉

　　雄雉于飞，泄泄其羽。我之怀矣，自诒伊阻。
　　雄雉于飞，下上其音。展矣君子，实劳我心。
　　瞻彼日月，悠悠我思。道之云远，曷云能来。
　　百尔君子，不知德行。不忮不求，何用不臧。

　　《雄雉》为《击鼓》之应，彼当旷夫，此为怨女。"我之怀矣""实劳我心""道之云远，曷云能来"，象成天地否塞而内外交怨，国能不乱乎。

○匏有苦叶

　　匏有苦叶，济有深涉。深则厉，浅则揭。
　　有弥济盈，有鷕雉鸣。济盈不濡轨，雉鸣求其牡。
　　雍雍鸣雁，旭日始旦。士如归妻，迨冰未泮。
　　招招舟子，人涉卬否。人涉卬否，卬须我友。

　　《匏有苦叶》之"卬须我友"，确能须乎。如"济盈不濡轨，雉鸣求其牡"，尚何礼义可言。

○谷风

　　习习谷风，以阴以雨。黾勉同心，不宜有怒。采葑采菲，无以下体。德音莫违，及尔同死。

　　行道迟迟，中心有违。不远伊迩，薄送我畿。谁谓荼苦，其甘如荠。宴尔新昏，如兄如弟。

　　泾以渭浊，湜湜其沚。宴尔新昏，不我屑以。毋逝我梁，毋发我笱。我躬不阅，遑恤我后。

　　就其深矣，方之舟之。就其浅矣，泳之游之。何有何亡，黾勉求之。凡民有丧，匍匐救之。

　　不我能慉，反以我为仇。既阻我德，贾用不售。昔育恐育鞠，及尔颠覆。既生既育，比予于毒。

　　我有旨蓄，亦以御冬。宴尔新昏，以我御穷。有洸有溃，既诒我肄。不念昔者，伊余来塈。

　　由是《谷风》之"德音莫违，及尔同死"，然"既生既育，比予于毒""不念昔者"者，必遍满于卫。欺诈不诚，国能久存乎。

○式微

　　式微式微，胡不归。微君之故，胡为乎中露。
　　式微式微，胡不归。微君之躬，胡为乎泥中。

○旄丘

　　旄丘之葛兮，何诞之节兮。叔兮伯兮，何多日也。
　　何其处也，必有与也。何其久也，必有以也。
　　狐裘蒙戎，匪车不东。叔兮伯兮，靡所与同。
　　琐兮尾兮，流离之子。叔兮伯兮，褎如充耳。

《式微》《旄丘》，卫之前车。"式微式微，胡不归"，奈黎国已为狄人所灭，君臣欲归不得也。"叔兮伯兮，何多日也""叔兮伯兮，靡所与同""叔兮伯兮，褎如充耳"，惜卫之君臣未悟而未鉴，何其不知时耶。

〇简兮
　　简兮简兮，方将万舞。日之方中，在前上处。
　　硕人俣俣，公庭万舞。有力如虎，执辔如组。
　　左手执龠，右手秉翟。赫如渥赭，公言锡爵。
　　山有榛，隰有苓。云谁之思，西方美人。彼美人兮，西方之人兮。

《简兮》"万舞"，非达者乎，抑隐者欤，实有识之士也。

〇泉水
　　毖彼泉水，亦流于淇。有怀于卫，靡日不思。娈彼诸姬，聊与之谋。
　　出宿于泲，饮饯于祢。女子有行，远父母兄弟。问我诸姑，遂及伯姊。
　　出宿于干，饮饯于言。载脂载舝，还车言迈。遄臻于卫，不瑕有害。
　　我思肥泉，兹之永叹。思须与漕，我心悠悠。驾言出游，以写我忧。

《泉水》，思归之情也。与《式微》之情，同乎异乎，令人慨然。叹卫女之思归不得，乃"娈彼诸姬，聊与之谋"，以至"出宿于泲""出宿于干"。然仅能"驾言出游，以写我忧"而已。此之谓礼，则防患于未然。进而论之，此礼盖防一国之患，殊非平天下之礼，于此见《葛覃》归宁之可贵也。

○北门

出自北门，忧心殷殷。终窭且贫，莫知我艰。已焉哉，天实为之，谓之何哉。

王事适我，政事一埤益我。我入自外，室人交遍谪我。已焉哉，天实为之，谓之何哉。

王事敦我，政事一埤遗我。我入自外，室人交遍摧我。已焉哉，天实为之，谓之何哉。

《北门》之"王事适我""敦我"，"政事一埤益我""一埤遗我"，"室人交遍谪我""室人交遍摧我"，盖外内交困，正人君子已一筹莫展而不容于卫。

○北风

北风其凉，雨雪其雱。惠而好我，携手同行。其虚其邪，既亟只且。

北风其喈，雨雪其霏。惠而好我，携手同归。其虚其邪，既亟只且。

莫赤匪狐，莫黑匪乌。惠而好我，携手同车。其虚其邪，既亟只且。

宜有《北风》之去。"惠而好我，携手同行""携手同归""携手同车"，自下民至乘车之贵者，胥有"其虚其邪，既亟只且"之心，国已不可为焉。

○静女

　　静女其姝，俟我于城隅。爱而不见，搔首踟蹰。
　　静女其娈，贻我彤管。彤管有炜，说怿女美。
　　自牧归荑，洵美且异。匪女之为美，美人之贻。

○新台

　　新台有泚，河水弥弥。燕婉之求，籧篨不鲜。
　　新台有洒，河水浼浼。燕婉之求，籧篨不殄。
　　鱼网之设，鸿则离之。燕婉之求，得此戚施。

　　观《静女》之"搔首踟蹰""贻我彤管"，宣公尚有《新台》之作，"燕婉之求，得此戚施"，皆醉生梦死之辈。

○二子乘舟

　　二子乘舟，泛泛其景。愿言思子，中心养养。
　　二子乘舟，泛泛其逝。愿言思子，不瑕有害。

　　终以《二子乘舟》。"愿言思子，中心养养""愿言思子，不瑕有害"，挚报如是，夫复何言。

国风四 《鄘风》十篇说

《鄘风》十篇,时及卫之存亡。存则淫乱,国亡斯觉,何人之不知乃尔。

○柏舟

泛彼柏舟,在彼中河。髧彼两髦,实维我仪。之死矢靡它。母也天只,不谅人只。

泛彼柏舟,在彼河侧。髧彼两髦,实维我特。之死矢靡慝。母也天只,不谅人只。

曰《柏舟》者,与《邶风》之《柏舟》同而异,异而同。同者,同为不遇。不遇而"愠于群小",《邶风》之《柏舟》也。不遇而"母也天只,不谅人只",《鄘风》之《柏舟》也。虽异而《邶风》曰"不可选",《鄘风》曰"之死矢靡它",其心仍同。挽日下之世风,不可谓无功。奈杯水车薪,未能正卫风之变,有命存焉。

○墙有茨

墙有茨,不可扫也。中冓之言,不可道也。所可道也,言之丑也。

墙有茨,不可襄也。中冓之言,不可详也。所可详也,言之长也。

墙有茨，不可束也。中冓之言，不可读也。所可读也，言之辱也。

曰《墙有茨》者，"中冓之言""言之丑也""言之长也""言之辱也"，犹继《邶风》之《二子乘舟》，更述《新台》孽报之不爽。存以醒世人之迷，宜取之而不删之也。

○君子偕老

君子偕老，副笄六珈。委委佗佗，如山如河，象服是宜。子之不淑，云如之何！

玼兮玼兮，其之翟也。鬒发如云，不屑髢也。玉之瑱也，象之揥也，扬且之皙也。胡然而天也，胡然而帝也。

瑳兮瑳兮，其之展也。蒙彼绉絺，是绁袢也。子之清扬，扬且之颜也，展如之人兮，邦之媛也。

○桑中

爰采唐矣，沬之乡矣。云谁之思？美孟姜矣。期我乎桑中，要我乎上宫，送我乎淇之上矣。

爰采麦矣，沬之北矣。云谁之思？美孟弋矣。期我乎桑中，要我乎上宫，送我乎淇之上矣。

爰采葑矣，沬之东矣。云谁之思？美孟庸矣。期我乎桑中，要我乎上宫，送我乎淇之上矣。

《君子偕老》"邦之媛也"，"胡然而天也，胡然而帝也"，何其美也。惜"子之不淑，云如之何"。《易》有"其君之袂，不如其娣之袂良"之义，何可尚饰而不尚德哉。夫卫风如是，安得无《桑中》

之"期",《上宫》之"要",《淇上》之"送"耶。

○鹑之奔奔

鹑之奔奔,鹊之强强。人之无良,我以为兄。
鹊之强强,鹑之奔奔。人之无良,我以为君。

"鹑之奔奔""鹊之强强",兴"人之无良,我以为兄""我以为君"。"兄"谓公子顽,"君"谓小君宣姜,未尝不可。然上行下效,桑中、淇上之期送既繁,无良者必多。君不君,国不国,狄人觊觎已久,何能不灭。

○定之方中

定之方中,作于楚宫。揆之以日,作于楚室。树之榛栗,椅桐梓漆,爰伐琴瑟。

升彼虚矣,以望楚矣。望楚与堂,景山与京。降观于桑,卜云其吉,终然允臧。

灵雨既零,命彼倌人,星言夙驾,说于桑田。匪直也人,秉心塞渊,騋牝三千。

○蝃蝀

蝃蝀在东,莫之敢指。女子有行,远父母兄弟。
朝隮于西,崇朝其雨。女子有行,远兄弟父母。
乃如之人也,怀昏姻也。大无信也,不知命也。

下曰《定之方中》,卫已亡矣。赖齐合诸侯以助之,城楚邱而迁焉。痛定思痛,理当奋发图强以痛改前非。文公之"升彼虚矣,以望楚矣""作于楚宫""作于楚室",而楚邱成"秉心塞渊,騋牝三千",非《燕燕》塞渊之心乎。剥极而复,渊塞而出,由"不能奋飞"而奋飞焉。故继以《蝃蝀》而"莫之敢指",斥之为"大无信也","不知命也"。

○相鼠

相鼠有皮,人而无仪。人而无仪,不死何为。
相鼠有齿,人而无止。人而无止,不死何俟。
相鼠有体,人而无礼。人而无礼,胡不遄死。

《相鼠》又斥"人而无仪,不死何为""人而无止,不死何俟""人而无礼,胡不遄死",群小其敛迹矣乎。

○干旄

孑孑干旄,在浚之郊。素丝纰之,良马四之。彼姝者子,何以畀之。
孑孑干旟,在浚之都。素丝组之,良马五之。彼姝者子,何以予之。
孑孑干旌,在浚之城。素丝祝之,良马六之。彼姝者子,何以告之。

乃有《干旄》"良马四之""良马五之""良马六之"之盛,卫略有复兴之望。若狄人灭国之惨,不可或忘。

○载驰

载驰载驱,归唁卫侯。驱马悠悠,言至于漕。大夫跋涉,我心则忧。
既不我嘉,不能旋反。视尔不臧,我思不远。既不我嘉,不能旋济。视尔不臧,我思不闳。

陟彼阿丘,言采其蝱。女子善怀,亦各有行。许人尤之,众稚且狂。

我行其野,芃芃其麦。控于大邦,谁因谁极。大夫君子,无我有尤。百尔所思,不如我所之。

终以许穆夫人《载驰》之情,亦足以勉卫之君臣。"我心则忧""我思不闳",欲归唁而不得,欲求助而无能。然齐桓公迁卫,安知非许穆夫人"控于大邦"之力耶。

国风五 《卫风》十篇说

○淇奥

瞻彼淇奥，绿竹猗猗。有匪君子，如切如磋，如琢如磨。瑟兮僩兮，赫兮咺兮。有匪君子，终不可谖兮。

瞻彼淇奥，绿竹青青。有匪君子，充耳琇莹，会弁如星。瑟兮僩兮，赫兮咺兮。有匪君子，终不可谖兮。

瞻彼淇奥，绿竹如箦。有匪君子，如金如锡，如圭如璧。宽兮绰兮，猗重较兮。善戏谑兮，不为虐兮。

十篇《卫风》，始于《淇奥》，美卫武公也。观"绿竹"由"猗猗""青青"而"如箦"，庶见君子之四方萃聚，斐然有文。"如切如磋，如琢如磨"，以成"如金如锡，如圭如璧"，上之德为何如哉。"瑟兮僩兮，赫兮咺兮"，"终不可谖兮"，刚而不猛之象。"善戏谑兮，不为虐兮"，柔而不愤之义。一张一弛，文武之道，武公犹知之云。奈后继无德，人亡政息。

○考槃

考槃在涧，硕人之宽。独寐寤言，永矢弗谖。

考槃在阿，硕人之薖。独寐寤歌，永矢弗过。

考槃在陆，硕人之轴。独寐寤宿，永矢弗告。

○硕人

　　硕人其颀，衣锦褧衣。齐侯之子，卫侯之妻。东宫之妹，邢侯之姨，谭公维私。

　　手如柔荑，肤如凝脂，领如蝤蛴，齿如瓠犀，螓首蛾眉。巧笑倩兮，美目盼兮。

　　硕人敖敖，说于农郊。四牡有骄，朱幩镳镳，翟茀以朝。大夫夙退，无使君劳。

　　河水洋洋，北流活活。施罛濊濊，鱣鲔发发，葭菼揭揭。庶姜孽孽，庶士有朅。

　　庄公之时，在朝者《考槃》，何以治其外。在宫者《硕人》，何以刑其内。国人安得不刺之而闵之焉。"考槃在涧""在阿""在陆"，"永矢弗谖""弗过""弗告"，避之惟恐不远，隐之惟恐不密。求独寐之乐，以见《淇奥》之君子，已涣散而邅退，不亦惜哉。然硕人庄姜尊而美，宜国人有"大夫夙退，无使君劳"之心。奈贤而不答，"寤言不寐，愿言则怀"，则君子考槃，得其所焉。

○氓

　　氓之蚩蚩，抱布贸丝。匪来贸丝，来即我谋。送子涉淇，至于顿丘。匪我愆期，子无良媒。将子无怒，秋以为期。

　　乘彼垝垣，以望复关。不见复关，泣涕涟涟。既见复关，载笑载言。尔卜尔筮，体无咎言。以尔车来，以我贿迁。

　　桑之未落，其叶沃若。于嗟鸠兮，无食桑葚。于嗟女兮，无与士耽。士之耽兮，犹可说也。女之耽兮，不可说也。

　　桑之落矣，其黄而陨。自我徂尔，三岁食贫。淇水汤汤，渐车帷裳。女也不爽，士贰其行。士也罔极，二三其德。

　　三岁为妇，靡室劳矣。夙兴夜寐，靡有朝矣。言既遂矣，至于暴矣。兄弟不知，咥其笑矣。静言思之，躬自悼矣。

及尔偕老，老使我怨。淇则有岸，隰则有泮。总角之宴，言笑晏晏，信誓旦旦，不思其反。反是不思，亦已焉哉。

《氓》犹《谷风》，彼曰"不念昔者，伊余来塈"，此曰"反是不思，亦已焉哉"，情皆惨怛。然此曰"于嗟女兮，无与士耽。士之耽兮，犹可说也。女之耽兮，不可说也"，盖后悔已迟，《易》曰"归妹，征凶，无攸利"是其象。

○竹竿

籊籊竹竿，以钓于淇。岂不尔思，远莫致之。
泉源在左，淇水在右。女子有行，远兄弟父母。
淇水在右，泉源在左。巧笑之瑳，佩玉之傩。
淇水滺滺，桧楫松舟。驾言出游，以写我忧。

《竹竿》犹《泉水》，皆卫女思归之情。"岂不尔思，远莫致之"，尚能有"籊籊竹竿，以钓于淇"之一日乎。

○芄兰

芄兰之支，童子佩觿。虽则佩觿，能不我知。容兮遂兮，垂带悸兮。
芄兰之叶，童子佩韘。虽则佩韘，能不我甲。容兮遂兮，垂带悸兮。

《芄兰》者，"童子佩觿""童子佩韘"以充大人。盖虚文无实，"能不我知""能不我甲"。礼乎礼乎，玉帛云乎哉，有"童观"之象。

○河广

  谁谓河广，一苇杭之。谁谓宋远，跂予望之。

  谁谓河广，曾不容刀。谁谓宋远，曾不崇朝。

《河广》之吟，其境其思，情乎性乎，礼乎义乎，天乎人乎，势将不堪其郁焉。宋襄公之仁，愚之尤也。

○伯兮

  伯兮朅兮，邦之桀兮。伯也执殳，为王前驱。

  自伯之东，首如飞蓬。岂无膏沐，谁适为容。

  其雨其雨，杲杲出日。愿言思伯，甘心首疾。

  焉得谖草，言树之背。愿言思伯，使我心痗。

若《伯兮》之"首如飞蓬""甘心首疾""使我心痗"，孰之过耶。"可怜无定河边骨，犹是春闺梦里人"，此"为王前驱"而邑人戒，庶见《东山》之诗，有至情矣。

○有狐

  有狐绥绥，在彼淇梁。心之忧矣，之子无裳。

  有狐绥绥，在彼淇厉。心之忧矣，之子无带。

  有狐绥绥，在彼淇侧。心之忧矣，之子无服。

若卫女有《有狐》之忧，或遍于国中。其忧之之心，是乎非乎，正乎邪乎。

○木瓜

  投我以木瓜，报之以琼琚。匪报也，永以为好也。

投我以木桃，报之以琼瑶。匪报也，永以为好也。
投我以木李，报之以琼玖。匪报也，永以为好也。

以及《木瓜》之报，其"永以为好"之"信誓"，能永乎不永乎，反乎不反乎。呜呼，此民情之变幻，民风之敦薄，为上者有以致之也。

国风六 《王风》十篇说

《王风》者，时周王已东迁，不入雅而入风，不继二南、豳风而入变风。盖王室已无王室之象，犹间于卫、郑之一诸侯而已。此孔子辑《诗》之微言也。诗凡十篇。

○黍离

彼黍离离，彼稷之苗。行迈靡靡，中心摇摇。知我者谓我心忧，不知我者谓我何求。悠悠苍天，此何人哉。

彼黍离离，彼稷之穗。行迈靡靡，中心如醉。知我者谓我心忧，不知我者谓我何求。悠悠苍天，此何人哉。

彼黍离离，彼稷之实。行迈靡靡，中心如噎。知我者谓我心忧，不知我者谓我何求。悠悠苍天，此何人哉。

《黍离》者，周由西而东，行人有见西周之宗庙宫室，已"彼黍离离"，则"彼稷之苗"，"中心摇摇"；"彼稷之穗"，"中心如醉"；"彼稷之实"，"中心如噎"。是犹箕子《麦秀》之情，殊能发东人西归之心。奈王室无人，抱恨终天，徒呼负负耳。

○君子于役

君子于役，不知其期，曷至哉。鸡栖于埘，日之夕矣，羊牛下来。君子于役,如之何勿思。

君子于役,不日不月,曷其有佸。鸡栖于桀,日之夕矣,羊牛下括。君子于役,苟无饥渴。

"君子于役","不知其期""不日不月",人其怨乎。

○君子阳阳

君子阳阳,左执簧,右招我由房。其乐只且。
君子陶陶,左执翿,右招我由敖。其乐只且。

"君子阳阳""君子陶陶","其乐只且",固能乐乎。

○扬之水

扬之水,不流束薪。彼其之子,不与我戍申。怀哉怀哉,曷月予还归哉。

扬之水,不流束楚。彼其之子,不与我戍甫。怀哉怀哉,曷月予还归哉。

扬之水,不流束蒲。彼其之子,不与我戍许。怀哉怀哉,曷月予还归哉。

《扬之水》之戍申,知母不知父,人安得不怨。西周之盛德,一去不复。然则"阳阳""陶陶"之情,乐乎苦乎,陆沉乎,佯狂乎。呜呼,内外上下之民风如是而冀其西复,不亦难哉。

○中谷有蓷

中谷有蓷,暵其干矣。有女仳离,慨其叹矣。慨其叹矣,遇人之艰难矣。

中谷有蓷，暵其修矣。有女仳离，条其歗矣。条其歗矣，遇人之不淑矣。

中谷有蓷，暵其湿矣。有女仳离，啜其泣矣。啜其泣矣，何嗟及矣。

《中谷有蓷》，"有女仳离"，"遇人之艰难矣""遇人之不淑矣"。罪魁祸首，非周王而何，乃《白华》之化也。

○兔爰

有兔爰爰，雉离于罗。我生之初，尚无为。我生之后，逢此百罹。尚寐无吪。

有兔爰爰，雉离于罦。我生之初，尚无造。我生之后，逢此百忧。尚寐无觉。

有兔爰爰，雉离于罿。我生之初，尚无庸。我生之后，逢此百凶。尚寐无聪。

《兔爰》者，"我生之初，尚无为""尚无造""尚无庸"，盖犹见西都之风光。迨"我生之后"，"逢此百罹""逢此百忧""逢此百凶"，恰遭四百年之大变。犬戎之难，东迁之艰，令人生"尚寐无吪""尚寐无觉""尚寐无聪"之情，其悲愤可喻。

○葛藟

绵绵葛藟，在河之浒。终远兄弟，谓他人父。谓他人父，亦莫我顾。

绵绵葛藟，在河之涘。终远兄弟，谓他人母。谓他人母，亦莫我有。

绵绵葛藟，在河之漘。终远兄弟，谓他人昆。谓他人昆，亦莫我闻。

《葛藟》之九族分离,"谓他人父,亦莫我顾""谓他人母,亦莫我有""谓他人昆,亦莫我闻"。其彷徨无归流离失所之境,能不为之心酸乎。

○采葛
　　彼采葛兮。一日不见,如三月兮。
　　彼采萧兮。一日不见,如三秋兮。
　　彼采艾兮。一日不见,如三岁兮。

《采葛》之朝不保夕,宜有"一日不见,如三月兮""如三秋兮""如三岁兮"之幻。度日如年,岂虚言哉。

○大车
　　大车槛槛,毳衣如菼。岂不尔思,畏子不敢。
　　大车啍啍,毳衣如璊。岂不尔思,畏子不奔。
　　谷则异室,死则同穴。谓予不信,有如皦日。

《大车》之"岂不尔思,畏子不敢""岂不尔思,畏子不奔""谷则异室,死则同穴",已失礼尚刑,民免无耻。周文《关雎》之德,沦丧殆尽,变之极矣。

○丘中有麻
　　丘中有麻,彼留子嗟。彼留子嗟,将其来施施。
　　丘中有麦,彼留子国。彼留子国,将其来食。
　　丘中有李,彼留之子。彼留之子,贻我佩玖。

《丘中有麻》，有所思也。其所思者，已为"彼留"，能"将其来施施""将其来食"而"贻我佩玖"乎，此未可必焉。王风终于是，东周其丧，若楚辞《招魂》不得，何能不亡。幸有西周余荫，尚存数百年之空名耳。

国风七 《郑风》二十一篇说

郑本为邑名，位于西都畿内，宣王以封其弟友。友为幽王司徒，曾灭桧，后死于犬戎之难，是为桓公。子武公，定平王于东都，又为司徒。得虢桧之地，乃徙其封于新邑，以建郑国，是谓新郑。诗二十一篇。

〇缁衣

　　缁衣之宜兮，敝予又改为兮。适子之馆兮，还予授子之粲兮。
　　缁衣之好兮，敝予又改造兮。适子之馆兮，还予授子之粲兮。
　　缁衣之席兮，敝予又改作兮。适子之馆兮，还予授子之粲兮。

　　曰《缁衣》者，美桓公、武公父子，功在王室，郑立国之基也。"缁衣之宜兮""好兮""席兮"；"敝予又改为兮""改造兮""改作兮"；"适子之馆兮，还予授子之粲兮"；周人敬之，不亦甚乎。奈武公绝无周公"赤舄几几"之德，其子庄公之兄弟多故，殊失东人之望也。

〇将仲子

　　将仲子兮，无逾我里，无折我树杞。岂敢爱之，畏我父母。仲可怀也，父母之言，亦可畏也。

将仲子兮，无逾我墙，无折我树桑。岂敢爱之，畏我诸兄。仲可怀也，诸兄之言，亦可畏也。

将仲子兮，无逾我园，无折我树檀。岂敢爱之，畏人之多言。仲可怀也，人之多言，亦可畏也。

《将仲子》者，女子之爱仲子而不能守之以礼，虽"畏我父母""畏我诸兄"，及"人之多言"，仍怀之不已。以至仲子有"逾我里""折我树杞"、"逾我墙""折我树桑"、"逾我园""折我树檀"之过，此非女子之有以陷之乎。刺庄公、成公、叔段之罪，似焉。

○叔于田

叔于田，巷无居人。岂无居人，不如叔也，洵美且仁。

叔于狩，巷无饮酒。岂无饮酒，不如叔也，洵美且好。

叔适野，巷无服马。岂无服马，不如叔也，洵美且武。

《叔于田》明叔之"洵美且仁""洵美且好""洵美且武"。

○大叔于田

叔于田，乘乘马。执辔如组，两骖如舞。叔在薮，火烈具举。袒裼暴虎，献于公所。将叔无狃，戒其伤女。

叔于田，乘乘黄。两服上襄，两骖雁行。叔在薮，火烈具扬。叔善射忌，又良御忌。抑磬控忌，抑纵送忌。

叔于田，乘乘鸨。两服齐首，两骖如手。叔在薮，火烈具阜。叔马慢忌，叔发罕忌，抑释掤忌，抑鬯弓忌。

《大叔于田》述叔田猎之从容不迫。"叔善射忌，又良御忌"，以见其才能。二篇首句皆为"叔于田"，名篇宜分别之，故后篇加

"大"字云。是皆刺庄公未能纳弟于正道,段不弟,庄公与有罪焉。

○清人

　　清人在彭,驷介旁旁。二矛重英,河上乎翱翔。
　　清人在消,驷介麃麃。二矛重乔,河上乎逍遥。
　　清人在轴,驷介陶陶。左旋右抽,中军作好。

《清人》刺文公之于高克。"河上乎翱翔""河上乎逍遥""左旋右抽,中军作好",有师勿用而待其溃,惜哉。夫有庄公之弃其弟,乃有文公之弃其师。当周而东,亟须尚武以反其风。奈郑之弃弟弃师,岂徒郑之失,实周室之不幸也。

○羔裘

　　羔裘如濡,洵直且侯。彼其之子,舍命不渝。
　　羔裘豹饰,孔武有力。彼其之子,邦之司直。
　　羔裘晏兮,三英粲兮。彼其之子,邦之彦兮。

《羔裘》者,赋"彼其之子"之"舍命不渝",足为"邦之司直""邦之彦兮"。然子为何人,郑有其人乎,抑诗人之有以思念如是之君子乎。

○遵大路

　　遵大路兮,掺执子之祛兮。无我恶兮,不寁故也。
　　遵大路兮,掺执子之手兮。无我魗兮,不寁好也。

《遵大路》者,谓遵彼大路以去,其可非乎。乃"掺执子之祛兮""手兮"以留之者,非大路可知。郑风之恶,郑风之丑,于此见矣。

○女曰鸡鸣

女曰鸡鸣，士曰昧旦。子兴视夜，明星有烂。将翱将翔，弋凫与雁。

弋言加之，与子宜之。宜言饮酒，与子偕老。琴瑟在御，莫不静好。

知子之来之，杂佩以赠之。知子之顺之，杂佩以问之。知子之好之，杂佩以报之。

"女曰鸡鸣，士曰昧旦""琴瑟在御，莫不静好"，叙猎户之倡随。礼失求诸野，犹有古风焉。

○有女同车

有女同车，颜如舜华。将翱将翔，佩玉琼琚。彼美孟姜，洵美且都。

有女同行，颜如舜英。将翱将翔，佩玉将将。彼美孟姜，德音不忘。

《有女同车》述女之"洵美且都""德音不忘"，庶有《关雎》之德焉。以之刺忽之辞昏于齐，盖有失好逑之礼也。自此以下，什九为风落山、女感男之诗。

○山有扶苏

山有扶苏，隰有荷华。不见子都，乃见狂且。
山有桥松，隰有游龙。不见子充，乃见狡童。

《山有扶苏》之"不见子都，乃见狂且""不见子充，乃见狡童"，实淫女之戏其所私。

卷一　国风（凡十五国一百六十篇）

○萚兮

　　萚兮萚兮，风其吹女。叔兮伯兮，倡予和女。
　　萚兮萚兮，风其漂女。叔兮伯兮，倡予要女。

　　《萚兮》之"叔兮伯兮，倡予和女""叔兮伯兮，倡予要女"，实淫女之招其所私。

○狡童

　　彼狡童兮，不与我言兮。维子之故，使我不能餐兮。
　　彼狡童兮，不与我食兮。维子之故，使我不能息兮。

○褰裳

　　子惠思我，褰裳涉溱。子不我思，岂无他人。狂童之狂也且。
　　子惠思我，褰裳涉洧。子不我思，岂无他士。狂童之狂也且。

　　《狡童》之"维子之故，使我不能餐兮""维子之故，使我不能息兮"，《褰裳》之"子不我思，岂无他人""子不我思，岂无他士"，皆淫女之诱其所私。

○丰

　　子之丰兮，俟我乎巷兮。悔予不送兮。
　　子之昌兮，俟我乎堂兮。悔予不将兮。
　　衣锦褧衣，裳锦褧裳。叔兮伯兮，驾予与行。
　　裳锦褧裳，衣锦褧衣。叔兮伯兮，驾予与归。

　　《丰》者，淫女"悔予不送兮""悔予不将兮"，而有以待其所私之"驾予与行""驾予与归"。

○东门之墠

　　东门之墠，茹藘在阪。其室则迩，其人甚远。
　　东门之栗，有践家室。岂不尔思，子不我即。

○风雨

　　风雨凄凄，鸡鸣喈喈。既见君子，云胡不夷。
　　风雨潇潇，鸡鸣胶胶。既见君子，云胡不瘳。
　　风雨如晦，鸡鸣不已。既见君子，云胡不喜。

《东门之墠》之"其室则迩，其人甚远"，淫女之苦思其所私以及其室。乃继以《风雨》，淫女不避"风雨凄凄""风雨潇潇""风雨如晦"，而于"鸡鸣喈喈""鸡鸣胶胶""鸡鸣不已"之时私奔矣。

○子衿

　　青青子衿，悠悠我心。纵我不往，子宁不嗣音。
　　青青子佩，悠悠我思。纵我不往，子宁不来。
　　挑兮达兮，在城阙兮。一日不见，如三月兮。

《子衿》之"纵我不往，子宁不嗣音""子宁不来"，实则所私者，未尝"不嗣音"，未尝"不来"。盖挑达城阙，往来已密，故"一日不见，如三月兮"。此与《采葛》幻同辞同，若能见为诗之情，庶足以言诗矣。

○扬之水

　　扬之水，不流束楚。终鲜兄弟，维予与女。无信人之言，人实迋女。

扬之水，不流束薪。终鲜兄弟，维予二人。无信人之言，人实不信。

《扬之水》之"维予与女""维予二人""无信人之言，人实迋女""人实不信"，盖淫者自明心迹耳。

○出其东门
出其东门，有女如云。虽则如云。匪我思存。缟衣綦巾，聊乐我员。
出其闉闍，有女如荼。虽则如荼，匪我思且。缟衣茹藘，聊可与娱。

《出其东门》者，谓"东门""闉闍"之外，"有女如云""有女如荼"。然唯"缟衣綦巾""缟衣茹藘"者，"聊乐我员""聊可与娱"，盖明尚有能自拔于流俗之见者。

○野有蔓草
野有蔓草，零露漙兮。有美一人，清扬婉兮。邂逅相遇，适我愿兮。
野有蔓草，零露瀼瀼。有美一人，婉如清扬。邂逅相遇，与子偕臧。

《野有蔓草》之"邂逅相遇，适我愿兮""与子偕臧"，非野合乎。

○溱洧
溱与洧，方涣涣兮。士与女，方秉蕳兮。女曰观乎，士曰既且。

且往观乎。洧之外，洵訏且乐。维士与女，伊其相谑，赠之以勺药。

秦与洧，浏其清矣。士与女，殷其盈矣。女曰观乎，士曰既且。且往观乎。洧之外，洵訏且乐。维士与女，伊其将谑，赠之以勺药。

《溱洧》之"相谑"于"洧之外"，"赠之以勺药"，犹挑达城阙也。夫郑声淫，读其诗似已闻之。若小序有取乎刺忽者，盖怨之辞昏于齐，宁失大国之助，非于昏姻之礼欲有所变之乎。观鲁桓公之毙，可谓忽之辞昏非乎。唯辞于齐，未能得其所配，则以《山有扶苏》刺忽之所美非美，不亦可乎。推之以《萚兮》，刺忽之君弱臣强不倡而和，《狡童》刺忽之不能与贤人图事而权人擅命，理皆可通。况辞昏之风，行于民间，昏姻之礼坏矣。父母于子女之昏姻，势将爱莫能助而放任之。虽有自好之君子，亦不得不出东门以述之。媒氏废也，则怨女旷夫盈于国内，自然有城阙之挑达，洧外之相谑，以至蔓草零露间，更有适愿偕臧之事。此非郑之为上者，有以任之而不禁之乎，始作俑者其忽乎。变二南之正音，淫声以起，赢豕蹢躅，上消日甚，宜郑声之不可不放也。

国风八 《齐风》十一篇说

齐，国名，周武王以封太公望。其国通工商，便鱼盐，民多归之，蔚成大国。诗十一篇。

○鸡鸣

  鸡既鸣矣，朝既盈矣。匪鸡则鸣，苍蝇之声。
  东方明矣，朝既昌矣。匪东方则明，月出之光。
  虫飞薨薨，甘与子同梦。会且归矣，无庶予子憎。

曰《鸡鸣》，贤妃之德也。"无庶予子憎"，何其体贴入微。是之谓"宜其家人"，庶能"归宁父母"，非"何彼襛矣"之化乎。

○还

  子之还兮，遭我乎峱之间兮。并驱从两肩兮，揖我谓我儇兮。
  子之茂兮，遭我乎峱之道兮。并驱从两牡兮，揖我谓我好兮。
  子之昌兮，遭我乎峱之阳兮。并驱从两狼兮，揖我谓我臧兮。

《还》述猎者之往来于峱山，"并驱从两肩兮""并驱从两牡兮""并驱从两狼兮"，以见民风之好田猎。上所好，下其甚，然齐国之强盛，有赖乎民之尚武。今之诸侯，五霸之罪人也。唯田猎失时，违三驱之用，邑人有戒，虽强亦奚以为，宜仲尼之徒无道桓文之事。

○著
俟我于著乎而，充耳以素乎而，尚之以琼华乎而。
俟我于庭乎而，充耳以青乎而，尚之以琼莹乎而。
俟我于堂乎而，充耳以黄乎而，尚之以琼英乎而。

《著》之"俟我于著乎而""俟我于庭乎而"，谓婿不亲迎，俟女自至。此有违男下女之咸，将生归妹之征凶。卓识之诗人，已见其几，宜有以刺之也。

○东方之日
东方之日兮，彼姝者子，在我室兮。在我室兮，履我即兮。
东方之月兮，彼姝者子，在我闼兮。在我闼兮，履我发兮。

《东方之日》谓"彼姝者子"，"在我室兮，履我即兮""在我闼兮，履我发兮"，是乃归妹位不当，征凶之象成矣。

○东方未明
东方未明，颠倒衣裳。颠之倒之，自公召之。
东方未晞，颠倒裳衣。倒之颠之，自公令之。
折柳樊圃，狂夫瞿瞿。不能辰夜，不夙则莫。

《东方未明》，"不能辰夜，不夙则莫"。此"自公召之""自公令之"，时哉时哉，过犹不及，为上者其可不知时乎。

○南山

南山崔崔，雄狐绥绥。鲁道有荡，齐子由归。既曰归止，曷又怀止。

葛屦五两，冠緌双止。鲁道有荡，齐子庸止。既曰庸止，曷又从止。

艺麻如之何，衡从其亩。取妻如之何，必告父母。既曰告止，曷又鞠止。

析薪如之何，匪斧不克。取妻如之何，匪媒不得。既曰得止，曷又极止。

《南山》曰"归止""怀止""庸止""从止"，刺齐襄公也。曰"告止""鞠止""得止""极止"，刺鲁桓公也。夫齐强鲁弱，仰人鼻息。强而狂，襄公之骄淫也。弱而绞，桓公之薨于车也。安得不为郑忽所笑乎。

○甫田

无田甫田，维莠骄骄。无思远人，劳心忉忉。

无田甫田，维莠桀桀。无思远人，劳心怛怛。

婉兮娈兮，总角丱兮。未几见兮，突而弁兮。

《甫田》之"劳心忉忉""劳心怛怛"，我行我素，人其奈我何哉。"未几见兮，突而弁兮"，唯未几之不及待焉，乃菑之畬之，耕之获之，恳之劳之，富之强之。甫田其田之乎，无田之乎。

○卢令

卢令令，其人美且仁。

卢重环，其人美且鬈。

卢重鋂，其人美且偲。

《卢令》义与《还》同。"其人美且仁""其人美且鬈""其人美且偲"，美其人乎，刺其人乎。见仁见智，其可必乎。

○敝笱
　　敝笱在梁，其鱼鲂鳏。齐子归止，其从如云。
　　敝笱在梁，其鱼鲂鱮。齐子归止，其从如雨。
　　敝笱在梁，其鱼唯唯。齐子归止，其从如水。

《敝笱》述"齐子归止"时，"其从如云""其从如雨""其从如水"。

○载驱
　　载驱薄薄，簟茀朱鞹。鲁道有荡，齐子发夕。
　　四骊济济，垂辔沵沵。鲁道有荡，齐子岂弟。
　　汶水汤汤，行人彭彭。鲁道有荡，齐子翱翔。
　　汶水滔滔，行人儦儦。鲁道有荡，齐子游敖。

《载驱》曰"齐子发夕""齐子岂弟""齐子翱翔""齐子游敖"，以见齐子如齐之情状。

○猗嗟
　　猗嗟昌兮，颀而长兮。抑若扬兮，美目扬兮。巧趋跄兮，射则臧兮。
　　猗嗟名兮，美目清兮。仪既成兮。终日射侯，不出正兮，展我甥兮。

猗嗟娈兮，清扬婉兮。舞则选兮，射则贯兮，四矢反兮，以御乱兮。

《猗嗟》曰"巧趋跄兮，射则臧兮""不出正兮，展我甥兮""四矢反兮，以御乱兮"，盖赞扬鲁庄公之才能。先儒皆从小序之说，义刺庄公之不能防闲其母。其说诚是，尚当覈实而论。考庄公生于桓公六年，十八年桓公薨于齐，庄公盖十二岁，是时鲁之政悉听于齐。襄公因文姜以控制之，宜有《敝笱》《载驱》之事。文姜于庄公二年、四年、五年、七年，凡五会齐侯。即以七年论，庄公亦仅十九岁耳，则年未二十之少年，未闻有得力之旧臣，其何能绝齐而自主鲁国之政耶。迨十年春，庄公年二十二，已能用曹刿而败齐师于长勺，非自好者能之乎。《猗嗟》之诗，实有以激励之也。

总观十一篇《齐风》，因其所刺，庶见齐风之变。《还》《卢令令》之好田猎，齐之强由以致之。《甫田》之开垦，虽或操之过急，齐疆域之大由以致之。《鸡鸣》《东方未明》以见齐之勤于政。"不夙则莫"，或齐已有固定之时钟，不因日出之迟早而异。乃诗人有以刺其冬日夙，夏日则莫。由《著》《东方之日》两篇，可见齐国之重男。管子有女闾三百以致天下之商，是其象。若齐女适异国，文姜已不守不归宁之礼，废此礼，是乎非乎。"齐子归止"，事关两国之政，桓公之薨，安知非政见之不同乎。

国风九 《魏风》七篇说

魏，国名，周初封同姓，后为晋献公所灭。故魏之于唐，犹邶、鄘之于卫。仍存魏风之名者，当采自魏地，作者为魏人，作时魏尚未灭云。诗凡七篇。

○葛屦

纠纠葛屦，可以履霜。掺掺女手，可以缝裳。要之襋之，好人服之。

好人提提，宛然左辟，佩其象揥。维是褊心，是以为刺。

《葛屦》者，"维是褊心，是以为刺"。

○汾沮洳

彼汾沮洳，言采其莫。彼其之子，美无度。美无度，殊异乎公路。

彼汾一方，言采其桑。彼其之子，美如英。美如英，殊异乎公行。

彼汾一曲，言采其藚。彼其之子，美如玉。美如玉，殊异乎公族。

《汾沮洳》者，"美无度，殊异乎公路"，"美如英，殊异乎公行"，"美如玉，殊异乎公族"，皆见魏之国小贫困，民情吝啬，有俭不中礼之象。

○园有桃

园有桃，其实之肴。心之忧矣，我歌且谣。不知我者，谓我士也骄。彼人是哉，子曰何其。心之忧矣，其谁知之。其谁知之，盖亦勿思。

园有棘，其实之食。心之忧矣，聊以行国。不知我者，谓我士也罔极。彼人是哉，子曰何其。心之忧矣，其谁知之。其谁知之，盖亦勿思。

《园有桃》之"心之忧矣，我歌且谣""心之忧矣，聊以行国"，然"不知我者，谓我士也骄""谓我士也罔极"。盖积非成是，民风褊急。士之歌谣行国，不足以唤醒国人之思。踽踽固陋，内则窥观，外则琐琐，何有乎天下国家之事耶。

○陟岵

陟彼岵兮，瞻望父兮。父曰嗟，予子行役，夙夜无已。上慎旃哉，犹来无止。

陟彼屺兮，瞻望母兮。母曰嗟，予季行役，夙夜无寐。上慎旃哉，犹来无弃。

陟彼冈兮，瞻望兄兮。兄曰嗟，予弟行役，夙夜必偕。上慎旃哉，犹来无死。

《陟岵》曰"陟彼岵兮，瞻望父兮""陟彼屺兮，瞻望母兮""陟彼冈兮，瞻望兄兮"，以写行役者之情。"犹来无止""犹来无弃""犹来无死",其情惨焉。此不见于齐风而见于魏风,魏之国力可喻。

○十亩之间

十亩之间兮,桑者闲闲兮,行与子还兮。
十亩之外兮,桑者泄泄兮,行与子逝兮。

《十亩之间》,其有应于《园有桃》之士乎。呜呼,国人如是,未若"行与子还兮""行与子逝兮"。

○伐檀

坎坎伐檀兮,置之河之干兮,河水清且涟猗。不稼不穑,胡取禾三百廛兮。不狩不猎,胡瞻尔庭有县貆兮。彼君子兮,不素餐兮。
坎坎伐辐兮,置之河之侧兮,河水清且直猗。不稼不穑,胡取禾三百亿兮。不狩不猎,胡瞻尔庭有县特兮。彼君子兮,不素食兮。
坎坎伐轮兮,置之河之漘兮,河水清且沦猗。不稼不穑,胡取禾三百囷兮。不狩不猎,胡瞻尔庭有县鹑兮。彼君子兮,不素飧兮。

《伐檀》云者,"坎坎伐檀兮,置之河之干兮""坎坎伐辐兮,置之河之侧兮""坎坎伐轮兮,置之河之漘兮",盖伐木造车者之言,惜置车于河,难乎其行也。"彼君子兮,不素餐兮""不素食兮""不素飧兮",其自好乎,自洁乎,抑大貉小貉乎,亦褊急所致也。

○硕鼠

硕鼠硕鼠,无食我黍。三岁贯女,莫我肯顾。逝将去女,适彼乐土。乐土乐土,爰得我所。

硕鼠硕鼠，无食我麦。三岁贯女，莫我肯德。逝将去女，适彼乐国。乐国乐国，爰得我直。

硕鼠硕鼠，无食我苗。三岁贯女，莫我肯劳。逝将去女，适彼乐郊。乐郊乐郊，谁之永号。

继以《硕鼠》，大桀小桀也。"逝将去女，适彼乐土""适彼乐国""适彼乐郊"，魏国诚不可不去。濡首于褊，非观光上国，将何以治之哉。

国风十 《唐风》十二篇说

成王封其弟叔虞为唐侯，以建唐国。国之南有晋水，子燮改国号曰晋。诗存《唐风》之名者，从始封之号也。民情魏、唐相似，诗凡十二篇。

○蟋蟀

蟋蟀在堂，岁聿其莫。今我不乐，日月其除。无已大康，职思其居。好乐无荒，良士瞿瞿。

蟋蟀在堂，岁聿其逝。今我不乐，日月其迈。无已大康，职思其外。好乐无荒，良士蹶蹶。

蟋蟀在堂，役车其休。今我不乐，日月其慆。无已大康，职思其忧。好乐无荒，良士休休。

《蟋蟀》述岁莫之情，"今我不乐，日月其除""日月其迈"，"日月其慆"。然未闻其乐，已申"无已大康""好乐无荒"之戒。唐人之俭，无乃太甚乎。

○山有枢

山有枢，隰有榆。子有衣裳，弗曳弗娄。子有车马，弗驰弗驱。宛其死矣，他人是愉。

山有栲，隰有杻。子有廷内，弗洒弗扫。子有钟鼓，弗鼓弗考。宛其死矣，他人是保。
　　山有漆，隰有栗。子有酒食，何不日鼓瑟。且以喜乐，且以永日。宛其死矣，他人入室。

　　《山有枢》以"宛其死矣，他人是愉""他人是保""他人入室"刺之，不亦宜乎。未能役物而役于物，齐家大忌，况治国乎。国人叛之而归曲沃，有以也。

○扬之水
　　扬之水，白石凿凿。素衣朱襮，从子于沃。既见君子，云何不乐。
　　扬之水，白石皓皓。素衣朱绣，从子于鹄。既见君子，云何其忧。
　　扬之水，白石粼粼。我闻有命，不敢以告人。

　　《扬之水》之"既见君子，云何不乐""既见君子，云何其忧"，晋之新生也。"我闻有命，不敢以告人"，盖巽命初入，见几而已。

○椒聊
　　椒聊之实，蕃衍盈升。彼其之子，硕大无朋。椒聊且，远条且。
　　椒聊之实，蕃衍盈匊。彼其之子，硕大且笃。椒聊且，远条且。

　　《椒聊》之"硕大无朋""硕大且笃"，亦以喻曲沃之盛。彼则"蕃衍盈升""蕃衍盈匊"，以视《山有枢》之衣裳车马，廷内钟鼓酒食，能不入室以取之乎。是之谓慢藏诲盗，况兄弟乎。

○绸缪

绸缪束薪,三星在天。今夕何夕,见此良人。子兮子兮,如此良人何。

绸缪束刍,三星在隅。今夕何夕,见此邂逅。子兮子兮,如此邂逅何。

绸缪束楚,三星在户。今夕何夕,见此粲者。子兮子兮,如此粲者何。

《绸缪》叙离散之夫妇。而"今夕何夕",能"邂逅"见此"良人""粲者"。"如此良人何""如此邂逅何""如此粲者何",捉摸不定之境,悲喜交加之情,夫妇不能相保,令人感慨。

○杕杜

有杕之杜,其叶湑湑。独行踽踽,岂无他人,不如我同父。嗟行之人,胡不比焉。人无兄弟,胡不佽焉。

有杕之杜,其叶菁菁。独行睘睘,岂无他人,不如我同姓。嗟行之人,胡不比焉。人无兄弟,胡不佽焉。

《杕杜》明宗室兄弟之不相亲近。"独行踽踽""独行睘睘",情亦孤矣,独复乎,瞏孤乎。"胡不比焉""胡不佽焉",时必不比不佽,因有此嗟。然德不孤,必有邻,四海之内皆兄弟也。与曲沃之一忧一乐,天命人事见矣。

○羔裘

羔裘豹祛,自我人居居。岂无他人,维子之故。

羔裘豹褎,自我人究究。岂无他人,维子之好。

《羔裘》之"自我人居居""自我人究究",有在位不恤民之象。"维子之故""维子之好",子者位也。窃之好之,乃无他人,尚有恤民之心哉。

○鸨羽

肃肃鸨羽,集于苞栩。王事靡盬,不能艺稷黍,父母何怙。悠悠苍天,曷其有所。

肃肃鸨翼,集于苞棘。王事靡盬,不能艺黍稷,父母何食。悠悠苍天,曷其有极。

肃肃鸨行,集于苞桑。王事靡盬,不能艺稻粱,父母何尝。悠悠苍天,曷其有常。

《鸨羽》义同魏风之《涉岵》。"父母何怙""父母何食""父母何尝",人子而不能养亲,呼苍天而曰"曷其有所""曷其有极""曷其有常",其心碎矣。

○无衣

岂曰无衣七兮,不如子之衣,安且吉兮。

岂曰无衣六兮,不如子之衣,安且燠兮。

《无衣》者,武公并晋,周釐王以之为晋侯。侯伯七命,故曰:"岂曰无衣七兮,不如子之衣,安且吉兮。"呜呼,美之乎,刺之乎。周王受赂而封之乎,以礼而命之乎。兄弟争位,国其治乎乱乎。民情之向背,顺乎逆乎。一言以蔽之,是乎非乎。周礼典刑,时已荡失,是非之变,消息纷若,自然之理也。诗存《山有枢》《扬之水》二篇,唐风变化之情显矣。

○有杕之杜

　　有杕之杜，生于道左。彼君子兮，噬肯适我。中心好之，曷饮食之。

　　有杕之杜，生于道周。彼君子兮，噬肯来游。中心好之，曷饮食之。

　　《有杕之杜》义似《杕杜》，同为求助也。然《杕杜》有求比不得之象，《有杕之杜》之求贤，有曰"彼君子兮，噬肯适我""彼君子兮，噬肯来游"，又曰"中心好之，曷饮食之"，则好贤之心殊诚。武公后晋国渐强，有以也。

○葛生

　　葛生蒙楚，蔹蔓于野。予美亡此，谁与独处。
　　葛生蒙棘，蔹蔓于域。予美亡此，谁与独息。
　　角枕粲兮，锦衾烂兮。予美亡此，谁与独旦。
　　夏之日，冬之夜，百岁之后，归于其居。
　　冬之夜，夏之日，百岁之后，归于其室。

　　《葛生》之"谁与独处""谁与独息""谁与独旦"，闺怨之情也。继之曰"百岁之后，归于其居""百岁之后，归于其室"，盖能从一而终，有贞下起元之象。晋风醇厚，与郑、卫之音截然不同者，此也。

○采苓

　　采苓采苓，首阳之巅。人之为言，苟亦无信。舍旃舍旃，苟亦无然。人之为言，胡得焉。

　　采苦采苦，首阳之下。人之为言，苟亦无与。舍旃舍旃，苟亦无然。人之为言，胡得焉。

采葑采葑，首阳之东。人之为言，苟亦无从。舍旃舍旃，苟亦无然。人之为言，胡得焉。

《采苓》刺献公之好听谗言。由申生之死，他可概见，数十年之乱因也。"苟亦无然。人之为言，胡得焉"，义当冬至夜半，鸣鹤在阴，感应之气，可有丝毫之差乎。

国风十一 《秦风》十篇说

秦，国名，伯益后。伯益佐禹治水有功，赐姓嬴氏，居西戎，以保西垂。后及非子，事周孝王养马。马大繁息，孝王封为附庸而邑之秦。及宣王，又封非子曾孙秦仲为大夫。平王东迁时，秦仲孙襄公以兵送之。平王命襄公为诸侯，曰："能逐犬戎，即有岐丰之地。"襄公遂有西周畿内八百里之地。秦由是日兴，数百年后，竟继周而有天下，是岂平王始料所及耶。诗凡十篇。

○车邻

有车邻邻，有马白颠。未见君子，寺人之令。

阪有漆，隰有栗。既见君子，并坐鼓瑟。今者不乐，逝者其耋。

阪有桑，隰有杨。既见君子，并坐鼓簧。今者不乐，逝者其亡。

《车邻》，美秦仲也。秦仲为宣王大夫，秦方有国家之气象。"有车邻邻，有马白颠"，国有车马焉。"未见君子，寺人之令"，国有寺人之官焉。"既见君子，并坐鼓瑟""既见君子，并坐鼓簧"，国有礼乐焉。"今者不乐，逝者其耋""今者不乐，逝者其亡"，更能及时行乐焉。然是时之秦，粗具规模耳，未足言强，故秦仲诛西戎不克见杀。迨其孙襄公，秦始强盛。

卷一　国风（凡十五国一百六十篇）　　　　　　　　　　　　　　　　61

○驷驖

　　驷驖孔阜，六辔在手。公之媚子，从公于狩。
　　奉时辰牡，辰牡孔硕。公曰左之，舍拔则获。
　　游于北园，四马既闲。輶车鸾镳，载猃歇骄。

○小戎

　　小戎俴收，五楘梁辀。游环胁驱，阴靷鋈续，文茵畅毂，驾我骐馵。言念君子，温其如玉。在其板屋，乱我心曲。
　　四牡孔阜，六辔在手。骐駵是中，騧骊是骖，龙盾之合，鋈以觼軜。言念君子，温其在邑。方何为期，胡然我念之。
　　俴驷孔群，厹矛鋈錞。蒙伐有苑，虎韔镂膺，交韔二弓，竹闭绲縢。言念君子，载寝载兴。厌厌良人，秩秩德音。

　　《驷驖》《小戎》，皆美襄公也。"驷驖孔阜，六辔在手""公曰左之，舍拔则获""游于北园，四马既闲"，以见襄公田狩射御之善。日闲舆卫，足以敌西戎焉。"小戎俴收，五楘梁辀""龙盾之合，鋈以觼軜""交韔二弓，竹闭绲縢"，以见兵车戎器之精美，秦霸西戎之基也。尤要者，敌忾同仇，士气振奋。"温其如玉""温其在邑"，家人送之念之而不怨，归诸"厌厌良人，秩秩德音"，国自然有兴气。文王之"予曰有御侮"，秦得其遗风焉。然文王"有疏附""有先后""有奔奏""有御侮"，秦得其一，忘其三，霸而非王，姤而非复。

○蒹葭

　　蒹葭苍苍，白露为霜。所谓伊人，在水一方。溯洄从之，道阻且长。溯游从之，宛在水中央。
　　蒹葭萋萋，白露未晞。所谓伊人，在水之湄。溯洄从之，道阻且跻。溯游从之，宛在水中坻。

蒹葭采采，白露未已。所谓伊人，在水之涘。溯洄从之，道阻且右。溯游从之，宛在水中沚。

有识者遯象已生，继以《蒹葭》是其义。"所谓伊人，在水一方""在水之湄""在水之涘"，非嘉遯乎。"宛在水中央""宛在水中坻""宛在水中沚"，不盈祇平，庶免坎窞之陷也。

○终南

终南何有，有条有梅。君子至止，锦衣狐裘。颜如渥丹，其君也哉。

终南何有，有纪有堂。君子至止，黻衣绣裳。佩玉将将，寿考不忘。

《终南》，秦人以美其君。"锦衣狐裘""黻衣绣裳""佩玉将将，寿考不忘"，誉之甚焉。"颜如渥丹，其君也哉"，犹《简兮》"赫如渥赭"之象。若曰"君子至止"，隐有戒劝，君其知止乎，其犹未止乎。惟其不止而甚之，及穆公之薨，竟有三良之殉。

○黄鸟

交交黄鸟，止于棘。谁从穆公，子车奄息。维此奄息，百夫之特。临其穴，惴惴其慄。彼苍者天，歼我良人。如可赎兮，人百其身。

交交黄鸟，止于桑。谁从穆公，子车仲行。维此仲行，百夫之防。临其穴，惴惴其慄。彼苍者天，歼我良人。如可赎兮，人百其身。

交交黄鸟，止于楚。谁从穆公，子车针虎。维此针虎，百夫

卷一　国风（凡十五国一百六十篇）　　　　　　　　　　　　　63

之御。临其穴，惴惴其慄。彼苍者天，歼我良人。如可赎兮，人百其身。

《黄鸟》曰"谁从穆公，子车奄息""谁从穆公，子车仲行""谁从穆公，子车针虎"。观三良之"临其穴，惴惴其慄"，残忍何如哉。秦风之不仁，蔑以加矣。然穆公之未薨也，三良盖善咏《终南》之诗者也，惜其不知有此《黄鸟》之诗。呜呼，《蒹葭》之伊人，诚先知也。

○晨风

　　䮝彼晨风，郁彼北林。未见君子，忧心钦钦。如何如何，忘我实多。
　　山有苞栎，隰有六驳。未见君子，忧心靡乐。如何如何，忘我实多。
　　山有苞棣，隰有树檖。未见君子，忧心如醉。如何如何，忘我实多。

《晨风》叙"未见君子"之"忧心"。"如何如何，忘我实多"，与唐风之《葛生》，情又不同，是之谓得臣无家。

○无衣

　　岂曰无衣，与子同袍。王于兴师，修我戈矛，与子同仇。
　　岂曰无衣，与子同泽。王于兴师，修我矛戟，与子偕作。
　　岂曰无衣，与子同裳。王于兴师，修我甲兵，与子偕行。

《无衣》之"与子同仇""与子偕作""与子偕行"，殊有众允允升之象，宜其日晋无已。若甘于"同袍""同泽""同裳"，墨者之风起焉。

○渭阳

  我送舅氏，曰至渭阳。何以赠之，路车乘黄。
  我送舅氏，悠悠我思。何以赠之，琼瑰玉佩。

《渭阳》之送，似有甥舅之情。惜穆公之纳文公也，可谓无所图乎。故他日康公有令狐之役，亦何怪矣。然则"路车乘黄"，困于金车之象。"琼瑰玉佩"，困于赤绂之象。可不慎乎？

○权舆

  於我乎，夏屋渠渠，今也每食无余。于嗟乎，不承权舆。
  於我乎，每食四簋，今也每食不饱。于嗟乎，不承权舆。

《权舆》之"今也每食无余""今也每食不饱"，《无衣》所致也。岂无夏屋，岂无四簋，苦节之贞，未尝不可，贵乎因时消息。曰"不承权舆"，秦变法之几也。

国风十二 《陈风》十篇说

陈，国名，位于豫州之东，盖大皞伏羲氏之墟。周武王时，舜后虞阏父居之，为周陶正。武王赖其器用，以元女大姬妻其子满而封之于陈。民风好乐，妇人尊贵，巫觋歌舞之事盛于国内。诗凡十篇。

○宛丘

子之汤兮，宛丘之上兮。洵有情兮，而无望兮。
坎其击鼓，宛丘之下。无冬无夏，值其鹭羽。
坎其击缶，宛丘之道。无冬无夏，值其鹭翿。

宛丘者，陈之都城。诗记宛丘之上下，及其道中，"无冬无夏"，皆为"坎其击鼓""坎其击缶"者，及"值其鹭羽""值其鹭翿"之歌舞者，是之谓用史巫纷若。"洵有情兮，而无望兮"，惜其犹未能尽神云。

○东门之枌

东门之枌，宛丘之栩。子仲之子，婆娑其下。
谷旦于差，南方之原。不绩其麻，市也婆娑。
谷旦于逝，越以鬷迈。视尔如荍，贻我握椒。

《东门之枌》，指宛丘东门之白榆也。人皆"婆娑其下"，于"谷旦于差"，更将"不绩其麻"。而"市也婆娑""视尔如荍，贻我握椒"，是犹郑风之《溱洧》。唯陈风以婆娑，尚有辨于郑风之相谑也。

○衡门
　　衡门之下，可以栖迟。泌之洋洋，可以乐饥。
　　岂其食鱼，必河之鲂。岂其取妻，必齐之姜。
　　岂其食鱼，必河之鲤。岂其取妻，必宋之子。

《衡门》或亦宛丘城门之名，其地清静，远不如东门之繁华。然"可以栖迟"者，有洋洋之泌水"可以乐饥"也。"岂其食鱼，必河之鲂""必河之鲤"，泌水中亦有鱼焉。"岂其取妻，必齐之姜""必宋之子"，衡门之下，其无美人乎，夫诗义如是。美刺因所指而异。美者，隐者自足之象，是谓好遯。若于僖公，乃刺其愿而无立志，巽上之床下也。

○东门之池
　　东门之池，可以沤麻。彼美淑姬，可与晤歌。
　　东门之池，可以沤纻。彼美淑姬，可与晤语。
　　东门之池，可以沤菅。彼美淑姬，可与晤言。

《东门之池》"可以沤麻""可以沤纻""可以沤菅"，有"彼美淑姬"在焉。"可与晤歌""可与晤语""可与晤言"，亦有好逑之象。

卷一　国风（凡十五国一百六十篇）

○东门之杨

　　东门之杨，其叶牂牂。昏以为期，明星煌煌。
　　东门之杨，其叶肺肺。昏以为期，明星晢晢。

　　《东门之杨》"其叶牂牂""其叶肺肺"，时犹桃华之灼灼。然桃夭有宜其家人之德，此则徒见"明星煌煌""明星晢晢"，风之正变于焉乃显。

○墓门

　　墓门有棘，斧以斯之。夫也不良，国人知之。知而不已，谁昔然矣。
　　墓门有梅，有鸮萃止。夫也不良，歌以讯之。讯予不顾，颠倒思予。

　　《墓门》明"夫也不良"，且虽"国人知之"，人其奈何。甚矣，民风之不振，正义之不申，不得已而"歌以讯之"。结句曰"颠倒思予"，冀不良者之自受其良心愬责耳。夫渐上鸿羽，仪则可观。此《东门之杨》与《墓门》，两仪其乱矣。

○防有鹊巢

　　防有鹊巢，邛有旨苕。谁侜予美，心焉忉忉。
　　中唐有甓，邛有旨鹝。谁侜予美，心焉惕惕。

　　《防有鹊巢》犹郑风之《扬之水》，唐风之《采苓》。呜呼，逸者之言，上以间父子君臣，下以间夫妇朋友，其力何其大哉。"谁侜予美，心焉忉忉""心焉惕惕"，实被间之二人，定有一人已失挈如之乎也。

○月出

月出皎兮，佼人僚兮。舒窈纠兮，劳心悄兮。

月出皓兮，佼人懰兮。舒忧受兮，劳心慅兮。

月出照兮，佼人燎兮。舒夭绍兮，劳心惨兮。

《月出》者，谓"月出皎兮""月出皓兮""月出照兮"，见之者其思"佼人"之"劳心"，乃"悄兮""慅兮""惨兮"。此"窈纠""忧受""夭绍"之心，能有"舒"之之时乎。奈有"僚兮""懰兮""燎兮"之情，其情决无已时。身陷月窟，不见天根，必待日光普照，射之以济之云。

○株林

胡为乎株林，从夏南。匪适株林，从夏南。

驾我乘马，说于株野。乘我乘驹，朝食于株。

《株林》者，刺陈灵公之淫夏姬也。"从夏南"而为夏徵舒所弑，自食其果，死不足惜。唯布恶于众，民风淫乱，是为可忧。

○泽陂

彼泽之陂，有蒲与荷。有美一人，伤如之何。寤寐无为，涕泗滂沱。

彼泽之陂，有蒲与蕳。有美一人，硕大且卷。寤寐无为，中心悁悁。

彼泽之陂，有蒲菡萏。有美一人，硕大且俨。寤寐无为，辗转伏枕。

终以《泽陂》之"有美一人"，"寤寐无为"乎，有为乎。其

"伤如之何",其"辗转伏枕"之情,复如之何。是之谓来之坎坎,险且枕。而《月出》者,其思此乎。其与"悠哉悠哉,辗转反侧",同乎异乎。其与"嗟我怀人,置彼周行",一乎二乎。此不以发挥旁通,何能会通其情而性之哉。夫《何彼襛矣》而继以《驺虞》,此《泽陂》之则乎。

国风十三 《桧风》四篇说

桧君妘姓，高辛氏火正祝融之后，西周末为郑桓公所灭。而桓公盖死于犬戎之难，其子武公，定平王东迁，乃于桧地为郑国。然则《桧风》犹《郑风》。仍立桧风之名者，作者当为桧人。且所存四篇中，前三篇桧尚未灭云。

○羔裘

　　羔裘逍遥，狐裘以朝。岂不尔思，劳心忉忉。
　　羔裘翱翔，狐裘在堂。岂不尔思，我心忧伤。
　　羔裘如膏，日出有曜。岂不尔思，中心是悼。

　　曰《羔裘》者，桧君尚饰不尚德。"羔裘逍遥，狐裘以朝""羔裘翱翔，狐裘在堂""羔裘如膏，日出有曜"，其饰不亦美哉。在朝堂者如是，民之风尚可喻。务外失实，国成虚邑。爱国无由，有心者自然生"忉忉""忧伤""是悼"之情，其何可治国耶。且唯其好服饰之美，能为斩衰三年乎。

○素冠

　　庶见素冠兮，棘人栾栾兮，劳心慱慱兮。
　　庶见素衣兮，我心伤悲兮，聊与子同归兮。

庶见素韠兮，我心蕴结兮，聊与子如一兮。

故《素冠》者，"庶见素冠""素衣""素韠"，而"聊与子同归兮""聊与子如一兮"，聊见服丧者之绝无仅见。忘本如是，国何能久享。

○隰有苌楚
隰有苌楚，猗傩其枝。夭之沃沃，乐子之无知。
隰有苌楚，猗傩其华。夭之沃沃，乐子之无家。
隰有苌楚，猗傩其实。夭之沃沃，乐子之无室。

若《隰有苌楚》之"乐子之无知""乐子之无家""乐子之无室"，国破家亡之象已成，安得不为桓公所灭。

○匪风
匪风发兮，匪车偈兮。顾瞻周道，中心怛兮。
匪风飘兮，匪车嘌兮。顾瞻周道，中心吊兮。
谁能亨鱼，溉之釜䰽。谁将西归，怀之好音。

《匪风》者，思周道也。曰"顾瞻周道，中心怛兮""顾瞻周道，中心吊兮"。怛兮吊兮，非悲周道而东，有射王中肩之事，交质之事乎，此于桧人尤有感焉。末曰"谁将西归，怀之好音"。好音者何，怀周道之复西，桧之能复国也。故变风极于《匪风》《下泉》之思，而前者之痛，更甚于后者。哀《桧风》之终于《匪风》，桧人虽存，其思绝矣。

国风十四 《曹风》四篇说

曹，周姓，武王封其弟振铎于曹。周而东，曹已不绝如缕，国小而弱，次在桧下，其风不足观。虽然，观其不足观，亦有其象。诗凡四篇。

〇蜉蝣

蜉蝣之羽，衣裳楚楚。心之忧矣，于我归处。
蜉蝣之翼，采采衣服。心之忧矣，于我归息。
蜉蝣掘阅，麻衣如雪。心之忧矣，于我归说。

曰《蜉蝣》者，其《曹风》之特色乎。国似蜉蝣之羽翼，尚"衣裳楚楚""采采衣服"，不亦可哂，亦复可叹。至于吟此诗而忧之，国岂无人。其思"于我归处""于我归息""于我归说"，实上之未能用之，遐思成矣。

〇候人

彼候人兮，何戈与祋。彼其之子，三百赤芾。
维鹈在梁，不濡其翼。彼其之子，不称其服。
维鹈在梁，不濡其咮。彼其之子，不遂其媾。
荟兮蔚兮，南山朝隮。婉兮娈兮，季女斯饥。

《候人》之"彼其之子,三百赤芾""不称其服""不遂其媾",是之谓负且乘。"荟兮蔚兮,南山朝隮",皆眇视跛履之辈也。"婉兮娈兮,季女斯饥",包无鱼,凶其起矣。

○鸤鸠

　　鸤鸠在桑,其子七兮。淑人君子,其仪一兮。其仪一兮,心如结兮。
　　鸤鸠在桑,其子在梅。淑人君子,其带伊丝。其带伊丝,其弁伊骐。
　　鸤鸠在桑,其子在棘。淑人君子,其仪不忒。其仪不忒,正是四国。
　　鸤鸠在桑,其子在榛。淑人君子,正是国人。正是国人,胡不万年。

　　呜呼,居民上者无德,行必散乱,思必无仪,宜有心者发《鸤鸠》"其仪一兮""其仪不忒"之吟。"其仪不忒,正是四国""正是国人,胡不万年",诗之气象,犹存盛周之风。奈未闻有兴其仪者,徒留此空言耳。

○下泉

　　冽彼下泉,浸彼苞稂。忾我寤叹,念彼周京。
　　冽彼下泉,浸彼苞萧。忾我寤叹,念彼京周。
　　冽彼下泉,浸彼苞蓍。忾我寤叹,念彼京师。
　　芃芃黍苗,阴雨膏之。四国有王,郇伯劳之。

　　《下泉》之"念彼周京""念彼京周""念彼京师",民之思治亟焉。奈井冽寒泉,下而未上,"忾我寤叹",其能已乎。若"芃芃黍苗，阴雨膏之"，天地生生之理，未尝或变。"四国有王，郇伯劳之"，今也则无，乃揵井羸瓶，未修未改，盖人事之失也。

夫卫与曹，皆武王之弟，周既衰，康叔振铎之子孙，皆当仁不让，有因时兴之之任者也。惜《邶风·柏舟》之"不能奋飞"，当变风之始；《曹风·下泉》之空待"郇伯劳之"，当变风之终。终之始之，皆坐视其消剥而不能反不能救，"骏命不易"，不其然乎，岂其然乎。

国风十五　《豳风》七篇说

十五国风,始于《周南》《召南》者,正风也。以下曰变风,变风复归于正,唯周公能之,宜以《豳风》终。自邶至曹之十二变风中,企望有周公之德者出,由消而息,由剥而复。正风俗,平天下,我其为东周,非孔子辑《诗》以序此十五国风之微义欤。曰《豳风》者,公刘复修曾祖弃之业于豳,相土立国,创业维艰,世世守之,凡九代云。及十世古公亶父由豳迁岐,十二世文王受命,十三世武王伐纣为天子。武王崩,成王立,年幼童蒙,周公以冢宰摄政,陈祖德《豳风·七月》之诗以戒之,与《书》之《无逸》相表里。而《豳风》之诗,仅此一篇,凡八章,章十一句。

○七月

七月流火,九月授衣。一之日觱发,二之日栗烈。无衣无褐,何以卒岁。三之日于耜,四之日举趾。同我妇子,馌彼南亩,田畯至喜。

七月流火,九月授衣。春日载阳,有鸣仓庚。女执懿筐,遵彼微行,爰求柔桑。春日迟迟,采蘩祁祁。女心伤悲,殆及公子同归。

七月流火,八月萑苇。蚕月条桑,取彼斧斨,以伐远扬,猗彼女桑。七月鸣鵙,八月载绩。载玄载黄,我朱孔阳,为公子裳。

四月秀葽,五月鸣蜩。八月其获,十月陨萚。一之日于貉,取彼狐狸，为公子裘。二之日其同，载缵武功。言私其豵，献豜于公。

五月斯螽动股，六月莎鸡振羽。七月在野，八月在宇，九月在户，十月蟋蟀入我床下。穹窒熏鼠，塞向墐户。嗟我妇子，曰为改岁，入此室处。

六月食郁及薁，七月亨葵及菽。八月剥枣，十月获稻。为此春酒，以介眉寿。七月食瓜，八月断壶，九月叔苴。采荼薪樗，食我农夫。

九月筑场圃，十月纳禾稼。黍稷重穋，禾麻菽麦。嗟我农夫，我稼既同，上入执宫功。昼尔于茅，宵尔索绹。亟其乘屋，其始播百谷。

二之日凿冰冲冲，三之日纳于凌阴。四之日其蚤，献羔祭韭。九月肃霜，十月涤场。朋酒斯飨，曰杀羔羊。跻彼公堂，称彼兕觥，万寿无疆。

首章总叙黎民之艰苦，为上者体恤下情，修耕织之业。是之谓以农立国，利用为大作，王业之基也。"田畯至喜"，岂易致哉。二、三两章言女功，采桑养蚕，绩丝为裳，与夫及时昏嫁诸事。四章言田猎为裘，以见武功之成。此三章以舒首章"无衣无褐，何以卒岁"之苦，盖为上者见"七月流火"，当负"九月授衣"之责，是之谓垂衣裳而天下治。若衣褐已备，卒岁尚须居室。五章曰"穹窒熏鼠，塞向墐户"，以明治室御寒，上栋下宇，以避风雨。"曰为改岁，入此室处"，夫改岁者，周正建子。七月、九月者，以夏正建寅言。故周正当夏正十一月改岁，其后朔风雪霰，寒流无已，必当室处以避之，此室盖在邑中云。六、七两章明农功。"黍稷重穋，禾麻菽麦"，皆农夫所植，然"采荼薪樗，食我农夫"，其生活不亦节俭乎。为上者其可不知稼穑之艰难，乃逸乃谚耶。且"我稼既同"继以"上入执宫功""昼尔于茅，宵尔索绹"，以见日夜无息。"亟其乘屋，其始播百谷"，以见乘屋未毕，播谷期又至。一岁中亦无时或息，其劳瘁为何如哉。至于宫功者，盖为上治宫室。乘屋者，兼指自治其在田之宅也。八章言"凿冰冲冲""纳于凌阴"，以备消暑。夫既免饥寒之患，夏日且有凌阴之冰，此之谓天工人代。人定胜天，王天下之旨也。"献羔祭韭"，以和天地阴阳之气。凡人受天地之中以生，其与草木禽兽，有以异乎，无以异乎，不亦几希乎。"称彼兕觥，万寿无疆"，坤而复，乾元出，人道立，天下一。有知之者乎，有体之者乎，文王所受之天命，非受此乎。周公以此诗戒成王，其义深矣。至于此诗之作，盖当豳国初建之时，其用夏正建寅之月可证。然周公虽陈古诗，时周正已定，故不用夏正之十一月、十二月。诗曰"一之日""二之日""三之日""四之日"及"曰为改岁"，或系周正以改动欤，特附表以示之（表下另起一节）。

若《豳风》仅此一篇者，数百年间，其风未变也。当由豳而岐，由岐而丰，由丰而镐，风由地异，易地亦然。周风之正，未尝有异。故岐之风，是谓二南。丰镐之风，已受命而入雅。唯成王时，三叔流言，公将不利于孺子，则君臣之间，风不可谓不变。幸周公不忘十余世之祖德，三年东征，德音不瑕。金縢启，流言息，成王感悟，天雨反风，禾则尽起。此所以附《鸱鸮》等六篇于《豳风》。风反而正，以固文武已创之业。周公之德，盖亦大矣。

○鸱鸮

鸱鸮鸱鸮，既取我子，无毁我室。恩斯勤斯，鬻子之闵斯。
迨天之未阴雨，彻彼桑土，绸缪牖户。今女下民，或敢侮予。
予手拮据，予所捋荼，予所蓄租，予口卒瘏，曰予未有室家。
予羽谯谯，予尾翛翛，予室翘翘，风雨所漂摇，予维音哓哓。

夏正	寅	三之日于耜							
三正	十二支	首章	二章	三章	四章	五章	六章	七章	八章
周正	子	一之日觱发			一之日于貉				
商正	丑	二之日栗烈			二之日其同	曰为改岁			二之日凿冰冲冲
夏正	寅	三之日于耜							三之日纳于凌阴
	卯	四之日举趾	春日载阳 春日迟迟						四之日其蚤 献羔祭韭
	辰								
	巳				四月秀葽				
	午				五月鸣蜩	五月斯螽动股			
	未					六月莎鸡振羽	六月食郁及薁		
	申	七月流火	七月流火	七月流火 鸣鵙		七月在野	七月亨葵及菽 七月食瓜		
	酉			八月萑苇 八月载绩	八月其获	八月在宇	八月剥枣 八月断壶		
	戌	九月授衣	九月授衣			九月在户	九月叔苴	九月筑场圃	九月肃霜
	亥				十月陨萚	十月蟋蟀入我床下	十月获稻	十月纳禾稼	十月涤场

78　　　　　　　　　　　　　　　　　　　　　　　　　　　诗　说

曰《鸱鸮》者，周公自为诗以贻王。成王未敢诮公，感此诗也。诗为鸟言以自比。"鸱鸮鸱鸮，既取我子，无毁我室"，鸱鸮指武庚。我子者，三叔。我室者，周之天下。周公东征，诚不得已也。继之凡十言"予"字，自陈忧心，恳然哀鸣，宜成王有以信之焉。

○东山

我徂东山，慆慆不归。我来自东，零雨其濛。我东曰归，我心西悲。制彼裳衣，勿士行枚。蜎蜎者蠋，烝在桑野。敦彼独宿，亦在车下。

我徂东山，慆慆不归。我来自东，零雨其濛。果臝之实，亦施于宇。伊威在室，蠨蛸在户。町畽鹿场，熠耀宵行。不可畏也，伊可怀也。

我徂东山，慆慆不归。我来自东，零雨其濛。鹳鸣于垤，妇叹于室。洒扫穹窒，我征聿至。有敦瓜苦，烝在栗薪。自我不见，于今三年。

我徂东山，慆慆不归。我来自东，零雨其濛。仓庚于飞，熠耀其羽。之子于归，皇驳其马。亲结其缡，九十其仪。其新孔嘉，其旧如之何。

曰《东山》者，东征将归，周公赋此以慰归士云。体贴下情，一如父子夫妇之私语。一章之"敦彼独宿，亦在车下"，非如父母思子征役之劳乎。二章之"不可畏也，伊可怀也"，非如征者畏其家破而思重建家园乎。三章之"妇叹于室"，"于今三年"，非如闺怨之情乎。四章之"其新孔嘉，其旧如之何"，美其重温家室之乐，治世之象成矣。周公本此志以东征，士卒之忘劳忘死以成其功，岂偶然哉。此《鸱鸮》《东山》二篇，一感上，一化下，周公之至情毕见，反风之道莫外矣。

○破斧

既破我斧，又缺我斨。周公东征，四国是皇。哀我人斯，亦孔之将。

既破我斧，又缺我锜。周公东征，四国是吪。哀我人斯，亦孔之嘉。

既破我斧，又缺我銶。周公东征，四国是遒。哀我人斯，亦孔之休。

继以《破斧》，东人美周公之东征。所以使"四国是皇""四国是吪""四国是遒"，则"哀我人斯"，不亦"将""嘉""休"哉。是之谓失则入地，反晋登天，以照四国也。

○伐柯

伐柯如何，匪斧不克。取妻如何，匪媒不得。

伐柯伐柯，其则不远。我觏之子，笾豆有践。

《伐柯》者，"其则不远"。东人深喜得近周公而亲受其"笾豆有践"之礼化也。

○九罭

九罭之鱼，鳟鲂。我觏之子，衮衣绣裳。

鸿飞遵渚，公归无所，于女信处。

鸿飞遵陆，公归不复，于女信宿。

是以有衮衣兮，无以我公归兮，无使我心悲兮。

《九罭》述东人不忍周公之西归。"于女信处""于女信宿""无以我公归兮，无使我心悲兮"。呜呼，其情或将甚于《甘棠》之思乎。夫周、召之情，一当东西，一当南北。经之纬之，是之谓文。以成"文王之德之纯"，周、召之心也。

○狼跋

狼跋其胡，载疐其尾。公孙硕肤，赤舄几几。

狼疐其尾，载跋其胡。公孙硕肤，德音不瑕。

殿以《狼跋》，美周公之有得乎中。"公孙硕肤"，何碍乎跋前疐后之境。外成"赤舄几几"之形，内备"德音不瑕"之象。形象变化，上下变通，多材多艺，事业以成。此周公之所以能反风，而奏西周数百年升平之乐矣。

卷二 雅（凡小雅、大雅一百十一篇，内六篇阙辞）

甲　小雅（凡八什八十篇，内六篇阙辞）

小雅一 《鹿鸣之什》十篇说

《国风》一百六十篇，分十五国，每国各有其象，不辨所属之国而读其诗，将失其诗之大义。故必分十五节说之，每节当一国，其篇数盖不同者也。若雅、颂者，天子君臣之事，天下已一，诗亦未可分。然《小雅》八十篇，《大雅》《周颂》皆三十一篇，数多而不加节之，难免紊乱。先儒因以十数数之，名之曰什，即以十数之第一篇篇名为什之名。计《小雅》恰当八什，《大雅》《周颂》皆三什，其第三什实有十一篇焉。此以什节之，便计数而易辨其先后耳，殊无与于诗义。盖诗义之变，岂必在十数耶。故什之说，义以每篇为主，非合十篇而说其义也。

○鹿鸣

呦呦鹿鸣，食野之苹。我有嘉宾，鼓瑟吹笙。吹笙鼓簧，承筐是将。人之好我，示我周行。

呦呦鹿鸣，食野之蒿。我有嘉宾，德音孔昭。视民不恌，君子是则是效。我有旨酒，嘉宾式燕以敖。

呦呦鹿鸣，食野之芩。我有嘉宾，鼓瑟鼓琴。鼓瑟鼓琴，和乐且湛。我有旨酒，以燕乐嘉宾之心。

此《鹿鸣之什》十篇，第一篇《鹿鸣》，叙王者燕宾。"我有嘉宾"，"承筐是将。人之好我，示我周行""我有嘉宾，德音孔昭"，"我有旨酒，嘉宾式燕以敖""我有旨酒，以燕乐嘉宾之心"。是之谓"观国之光，利用宾于王"。大观在上，下观而化，颙若之治也。而或废此"燕乐嘉宾之心"之和乐，剥其继焉。故《小雅》始《鹿鸣》，以保合太和，其义不亦大哉。

○四牡

　　四牡騑騑，周道倭迟。岂不怀归，王事靡盬，我心伤悲。
　　四牡騑騑，啴啴骆马。岂不怀归，王事靡盬，不遑启处。
　　翩翩者鵻，载飞载下，集于苞栩。王事靡盬，不遑将父。
　　翩翩者鵻，载飞载止，集于苞杞。王事靡盬，不遑将母。
　　驾彼四骆，载骤骎骎。岂不怀归，是用作歌，将母来谂。

《四牡》之"岂不怀归，王事靡盬"乃"我心伤悲"，然"不遑启处""不遑将父""不遑将母"，是之谓"或从王事，无成有终"。所妙者，君知之而劳之，宜有手足腹心之亲。如废此《四牡》之歌，势将由犬马国人而成土芥寇仇。此阴阳感应自然之理，可不敬诸。

○皇皇者华

　　皇皇者华，于彼原隰。駪駪征夫，每怀靡及。
　　我马维驹，六辔如濡。载驰载驱，周爰咨诹。
　　我马维骐，六辔如丝。载驰载驱，周爰咨谋。
　　我马维骆，六辔沃若。载驰载驱，周爰咨度。
　　我马维骃，六辔既均。载驰载驱，周爰咨询。

《皇皇者华》述使臣之"载驰载驱"，所以"周爰"以"咨诹""咨谋""咨度""咨询"。是之谓"省方观民设教"，有"每怀靡

卷二　雅（凡小雅、大雅一百十一篇，内六篇阙辞）

及"之忠，庶足以当此重任。君臣如一，《小雅》之旨在矣。

○常棣

　　常棣之华，鄂不韡韡。凡今之人，莫如兄弟。
　　死丧之威，兄弟孔怀。原隰裒矣，兄弟求矣。
　　脊令在原，兄弟急难。每有良朋，况也永叹。
　　兄弟阋于墙，外御其务。每有良朋，烝也无戎。
　　丧乱既平，既安且宁。虽有兄弟，不如友生。
　　傧尔笾豆，饮酒之饫。兄弟既具，和乐且孺。
　　妻子好合，如鼓瑟琴。兄弟既翕，和乐且湛。
　　宜尔室家，乐尔妻帑。是究是图，亶其然乎。

　　《常棣》者，燕兄弟也。然诗义殊晦涩，盖周初有三叔之乱，尚有兄弟之情乎，周公将何以垂教于后代耶。若成诗之时，朱子《集传》曰："序以为闵管蔡之失道者得之，而又以为文武之诗则误矣。大抵旧说诗之时世皆不足信，举此自相矛盾者以见其一端，后不能悉辨也。"按旧说诗之时世，似有不足信者，然理仍可信，此诗以为文武之诗，未尝有误。今以义理推之，实武王晚年燕兄弟时周公所作，则晦涩之义可明焉。夫"则百斯男"，不亦众多乎，是曰济济一堂，不亦难得乎，宜曰"凡今之人，莫如兄弟"。继言丧葬之礼，急难之情，以明兄弟同气，甚于良朋，其可睽乎。且忆幼年，难免有阋墙之事，然牧野"外御其务"，万众一心，何况兄弟。惜乎，"丧乱既平，既安且宁。虽有兄弟，不如友生"，此以周公之才之美，似已见及兄弟有不和之几，序以为闵管蔡之失道者此也。其言毫不矛盾，故误在朱子。若周公见几而闵之，因曰"兄弟既具，和乐且孺"，言之也诚，闵之也切，欲唤醒天性之孺，至情之发也。以下六句曰："妻子好合，如鼓瑟琴。兄弟既翕，和乐且湛。宜尔室家，乐尔妻帑。"《中庸》曾引之，且引子曰"父母其顺矣乎"以释其义。盖父母所望于后代者，唯"妻子好合""兄弟既翕"而已矣。是即周公之情，将以救管蔡之失道也。真情之发，贵在自悟而自得，宜以"是究是图，亶其然乎"作结。亶亶之情，耐人寻味，惜当时未能旁通管蔡之情。武王崩，流言作，东征之举，岂阋墙可比。"死丧之威""原隰裒矣"，竟成谶语。诛管蔡之威，哀管蔡之尸，周公能不思此《常棣》之诗乎。呜呼，我障法障，或执或破，兄弟不变，凝成千古公案。理乎情乎，性乎命乎，当达以视之。若周公既平管蔡之乱，特以此诗为燕兄弟之乐歌，痛定思痛以垂教后昆，亦以见周公之真情云。

○伐木

　　伐木丁丁，鸟鸣嘤嘤。出自幽谷，迁于乔木。嘤其鸣矣，求其友声。相彼鸟矣，犹求友声。矧伊人矣，不求友生。神之听之，终和且平。

　　伐木许许，酾酒有藇。既有肥羜，以速诸父。宁适不来，微我弗顾。於粲洒扫，陈馈八簋。既有肥牡，以速诸舅。宁适不来，微我有咎。

　　伐木于阪，酾酒有衍。笾豆有践，兄弟无远。民之失德，乾餱以愆。有酒湑我，无酒酤我。坎坎鼓我，蹲蹲舞我。迨我暇矣，饮此湑矣。

　　《伐木》者，燕朋友故旧也。"相彼鸟矣，犹求友声。矧伊人矣，不求友生"，盖朋友讲习之兑说，不可或无。"出自幽谷，迁于乔木"之鸣，是之谓以文会友。"神之听之，终和且平"，是之谓以友辅仁。"以速诸父""以速诸舅""兄弟无远"，是之谓四海之内皆兄弟也。朋友故旧可弥补天伦之阙，宜属诸五伦之一。五伦者，人情所

卷二　雅(凡小雅、大雅一百十一篇,内六篇阙辞)

钟,诗之所由作也,为正风正雅之基。二南之《关雎》《鹊巢》,当夫妇一伦。小雅之《鹿鸣》《四牡》《皇皇者华》,当君臣一伦。《常棣》当兄弟一伦。此《伐木》当朋友一伦。大雅之《文王》《大明》《绵》,明文王受命,上及太王王季,下及武王,以当父子一伦。体此五伦之情,庶足以论风雅之正变,可与语《诗》也夫。若《大明》曰"维师尚父",盖敬师如父,师亦属父子一伦。《鹿鸣》曰"我有嘉宾",盖尊臣如宾,宾本君臣一伦。故师非父而父事之,宾臣位而不以臣畜之,唯王者能之。又臣道分《四牡》与《皇皇者华》,前者曰与,后者曰求。与以行王事,求于四方,诹谋度询之谓,犹君燕鹿鸣之求,"人之好我,示我周行"之谓也。

○天保

天保定尔,亦孔之固。俾尔单厚,何福不除。俾尔多益,以莫不庶。

天保定尔,俾尔戬谷。罄无不宜,受天百禄。降尔遐福,维日不足。

天保定尔,以莫不兴。如山如阜,如冈如陵,如川之方至,以莫不增。

吉蠲为饎,是用孝享。禴祠烝尝,于公先王。君曰卜尔,万寿无疆。

神之吊矣,诒尔多福。民之质矣,日用饮食。群黎百姓,遍为尔德。

如月之恒,如日之升。如南山之寿,不骞不崩。如松柏之茂,无不尔或承。

下曰《天保》,前五篇之应也。上既厚下,下乃报上。"天保定尔",自天右之吉无不利之谓。九如之祝,有其大也。"是用孝享",

萃聚立庙之象。"禴祠烝尝",未违乎时。庶能萃有位而不失云。

○采薇

　　采薇采薇,薇亦作止。曰归曰归,岁亦莫止。靡室靡家,狁犹之故。不遑启居,狁犹之故。

　　采薇采薇,薇亦柔止。曰归曰归,心亦忧止。忧心烈烈,载饥载渴。我戍未定,靡使归聘。

　　采薇采薇,薇亦刚止。曰归曰归,岁亦阳止。王事靡盬,不遑启处。忧心孔疚,我行不来。

　　彼尔维何,维常之华。彼路斯何,君子之车。戎车既驾,四牡业业。岂敢定居,一月三捷。

　　驾彼四牡,四牡骙骙。君子所依,小人所腓。四牡翼翼,象弭鱼服。岂不日戒,狁犹孔棘。

　　昔我往矣,杨柳依依。今我来思,雨雪霏霏。行道迟迟,载渴载饥。我心伤悲,莫知我哀。

　　《采薇》以遣戍役,全诗忧役者之忧,凡"靡室靡家""不遑启居""岂敢定居""岂不日戒",皆"狁犹孔棘""狁犹之故"。由是役者之志有定,其情有归,是之谓"说以先民,民忘其劳,说以犯难,民忘其死",说大民劝以守卫中国。周初之强盛,善用其民也,视王风之《君子于役》《扬之水》,可同日而语哉。是即正小雅与变风之辨。

○出车

　　我出我车,于彼牧矣。自天子所,谓我来矣。召彼仆夫,谓之载矣。王事多难,维其棘矣。

　　我出我车,于彼郊矣。设此旐矣,建彼旄矣。彼旟旐斯,胡不

卷二　雅（凡小雅、大雅一百十一篇，内六篇阙辞）

筛筛。忧心悄悄，仆夫况瘁。

王命南仲，往城于方。出车彭彭，旂旐央央。天子命我，城彼朔方。赫赫南仲，玁狁于襄。

昔我往矣，黍稷方华。今我来思，雨雪载途。王事多难，不遑启居。岂不怀归，畏此简书。

喓喓草虫，趯趯阜螽。未见君子，忧心忡忡。既见君子，我心则降。赫赫南仲，薄伐西戎。

春日迟迟，卉木萋萋。仓庚喈喈，采蘩祁祁。执讯获丑，薄言还归。赫赫南仲，玁狁于夷。

《出车》，劳还卒也。诗叙"王命南仲"出车之情状，及"赫赫南仲"之功勋。其一"城彼朔方"，"玁狁于襄"。其二"薄伐西戎"。其三"执讯获丑，薄言还归"，"玁狁于夷"。是之谓"王用出征，有嘉折首，获匪其丑"，王驱而邑人不戒，王者之师也。若出车而"忧心悄悄，仆夫况瘁"，盖以丧礼处之。抗兵相加，哀者胜矣。

〇杕杜

有杕之杜，有睆其实。王事靡盬，继嗣我日。日月阳止，女心伤止，征夫遑止。

有杕之杜，其叶萋萋。王事靡盬，我心伤悲。卉木萋止，女心悲止，征夫归止。

陟彼北山，言采其杞。王事靡盬，忧我父母。檀车幝幝，四牡痯痯，征夫不远。

匪载匪来，忧心孔疚。期逝不至，而多为恤。卜筮偕止，会言近止，征夫迩止。

《杕杜》，劳还役也。诗曰"征夫遑止""征夫归止""征夫不远""征夫迟止",盼归之情,不已亟乎。终得如愿以偿,其乐为何如,《东山》之情出焉。若遣唯《采薇》,震出阳一之象,以当将帅与役同心。劳还有《出车》《杕杜》之分,巽入阴二之象,以当将帅与戍役,有贵贱之异也。

以上《鹿鸣》至《杕杜》九篇,前六篇以治内,后三篇以治外,外内皆治,当正小雅第一节云。

○鱼丽

  鱼丽于罶,鲿鲨。君子有酒,旨且多。
  鱼丽于罶,鲂鳢。君子有酒,多且旨。
  鱼丽于罶,鰋鲤。君子有酒,旨且有。
  物其多矣,维其嘉矣。
  物其旨矣,维其偕矣。
  物其有矣,维其时矣。

曰《鱼丽》者,数当《小雅》第十篇。朱子移于《华黍》《由庚》间,盖升《南陔》《白华》《华黍》三篇笙诗于《鱼丽》之前,虽有据乎《仪礼》,然不移其次,亦未违乎《仪礼》也。其说详下,因仍以《鱼丽》殿于此什。夫《鱼丽》者,"君子有酒","旨且多""多且旨""旨且有"。况"物其多""维其嘉","物其旨""维其偕","物其有""维其时",不亦难得乎。盖当日中丰盛之象,是之谓成康之治,宜合《南有嘉鱼》《南山有台》并读之。

小雅二　《南陔之什》十篇说（内六篇阙辞）

《小雅》八十篇中，有六篇阙辞，盖为笙诗。或不计，其数成七什，第七什为十四篇。今计其数，恰当八什，六篇笙诗皆在此什云。夫笙诗者，乐章也。以笙奏之，义在乐曲中。或本无辞，仅系以数言，明此乐曲之含义耳，小序所谓"有其义而亡其辞"是也。然则亡其辞，实亡笙所奏之乐曲欤。呜呼，《乐经》亡于秦，笙乐当在其中。今唯能准其义以想象之，曩闻笙奏《百鸟朝凤》，未识尚有《华黍》之遗音焉夫。

若此什之十篇，首曰《南陔》，笙诗也。《序》曰"孝子相戒以养也"，又曰"《南陔》废则孝友缺矣"。以理推之，君燕臣而奏《南陔》，家齐而后国治之象。求忠臣于孝子之门，不亦然乎。

曰《白华》，笙诗也。《序》曰"白华，孝子之洁白也"，又曰"《白华》废，则廉耻缺矣"。是当白贲之象，或远或近，或去或不去，归洁其身而已矣。故《南陔》《白华》，君之望于臣也。

曰《华黍》，笙诗也。《序》曰"时和岁丰宜黍稷也"，又曰"《华黍》废则蓄积缺矣"，盖丰而大畜之象。黍而华，菽粟如水火之谓乎。

曰《由庚》，笙诗也。《序》曰"万物得由其道也"，又曰"《由庚》废则阴阳失其道理矣"。是当天衢之象，畜极而通也。

○南有嘉鱼

南有嘉鱼，烝然罩罩。君子有酒，嘉宾式燕以乐。
南有嘉鱼，烝然汕汕。君子有酒，嘉宾式燕以衎。
南有樛木，甘瓠累之。君子有酒，嘉宾式燕绥之。
翩翩者鵻，烝然来思。君子有酒，嘉宾式燕又思。

曰《南有嘉鱼》，非笙诗，义与《鱼丽》相似。"君子有酒"，以燕嘉宾，丰盛与贺者共之，庶免蔀沛云。不然日中则昃，月盈则食，其能独乐乎。

曰《崇丘》，笙诗也。《序》曰"万物得极其高大也"，又曰"《崇丘》废则万物不遂矣"。盖天地盈虚与时消息，极其高大，戒在其中。

○南山有台

南山有台，北山有莱。乐只君子，邦家之基。乐只君子，万寿无期。
南山有桑，北山有杨。乐只君子，邦家之光。乐只君子，万寿无疆。
南山有杞，北山有李。乐只君子，民之父母。乐只君子，德音不已。
南山有栲，北山有杻。乐只君子，遐不眉寿。乐只君子，德音是茂。
南山有枸，北山有楰。乐只君子，遐不黄耇。乐只君子，保艾尔后。

曰《南山有台》，非笙诗。十言"乐只君子"，不啻九如之对，得贤以制物，以防丰大失居而旅也。

卷二　雅（凡小雅、大雅一百十一篇，内六篇阙辞）

曰《由仪》，笙诗也。《序》曰"万物之生各得其宜也"，又曰"《由仪》废则万物失其道理矣"。此当资始资生统天承地之理，云行雨施，品物流形，含弘光大，品物咸亨，非《由仪》之象乎。

以上《南陔》《白华》《华黍》《由庚》《崇丘》《由仪》六篇，即阙辞之笙诗。凡乡饮酒礼、燕礼，皆鼓瑟而歌《鹿鸣》《四牡》《皇皇者华》，然后笙奏《南陔》《白华》《华黍》，又歌《鱼丽》笙《由庚》，歌《南有嘉鱼》笙《崇丘》，歌《南山有台》笙《由仪》。此三歌三笙一歌一笙，义皆取歌笙间代以和其情。歌以辞鸣，笙以乐鸣，其旨一也。若笙诗之作，当成于万物丰盛之《鱼丽》之后，故不可变其次。唯取其义之相发，因以《南陔》《白华》《华黍》和《鹿鸣》《四牡》《皇皇者华》。或即移于《皇皇者华》与《常棣》之间，其可乎哉。盖《鱼丽》之上九篇为文武之诗，自《鱼丽》起包括笙诗，至《菁菁者莪》止，凡十三篇为成康之诗。若三歌三笙之礼，周公盖制于成王之时也。

○蓼萧

蓼彼萧斯，零露湑兮。既见君子，我心写兮。燕笑语兮，是以有誉处兮。

蓼彼萧斯，零露瀼瀼。既见君子，为龙为光。其德不爽，寿考不忘。

蓼彼萧斯，零露泥泥。既见君子，孔燕岂弟。宜兄宜弟，令德寿岂。

蓼彼萧斯，零露浓浓。既见君子，鞗革冲冲。和鸾雍雍，万福攸同。

曰《蓼萧》者，天子初燕诸侯也，是之谓建万国亲诸侯，义承《鹿鸣》。此诗四章，皆曰"既见君子"，知为初燕。若成康所燕之诸侯，已当武王所封者之子孙，宜有"其德不爽，寿考不忘""宜兄宜弟，令德寿岂"之言，颂之亦以戒之也。然则首章曰"是以有誉处兮"，实有干父用誉之象。"和鸾雍雍，万福攸同"，外比贞吉之谓也。

○湛露

　　湛湛露斯，匪阳不晞。厌厌夜饮，不醉无归。
　　湛湛露斯，在彼丰草。厌厌夜饮，在宗载考。
　　湛湛露斯，在彼杞棘。显允君子，莫不令德。
　　其桐其椅，其实离离。岂弟君子，莫不令仪。

　　曰《湛露》，天子夜燕诸侯也。诗曰"厌厌夜饮，不醉无归""在宗载考"，以见天子之亲。然"显允君子，莫不令德""岂弟君子，莫不令仪"，以见诸侯之有礼。若天子设此"夜饮"，非与诸侯论《洪范》之大法欤。"在宗"者，以显其皇极也。诸侯各当一畴，易地皆然，其可不知宗室之象乎。又"令德"奇，四正也。"令仪"耦，四隅也。"在宗载考"，"彝伦攸叙"，天子夜饮，以示其复象耳。"不醉无归"，岂醉于酒耶，实醉于气之流行。近取诸身，周流六虚，得之者，常如醉，帝力何有于我哉。垂衣裳而天下治，盖取诸乾坤，黄帝尧舜之道也。

小雅三 《彤弓之什》十篇说

○彤弓

彤弓弨兮，受言藏之。我有嘉宾，中心贶之。钟鼓既设，一朝飨之。

彤弓弨兮，受言载之。我有嘉宾，中心喜之。钟鼓既设，一朝右之。

彤弓弨兮，受言櫜之。我有嘉宾，中心好之。钟鼓既设，一朝酬之。

《彤弓》者，天子燕有功诸侯而锡以彤弓之乐歌，义犹康侯用锡马蕃庶昼日三接之象。"中心贶之""中心喜之""中心好之"，锡汝保极之谓也。

○菁菁者莪

菁菁者莪，在彼中阿。既见君子，乐且有仪。

菁菁者莪，在彼中沚。既见君子，我心则喜。

菁菁者莪，在彼中陵。既见君子，锡我百朋。

泛泛杨舟，载沉载浮。既见君子，我心则休。

《菁菁者莪》，乐育材也。喜见"乐且有仪"之君子，犹"锡我百朋"而"我心则休",后继有人,会归有极。若曰"汎汎杨舟,载沉载浮",当或损或益之义。故"休"之为言,能恒久不已以顺天休命,有其大也。

以上自《鱼丽》至此《菁菁者莪》,凡十三篇,当正小雅之第二节。于第一节明文武之创业,于第二节明成王以下之守业。正小雅者,唯此二节共二十二篇是也。成康之治,周室极盛之时,世世继之,尚能保此二十二篇正小雅之象。及成王七世孙厉王胡,暴虐国人,君而不君,监谤三年,周人逐之,出居于彘,周召共和,君道大变。故自厉王起,诗曰变大雅。王崩,子宣王靖立,有中兴之象,复君臣之礼。惜乎,远不及文武之德。故自宣王起,诗曰变小雅。曰《六月》至《何草不黄》,凡五十八篇皆是也。

○六月

六月栖栖,戎车既饬。四牡骙骙,载是常服。玁狁孔炽,我是用急。王于出征,以匡王国。

比物四骊,闲之维则。维此六月,既成我服。我服既成,于三十里。王于出征,以佐天子。

四牡修广,其大有颙。薄伐玁狁,以奏肤公。有严有翼,共武之服。共武之服,以定王国。

玁狁匪茹,整居焦获。侵镐及方,至于泾阳。织文鸟章,白旆央央。元戎十乘,以先启行。

戎车既安,如轾如轩。四牡既佶,既佶且闲。薄伐玁狁,至于大原。文武吉甫,万邦为宪。

吉甫燕喜,既多受祉。来归自镐,我行永久。饮御诸友,炰鳖脍鲤。侯谁在矣,张仲孝友。

夫《六月》者,宣王北伐也。盖周德渐衰,《小雅》渐废,及厉

卷二　雅（凡小雅、大雅一百十一篇，内六篇阙辞）

王之所为，已无正小雅之象。序曰"《小雅》尽废则四夷交侵，中国微矣"，是其义。情状之惨，详下变大雅《民劳》至《桑柔》五篇。幸宣王之即位，能得臣尹吉甫。"薄伐猃狁，至于大原"，诗人美之，因有《六月》之诗，犹《出车》之义。尹吉甫，南仲之比也，友孝友之张仲，其德可见。

○采芑

　　薄言采芑，于彼新田，于此菑亩。方叔涖止，其车三千，师干之试。方叔率止，乘其四骐，四骐翼翼。路车有奭，簟茀鱼服，钩膺鞗革。

　　薄言采芑，于彼新田，于此中乡。方叔涖止，其车三千，旂旐央央。方叔率止，约軧错衡，八鸾玱玱。服其命服，朱芾斯皇，有玱葱珩。

　　鴥彼飞隼，其飞戾天，亦集爰止。方叔涖止，其车三千，师干之试。方叔率止，钲人伐鼓，陈师鞠旅。显允方叔，伐鼓渊渊，振旅阗阗。

　　蠢尔蛮荆，大邦为仇。方叔元老，克壮其犹。方叔率止，执讯获丑。戎车啴啴，啴啴焞焞，如霆如雷。显允方叔，征伐猃狁，蛮荆来威。

　　《采芑》者，宣王南征也，又得臣方叔以成其功。诗曰"蠢尔蛮荆，大邦为仇。方叔元老，克壮其犹。方叔率止，执讯获丑"是也。又曰"如霆如雷。显允方叔，征伐猃狁，蛮荆来威"，则方叔亦曾北伐者也。是犹南仲之既伐猃狁，又伐西戎云。

　　以上二篇为宣王中兴之基，然南仲之《出车》，威在西北，而尹吉甫、方叔之师，功在南北，实于西戎已无能为力。故宣王之中兴，对厉王而言耳，殊未兴西岐之祖德。其子幽王，即为犬戎所弑，非偶然也。

○车攻

　　我车既攻，我马既同。四牡庞庞，驾言徂东。
　　田车既好，四牡孔阜。东有甫草，驾言行狩。
　　之子于苗，选徒嚣嚣。建旐设旄，搏兽于敖。
　　驾彼四牡，四牡奕奕。赤芾金舄，会同有绎。
　　决拾既佽，弓矢既调。射夫既同，助我举柴。
　　四黄既驾，两骖不猗。不失其驰，舍矢如破。
　　萧萧马鸣，悠悠旆旌。徒御不惊，大庖不盈。
　　之子于征，有闻无声。允矣君子，展也大成。

《车攻》叙宣王率诸侯以行狩于东都畿内之甫草。"四牡庞庞，驾言徂东""东有甫草，驾言行狩"是也。"射夫既同，助我举柴"，以见宣王之能得诸侯。"徒御不惊"，以至邑人不戒，三驱有节以礼而获三狐三品，是以"大庖不盈"。结曰"允矣君子，展也大成"，显比之象也。

○吉日

　　吉日维戊，既伯既祷。田车既好，四牡孔阜。升彼大阜，从其群丑。
　　吉日庚午，既差我马。兽之所同，麀鹿麌麌。漆沮之从，天子之所。
　　瞻彼中原，其祁孔有。儦儦俟俟，或群或友。悉率左右，以燕天子。
　　既张我弓，既挟我矢。发彼小豝，殪此大兕。以御宾客，且以酌醴。

卷二　雅（凡小雅、大雅一百十一篇，内六篇阙辞）

　　《吉日》者，又叙宣王射于西都畿内之漆沮。"漆沮之从，天子之所""悉率左右，以燕天子"，明宣王之得臣也。"既张我弓，既挟我矢。发彼小豝，殪此大兕"，明宣王之威如也。"以御宾客，且以酌醴"，庶以复见《鹿鸣》之盛礼乎。

○鸿雁
　　鸿雁于飞，肃肃其羽。之子于征，劬劳于野。爰及矜人，哀此鳏寡。
　　鸿雁于飞，集于中泽。之子于垣，百堵皆作。虽则劬劳，其究安宅。
　　鸿雁于飞，哀鸣嗷嗷。维此哲人，谓我劬劳。维彼愚人，谓我宣骄。

　　《鸿雁》者，宣王以安万民也。唯厉王之虐，民流离失所，"之子于征，劬劳于野"，故宣王使之"之子于垣，百堵皆作"，由是"虽则劬劳，其究安宅"。此盖宣王有"哀此鳏寡"之仁心。以之建极，用敷锡厥庶民，宣王之象也。若曰"维此哲人，谓我劬劳。维彼愚人，谓我宣骄"者，是时犹未安宅云。

○庭燎
　　夜如何其，夜未央，庭燎之光。君子至止，鸾声将将。
　　夜如何其，夜未艾，庭燎晣晣。君子至止，鸾声哕哕。
　　夜如何其，夜乡晨，庭燎有辉。君子至止，言观其旂。

○沔水
　　沔彼流水，朝宗于海。鴥彼飞隼，载飞载止。嗟我兄弟，邦人诸友，莫肯念乱，谁无父母。

沔彼流水，其流汤汤。鴥彼飞隼，载飞载扬。念彼不迹，载起载行。心之忧矣，不可弭忘。

鴥彼飞隼，率彼中陵。民之讹言，宁莫之惩。我友敬矣，谗言其兴。

《庭燎》，宣王夜待诸侯，犹《蓼萧》之义。"君子至止"，愿其止于一畴耳。惜宣王君臣，殊无《湛露》之德，君不醉，臣不止，其何能为民立极耶。唯《湛露》已建极，宜继以《彤弓》之锡。此则皇极未立，乃有《沔水》之规，《鹤鸣》之诲。夫"沔彼流水，朝宗于海"，宣王有此海德乎，能容八畴乎，能损益之以得其平乎。诗曰"嗟我兄弟，邦人诸友，莫肯念乱，谁无父母"，谓当以孝立极。"念彼不迹，载起载行。心之忧矣，不可弭忘"，非指厉王之事乎。末曰"我友敬矣，谗言其兴"，我友者，八畴诸侯也。既已敬止而谗言犹起，中宫可不反身修德乎。

○鹤鸣

鹤鸣于九皋，声闻于野。鱼潜在渊，或在于渚。乐彼之园，爰有树檀，其下维萚。它山之石，可以为错。

鹤鸣于九皋，声闻于天。鱼在于渚，或潜在渊。乐彼之园，爰有树檀，其下维谷。它山之石，可以攻玉。

若《鹤鸣》者，以"鹤""鱼""檀""石"作四比，以喻变化之理。凡知一不知二，知二不知一，知阴不知阳，知阳不知阴者，其何以处中五之位哉。

小雅四 《祈父之什》十篇说

○祈父
　　祈父，予王之爪牙。胡转予于恤，靡所止居。
　　祈父，予王之爪士。胡转予于恤，靡所厎止。
　　祈父，亶不聪。胡转予于恤，有母之尸饔。

　　《祈父》，征夫刺宣王，义犹《杕杜》之比。彼则"征夫迨止"而劳之，是以美之。此则"靡所止居""靡所厎止""有母之尸饔"，能不怨而刺之乎。或谓宣王三十九年，战于千亩，王师败绩于姜氏之戎，故军士怨而作此诗。此说殊合诗义，亦以见宣王之中兴，尚武而文德不足。民极未立，八畴未通，能不败乎。

○白驹
　　皎皎白驹，食我场苗。絷之维之，以永今朝。所谓伊人，于焉逍遥。
　　皎皎白驹，食我场藿。絷之维之，以永今夕。所谓伊人，于焉嘉客。
　　皎皎白驹，贲然来思。尔公尔侯，逸豫无期。慎尔优游，勉尔遁思。
　　皎皎白驹，在彼空谷。生刍一束，其人如玉。毋金玉尔音，而有遐心。

《白驹》述贤者已成遯象,"而有遐心"。好之嘉之肥之,何能"絷之维之"。宣王晚年之德,亦可见矣。

○黄鸟

　　黄鸟黄鸟,无集于榖,无啄我粟。此邦之人,不我肯榖。言旋言归,复我邦族。

　　黄鸟黄鸟,无集于桑,无啄我梁。此邦之人,不可与明。言旋言归,复我诸兄。

　　黄鸟黄鸟,无集于栩,无啄我黍。此邦之人,不可与处。言旋言归,复我诸父。

《黄鸟》有曰"此邦之人,不我肯榖""不可与明""不可与处",乃生"言旋言归,复我邦族""复我诸兄""复我诸父"之思。此盖天下各自为政,皇极衰,九畴瞍,列国纷若之争,由是起矣。故刺宣王无《皇皇者华》之德。

○我行其野

　　我行其野,蔽芾其樗。昏姻之故,言就尔居。尔不我畜,复我邦家。

　　我行其野,言采其蓫。昏姻之故,言就尔宿。尔不我畜,言归斯复。

　　我行其野,言采其葍。不思旧姻,求尔新特。成不以富,亦祗以异。

《我行其野》有曰"昏姻之故,言就尔居""言就尔宿",然"尔

卷二　雅（凡小雅、大雅一百十一篇，内六篇阙辞）

不我畜"，乃愿"复我邦家""言归斯复"，且曰"不思旧姻，求尔新特。成不以富，亦祇以异"。此同《黄鸟》之情，以刺宣王无"何彼襛矣"之德。

○斯干

秩秩斯干，幽幽南山。如竹苞矣，如松茂矣。兄及弟矣，式相好矣，无相犹矣。
似续妣祖，筑室百堵，西南其户。爰居爰处，爰笑爰语。
约之阁阁，椓之橐橐。风雨攸除，鸟鼠攸去，君子攸芋。
如跂斯翼，如矢斯棘，如鸟斯革，如翚斯飞，君子攸跻。
殖殖其庭，有觉其楹。哙哙其正，哕哕其冥，君子攸宁。
下莞上簟，乃安斯寝。乃寝乃兴，乃占我梦。吉梦维何，维熊维罴，维虺维蛇。
大人占之，维熊维罴，男子之祥。维虺维蛇，女子之祥。
乃生男子，载寝之床，载衣之裳，载弄之璋。其泣喤喤，朱芾斯皇，室家君王。
乃生女子，载寝之地，载衣之裼，载弄之瓦。无非无仪，唯酒食是议，无父母诒罹。

《斯干》，宣王考室也。基于《鸿雁》而"筑室百堵"，亦盛事也。然"乃寝乃兴，乃占我梦"，弄璋以得幽王，盖有丰屋蔀家之象焉。

○无羊

谁谓尔无羊，三百维群。谁谓尔无牛，九十其犉。尔羊来思，其角濈濈。尔牛来思，其耳湿湿。
或降于阿，或饮于池，或寝或讹。尔牧来思，何蓑何笠，或负其饩。三十维物,尔牲则具。

尔牧来思,以薪以蒸,以雌以雄。尔羊来思,矜矜兢兢,不骞不崩。麾之以肱,毕来既升。

牧人乃梦,众维鱼矣,旐维旟矣。大人占之,众维鱼矣,实维丰年。旐维旟矣,室家溱溱。

《无羊》,宣王考牧也。"三百维群""九十其犉",牛羊不亦众多乎。"三十维物,尔牲则具",类别不亦齐备乎。"麾之以肱,毕来既升",牧之不亦得其法乎。然"众维鱼矣,实维丰年;旐维旟矣,室家溱溱",此《鱼丽》《南有嘉鱼》《南山有台》之象,乃牧人之梦也。

以上自《六月》至此《无羊》,凡十四篇,时当宣王,为变小雅之第一节。夫宣王中兴,于南北之征,东西之狩,不可谓无成。惜《鸿雁》中宫,皇极未固,《庭燎》观祈,未燕《湛露》,乃君子未止,民极有执,或怨或遯,九畴攸斁。终以《斯干》《无羊》二梦,诗人之妙言也。若论宣王之德,详下大雅《云汉》之《常武》六篇。继此《无羊》者,已当幽王之诗。

○节南山

节彼南山,维石岩岩。赫赫师尹,民具尔瞻。忧心如惔,不敢戏谈。国既卒斩,何用不监。

节彼南山,有实其猗。赫赫师尹,不平谓何。天方荐瘥,丧乱弘多。民言无嘉,憯莫惩嗟。

尹氏大师,维周之氐,秉国之均,四方是维,天子是毗,俾民不迷。不吊昊天,不宜空我师。

弗躬弗亲,庶民弗信。弗问弗仕,勿罔君子。式夷式已,无小人殆。琐琐姻亚,则无膴仕。

昊天不佣，降此鞠讻。昊天不惠，降此大戾。君子如届，俾民心阕。君子如夷，恶怒是违。

不吊昊天，乱靡有定。式月斯生，俾民不宁。忧心如酲，谁秉国成。不自为政，卒劳百姓。

驾彼四牡，四牡项领。我瞻四方，蹙蹙靡所骋。

方茂尔恶，相尔矛矣。既夷既怿，如相酬矣。

昊天不平，我王不宁。不惩其心，覆怨其正。

家父作诵，以究王讻。式讹尔心，以畜万邦。

《节南山》者，诗末自述"家父作诵，以究王讻"，谓幽王用尹氏，有失厥职而天下丧乱。《大学》曾引首四句"节彼南山，维石岩岩。赫赫师尹，民具尔瞻"，而断之曰"有国者不可以不慎，辟则为天下僇矣"。其君幽王，其臣尹氏，皆有所辟，可不戒诸。全篇殊沉痛，如曰"忧心如惔，不敢戏谈"，"天方荐瘥，丧乱弘多。民言无嘉，憯莫惩嗟"，"不吊昊天，不宜空我师"。若曰"式夷式已，无小人殆。琐琐姻亚，则无膴仕"，乃见在朝者多小人，且有姻亚之亲者也。故又曰"忧心如酲，谁秉国成。不自为政，卒劳百姓"，盖已成不君不臣之象。"我瞻四方，蹙蹙靡所骋"，天下已无乐土，东周数百年之战乱，由是起焉。观其情之或"矛矣"或"酬矣"，是之谓爱之欲其生，恶之欲其死，不亦惑乎。况"不惩其心，覆怨其正"，非剥烂以食硕果之谓乎。

○正月

正月繁霜，我心忧伤。民之讹言，亦孔之将。念我独兮，忧心京京。哀我小心，癙忧以痒。

父母生我，胡俾我瘉。不自我先，不自我后。好言自口，莠言自口。忧心愈愈，是以有侮。

忧心惸惸，念我无禄。民之无辜，并其臣仆。哀我人斯，于何从禄。瞻乌爰止，于谁之屋。

瞻彼中林，侯薪侯蒸。民今方殆，视天梦梦。既克有定，靡人弗胜。有皇上帝，伊谁云憎。

谓山盖卑，为冈为陵。民之讹言，宁莫之惩。召彼故老，讯之占梦。具曰予圣，谁知乌之雌雄。

谓天盖高，不敢不局。谓地盖厚，不敢不蹐。维号斯言，有伦有脊。哀今之人，胡为虺蜴。

瞻彼阪田，有菀其特。天之扤我，如不我克。彼求我则，如不我得。执我仇仇，亦不我力。

心之忧矣，如或结之。今兹之正，胡然厉矣。燎之方扬，宁或灭之。赫赫宗周，褒姒威之。

终其永怀，又窘阴雨。其车既载，乃弃尔辅。载输尔载，将伯助予。

无弃尔辅，员于尔辐。屡顾尔仆，不输尔载。终逾绝险，曾是不意。

鱼在于沼，亦匪克乐。潜虽伏矣，亦孔之炤。忧心惨惨，念国之为虐。

彼有旨酒，又有嘉肴。洽比其邻，昏姻孔云。念我独兮，忧心殷殷。

佌佌彼有屋，蔌蔌方有谷。民今之无禄，天夭是椓。哿矣富人，哀此惸独。

《正月》盖叙西周将亡之悲惨景象。有曰"赫赫宗周，褒姒威之"，或准此而谓作诗时已当东周。然有曰"哀我人斯，于何从禄。瞻乌爰止，于谁之屋"，义谓周亡后不知何往，则作诗时尚未亡也。曰"褒姒威之"者，因见褒姒之作威作福，四国已离散，"赫赫宗

卷二　雅（凡小雅、大雅一百十一篇，内六篇阙辞）

周"，非将为褒姒所灭乎。是乃诗人之预言，幸而中，天下之不幸也。若曰"民今方殆，视天梦梦"，彼宣王之考室考牧而终于梦梦，民犹有所希冀。此实处而视天梦梦，盖万念俱灰，尤可哀也。是以"召彼故老，讯之占梦。具曰予圣，谁知乌之雌雄"。呜呼，纷若之变，否泰反类，是其象。当其时，"哀今之人，胡为虺蜴"，然将伯之呼，有助之者乎。"哿矣富人，哀此惸独"，孟子曾引此二句，而明文王发政施仁，必先鳏寡孤独四者。其义精微，孰使有惸独之民，宜深思焉。

○十月之交

十月之交，朔月辛卯，日有食之，亦孔之丑。彼月而微，此日而微。今此下民，亦孔之哀。

日月告凶，不用其行。四国无政，不用其良。彼月而食，则维其常。此日而食，于何不臧。

烨烨震电，不宁不令。百川沸腾，山冢崒崩。高岸为谷，深谷为陵。哀今之人，胡憯莫惩。

皇父卿士，番维司徒，家伯维宰，仲允膳夫，棸子内史，蹶维趣马，楀维师氏，艳妻煽方处。

抑此皇父，岂曰不时。胡为我作，不即我谋。彻我墙屋，田卒污莱。曰予不戕，礼则然矣。

皇父孔圣，作都于向。择三有事，亶侯多藏。不慭遗一老，俾守我王。择有车马，以居徂向。

黾勉从事，不敢告劳。无罪无辜，谗口嚣嚣。下民之孽，匪降自天。噂沓背憎，职竞由人。

悠悠我里，亦孔之痗。四方有羡，我独居忧。民莫不逸，我独不敢休。天命不彻，我不敢效我友自逸。

《十月之交》者，感乎自然之变，以忧人事之变。其言曰"日有食之，亦孔之丑。彼月而微，此日而微。今此下民，亦孔之哀"，"烨烨震电，不宁不令。百川沸腾，山冢崒崩。高岸为谷，深谷为陵。哀今之人，胡憯莫惩"。此日食、雷电、水旱、海啸、山崩、地震，皆自然之变也，为上者当体恤下情。然继之曰"皇父卿士，番维司徒，家伯维宰，仲允膳夫，棸子内史，蹶维趣马，楀维师氏。艳妻煽方处"。盖皇父为卿士，以总六官之事，小人用事于外，以蔽幽王。艳妻褒姒，煽炽而用事于内，以惑幽王。故方居其所，于天时之变不闻不问，况"抑此皇父，岂曰不时"，"皇父孔圣"。予圣而自以为得时，则天人皆变，万民苦矣。诗曰"黾勉从事，不敢告劳。无罪无辜，谗口嚣嚣。下民之孽，匪降自天。噂沓背憎，职竞由人"，由自然之变而归诸人事之失，不亦善乎。若作诗者尚曰"我独不敢休。天命不彻"，盖知命者，非梦梦者，家父之比也。又上篇《正月》刺幽王而刺褒姒为主，此篇《十月之交》刺幽王而刺皇父为主。

○雨无正

浩浩昊天，不骏其德。降丧饥馑，斩伐四国。旻天疾威，弗虑弗图。舍彼有罪，既伏其辜。若此无罪，沦胥以铺。

周宗既灭，靡所止戾。正大夫离居，莫知我勩。三事大夫，莫肯夙夜。邦君诸侯，莫肯朝夕。庶曰式臧，覆出为恶。

如何昊天，辟言不信。如彼行迈，则靡所臻。凡百君子，各敬尔身。胡不相畏，不畏于天。

戎成不退，饥成不遂。曾我暬御，憯憯日瘁。凡百君子，莫肯用讯。听言则答，谮言则退。

哀哉不能言，匪舌是出，维躬是瘁。哿矣能言，巧言如流，俾躬处休。

卷二　雅（凡小雅、大雅一百十一篇，内六篇阙辞）

维曰于仕，孔棘且殆。云不可使，得罪于天子。亦云可使，怨及朋友。

谓尔迁于王都，曰予未有室家。鼠思泣血，无言不疾。昔尔出居，谁从作尔室。

《雨无正》序曰："大夫刺幽王也，众多如雨，而非所以为政也。"夫此诗有题，非取于首句之字，故因题吟诗。"雨无正"之名，有义可言，所以刺为上者众多而非时雨也。"曰狂，恒雨若"是其象。计三百余篇之诗，有题者除笙诗外仅六篇，详下《诗名说》。此篇《雨无正》者，盖亵御所著，《国语》曰"居寝有亵御之箴"。亵御即近侍，日在天子左右，官场得失莫不知之。若此篇所著之时，因诗中有"周宗既灭"之辞，或谓时已东迁。然以全篇观之，西都实已遭犬戎之洗劫，昔日之"正大夫""三事大夫""邦君诸侯"皆各自保其国、家、身，孰尚有天子之事。诗曰"凡百君子，各敬尔身。胡不相畏，不畏于天"，是其义。故犬戎未至，早已四散。然此亵御之臣未去，且作诗之时犬戎已退，乃愿已去之臣当迁回王都，重建西周。而诗曰"谓尔迁于王都，曰予未有室家。鼠思泣血，无言不疾"，一则见西都之繁华已一片瓦砾而未有室家，一则见四散之臣已无复兴周室之心。是之谓"雨无正"，亵御之臣怨之甚矣。末曰"昔尔出居，谁从作尔室"，盖各自于他处作尔室而去，不愿为王作室，文武之德于焉尽乎，令人感慨系之。因知作诗之时尚未东迁，幽王是居犹在，则未可必也。又曰"戎成不退，饥成不遂"，似刺平王之言，引狼入室，与有罪矣。

小雅五　《小旻之什》十篇说

○小旻

旻天疾威，敷于下土。谋犹回遹，何日斯沮。谋臧不从，不臧覆用。我视谋犹，亦孔之邛。

潝潝訿訿，亦孔之哀。谋之其臧，则具是违。谋之不臧，则具是依。我视谋犹，伊于胡底。

我龟既厌，不我告犹。谋夫孔多，是用不集。发言盈庭，谁敢执其咎。如匪行迈谋，是用不得于道。

哀哉为犹，匪先民是程，匪大犹是经。维迩言是听，维迩言是争。如彼筑室于道谋，是用不溃于成。

国虽靡止，或圣或否。民虽靡膴，或哲或谋，或肃或艾。如彼泉流，无沦胥以败。

不敢暴虎，不敢冯河。人知其一，莫知其它。战战兢兢，如临深渊，如履薄冰。

《小旻》篇，传道之诗也，惜未知作者之名。当西周沦亡，其道未亡，犹箕子之于殷。曰《小旻》者，相应于大雅之《召旻》篇。夫《洪范》有言："鲧陻洪水，汩陈五行，帝乃震怒，不畀洪范九畴，彝伦攸斁，鲧则殛死。"当幽王之时，又成此象，此诗曰"旻天疾威，敷于下土。谋犹回遹，何日斯沮"是也。盖作诗者即传此

《洪范》之道者也，故曰"我视谋犹，亦孔之邛""我视谋犹，伊于胡底"，乃深叹之深惜之，将以救之云。此诗之三章曰"我龟既厌，不我告犹。谋夫孔多，是用不集。发言盈庭，谁敢执其咎"，是当皇极未建之象。六章曰"人知其一，莫知其它"，则当九畴之各执其一，未能经纬周流之象。四章曰"哀哉为犹，匪先民是程，匪大犹是经。维迩言是听，维迩言是争"。此所以彝伦攸斁，先民指商，大犹即《洪范》也。五章曰"国虽靡止，或圣或否。民虽靡膴，或哲或谋，或肃或艾。如彼泉流，无沦胥以败"，曰"圣、哲、谋、肃、艾"，乃《洪范》之五事，以当五行之象。君或否，民以败，帝安得不震怒。救之之道，反否而泰，以格君心之非。果行育德，无沦胥以败，保民而王，莫之能御也。由是彝伦攸叙，非《小旻》篇之旨乎。惜乎幽王不悟，汩陈五行，一如鲧之殛死。平王亦无禹嗣兴之德，东迁而失皇极之位。抱道者任重道远，孰能传之。幸不孤有邻，何世无道。消阳数百年，春秋战国之乱，《洪范》之理未尝绝也。《论语》有言："子谓颜回曰，用之则行，舍之则藏，唯我与尔有是夫。子路曰，子行三军则谁与。子曰，暴虎冯河，死而无悔者，吾不与也，必也临事而惧，好谋而成者也。"夫用行舍藏者何，即《洪范》之大法，唯孔子颜回有之。若子路之言，盖知一而莫知其他，由是引此诗"不敢暴虎，不敢冯河"义以斥之。《论语》又言："曾子有疾，召门弟子曰，启予足，启予手。《诗》云：'战战兢兢，如临深渊，如履薄冰。'而今而后，吾知免夫，小子！"此诗何，即《小旻》篇之言也。曾子传道之唯，非传此道乎。盖孔子得之传曾子，观二圣皆当几而及之，重视此诗可喻。辑次于"周宗既灭"之《雨无正》，不亦宜乎。

○小宛

宛彼鸣鸠，翰飞戾天。我心忧伤，念昔先人。明发不寐，有怀二人。

　　人之齐圣，饮酒温克。彼昏不知，壹醉日富。各敬尔仪，天命不又。

　　中原有菽，庶民采之。螟蛉有子，蜾蠃负之。教诲尔子，式谷似之。

　　题彼脊令，载飞载鸣。我日斯迈，而月斯征。夙兴夜寐，毋忝尔所生。

　　交交桑扈，率场啄粟。哀我填寡，宜岸宜狱。握粟出卜，自何能谷。

　　温温恭人，如集于木。惴惴小心，如临于谷。战战兢兢，如履薄冰。

　　《小宛》者，传道者之情也。诗曰"明发不寐，有怀二人"，二人者，父母也。理之极至，天地也，乾坤也，资始资生之象也。天命消息大道盛衰所由起，《诗》始《关雎》，变风《柏舟》是其象。"我心忧伤，念昔先人"，非念此遗传之理，祖德之积乎。廓然大公，不独子其子，故曰"螟蛉有子，蜾蠃负之。教诲尔子，式谷似之"，是犹传灯之理，尧舜禅让之道也。"我日斯迈，而月斯征。夙兴夜寐，毋忝尔所生"，自强不息，日乾夕惕之象。具此德者，庶可得一阴一阳之道乎。"温温恭人，如集于木。惴惴小心，如临于谷"，厚德载物，括囊无咎无誉之象。具此德者，庶可传此一阴一阳之道乎。若曰"彼昏不知，壹醉日富"，"哀我填寡，宜岸宜狱"，即阴阳失道之象。兄弟、夫妇、朋友皆当以此诗相勉、相励、相劝、相戒。

○小弁

　　弁彼鸒斯，归飞提提。民莫不谷，我独于罹。何辜于天，我罪伊何。心之忧矣，云如之何。

踧踧周道，鞫为茂草。我心忧伤，惄焉如捣。假寐永叹，维忧用老。心之忧矣，疢如疾首。

　　维桑与梓，必恭敬止。靡瞻匪父，靡依匪母。不属于毛，不罹于里。天之生我，我辰安在。

　　菀彼柳斯，鸣蜩嘒嘒，有漼者渊，萑苇淠淠。譬彼舟流，不知所届，心之忧矣，不遑假寐。

　　鹿斯之奔，维足伎伎。雉之朝雊，尚求其雌。譬彼坏木，疾用无枝。心之忧矣，宁莫之知。

　　相彼投兔，尚或先之。行有死人，尚或墐之。君子秉心，维其忍之。心之忧矣，涕既陨之。

　　君子信谗，如或酬之。君子不惠，不舒究之。伐木掎矣，析薪扡矣。舍彼有罪，予之佗矣。

　　莫高匪山，莫浚匪泉。君子无易由言，耳属于垣。无逝我梁，无发我笱。我躬不阅，遑恤我后。

　　《小弁》者，太子宜臼被幽王所废，怨而自作。或谓太子之傅体太子之情以为诗，其义一也。高子因其诗怨，以为小人之诗，孟子斥其固。盖亲之过大而不怨是愈疏，愈疏不孝也。宜臼之怨，岂为一己之得失，乃天下安危所系。其心之忧，能不发成此诗乎。"何辜于天，我罪伊何。心之忧矣，云如之何"，由"假寐永叹"而"不遑假寐"，"君子秉心，维其忍之"，且归诸"君子信谗"，是即中孚之气善不善之辨也。末章曰"君子无易由言，耳属于垣"，是之谓"君不密则失臣，臣不密则失身，几事不密则害成"，可不三复节初"不出户庭无咎"之辞乎。最后四句曰"无逝我梁，无发我笱。我躬不阅，遑恤我后"，《邶风·谷风》即引之。惜逝我梁发我笱者，代有其人，亦使后人而复哀后人，人之知为何如哉。

○巧言

　　悠悠昊天，曰父母且。无罪无辜，乱如此怃。昊天已威，予慎无罪。昊天泰怃，予慎无辜。

　　乱之初生，僭始既涵。乱之又生，君子信谗。君子如怒，乱庶遄沮。君子如祉，乱庶遄已。

　　君子屡盟，乱是用长。君子信盗，乱是用暴。盗言孔甘，乱是用餤。匪其止共，维王之邛。

　　奕奕寝庙，君子作之。秩秩大猷，圣人莫之。他人有心，予忖度之。跃跃毚兔，遇犬获之。

　　荏染柔木，君子树之。往来行言，心焉数之。蛇蛇硕言，出自口矣。巧言如簧，颜之厚矣。

　　彼何人斯，居河之麋。无拳无勇，职为乱阶。既微且尰，尔勇伊何。为犹将多，尔居徒几何。

　　《巧言》者，大夫伤于谗而作，大义仍在"君子信谗"。诗曰"君子如怒，乱庶遄沮。君子如祉，乱庶遄已"，诚然。观泰否交不交之象，即有此义。君子怒谗而情通，天地交泰，乱庶遄沮。君子祉谗而情塞，天地不交否，乱庶遄已。为上者可不鉴诸。准于诗，西周之亡，亡于谗也。以下二诗皆此义。此诗又曰"巧言如簧，颜之厚矣"，盖责谗者。末章曰"彼何人斯，居河之麋。无拳无勇，职为乱阶。既微且尰，尔勇伊何。为犹将多，尔居徒几何"，似实有所指。此谗者居于河边水草丛生之处，身有微尰之疾，即小腿有伤而足肿，故其人何勇之有。居徒亦未必多，唯以谗言惑君而为乱之阶耳。合下一篇《何人斯》论之，此谗者或即暴公也。

○何人斯

　　彼何人斯，其心孔艰。胡逝我梁，不入我门。伊谁云从，维暴

卷二　雅(凡小雅、大雅一百十一篇,内六篇阙辞)

之云。

二人从行,谁为此祸。胡逝我梁,不入唁我。始者不如今,云不我可。

彼何人斯,胡逝我陈。我闻其声,不见其身。不愧于人,不畏于天。

彼何人斯,其为飘风。胡不自北,胡不自南。胡逝我梁,祇搅我心。

尔之安行,亦不遑舍。尔之亟行,遑脂尔车。壹者之来,云何其盱。

尔还而入,我心易也。还而不入,否难知也。壹者之来,俾我祇也。

伯氏吹埙,仲氏吹篪。及尔如贯,谅不我知。出此三物,以诅尔斯。

为鬼为蜮,则不可得。有靦面目,视人罔极。作此好歌,以极反侧。

《何人斯》序曰:"苏公刺暴公也,暴公为卿士而谮苏公焉,故苏公作是诗以绝之。"诗曰:"彼何人斯?其心孔艰。胡逝我梁,不入我门。伊谁云从,维暴之云。"据诗序,我门即苏公之门,暴即暴公也。二公皆畿内诸侯,不睦如是,西周能不亡乎。又曰"伯氏吹埙,仲氏吹篪。及尔如贯,谅不我知",末曰"作此好歌,以极反侧"。奈未能我知,亦未闻能感动暴公而言归于好。朱子曰:"此诗与上篇文意相似,疑出一手。但上篇先刺听者,此篇专责谗人耳。"其说可取。

○巷伯

萋兮斐兮,成是贝锦。彼谮人者,亦已大甚。

哆兮侈兮，成是南箕。彼谮人者，谁适与谋。

缉缉翩翩，谋欲谮人。慎尔言也，谓尔不信。

捷捷幡幡，谋欲谮言。岂不尔受，既其女迁。

骄人好好，劳人草草。苍天苍天，视彼骄人，矜此劳人。

彼谮人者，谁适与谋。取彼谮人，投畀豺虎。豺虎不食，投畀有北。有北不受，投畀有昊。

杨园之道，猗于亩丘。寺人孟子，作为此诗。凡百君子，敬而听之。

《巷伯》亦刺谗之诗。诗曰"萋兮斐兮，成是贝锦""哆兮侈兮，成是南箕"，其比奇特，以喻谗人，何其酷肖。非身受其谗，未能成此诗也。六章曰"彼谮人者，谁适与谋。取彼谮人，投畀豺虎。豺虎不食，投畀有北。有北不受，投畀有昊"，恶之不亦甚乎。彼谮人者，实有其罪。末章曰"寺人孟子，作为此诗。凡百君子，敬而听之"，盖此寺人孟子遭谗而被宫刑，乃为巷伯而作此诗。巷，宫内道名。伯，长也。任巷伯之官，其怨可见。由上数篇之义，幽王之昏庸毕显，非承厉王监谤之故辙乎。

○谷风

习习谷风，维风及雨。将恐将惧，维予与女。将安将乐，女转弃予。

习习谷风，维风及颓。将恐将惧，置予于怀。将安将乐，弃予如遗。

习习谷风，维山崔嵬。无草不死，无木不萎。忘我大德，思我小怨。

《谷风》叙人情之浇薄，可与共患难，不可与共安乐。诗曰"将恐将惧,维予与女。将安将乐,女转弃予","将恐将惧,置予于怀。将安将乐,弃予如遗"。"忘我大德,思我小怨"是其义,朋友一伦绝矣。若曰"无草不死,无木不萎",当贞凶之象,不亦悲乎。

○蓼莪

  蓼蓼者莪,匪莪伊蒿。哀哀父母,生我劬劳。

  蓼蓼者莪,匪莪伊蔚。哀哀父母,生我劳瘁。

  瓶之罄矣,维罍之耻。鲜民之生,不如死之久矣。无父何怙,无母何恃。出则衔恤,入则靡至。

  父兮生我,母兮鞠我。拊我畜我,长我育我,顾我复我,出入腹我。欲报之德,昊天罔极。

  南山烈烈,飘风发发。民莫不谷,我独何害。

  南山律律,飘风弗弗。民莫不谷,我独不卒。

  《蓼莪》者,万民劳苦,孝子不得终养父母而作。一片天籁,真情盎然,读之而不生孝思者,匪人也。全诗"我"字十三见,微父母怙恃,能有我乎。"哀哀父母,生我劬劳","哀哀父母,生我劳瘁",孰无父母,其可忘此根本乎。四章曰"父兮生我,母兮鞠我。拊我畜我,长我育我,顾我复我,出入腹我。欲报之德,昊天罔极",人道生生之理在焉。"民莫不谷,我独何害","民莫不谷,我独不卒",人之子不得终养父母,性乎命乎,西周之德非绝于此乎。

  凡自《节南山》起之《小雅》末篇《何草不黄》,皆幽王时之诗,盖当变小雅之第二节。若自《节南山》之此《蓼莪》,共十二篇,属第二节中之第一段,以明幽王时西周畿内之变。外有师尹皇父之用事,内有艳妻褒姒之蛊惑,终成"雨无正"而"周宗既灭",然《洪范》大法未尝灭也。继以《小旻》《小宛》,辑《诗》之微言,更究幽王失道之几,可一言而尽,信谗而已矣。此《小弁》《巧言》

《何人斯》《巷伯》之大义，由是上行下效，民皆忘德如《谷风》，不能终养父母如《蓼莪》，宜《大雅》有《召旻》之思。念召公者，念其《卷阿》篇"有孝有德"之性也。唯其"有孝有德"，故能"日辟国百里"，犹二南之化。唯其"不尚有旧"，故有《谷风》《蓼莪》之象，能不"日蹙国百里"乎，终至日蹙而西周沦亡。《易》曰"其亡其亡，系于包桑"，盖当日系于《谷风》《蓼莪》二篇，以孝德为念，庶足以传《洪范》之大法乎。凡自西周以前，建极于上，东周以后，建极于下。此段十二篇，非上下转变之几乎。《小旻》篇，尤当三复斯言。道也者，不可须臾离也，可离非道也，可不慎诸。

○大东

有饛簋飧，有捄棘匕。周道如砥，其直如矢。君子所履，小人所视。睠言顾之，潸焉出涕。

小东大东，杼柚其空。纠纠葛屦，可以履霜。佻佻公子，行彼周行。既往既来，使我心疚。

有冽氿泉，无浸获薪。契契寤叹，哀我惮人。薪是获薪，尚可载也。哀我惮人，亦可息也。

东人之子，职劳不来。西人之子，粲粲衣服。舟人之子，熊罴是裘。私人之子，百僚是试。

或以其酒，不以其浆。鞙鞙佩璲，不以其长。维天有汉，监亦有光。跂彼织女，终日七襄。

虽则七襄，不成报章。睆彼牵牛，不以服箱。东有启明，西有长庚。有捄天毕，载施之行。

维南有箕，不可以簸扬。维北有斗，不可以挹酒浆。维南有箕，载翕其舌。维北有斗，西柄之揭。

《大东》序曰："刺乱也，东国困于役而伤于财，谭大夫作是诗

卷二　雅（凡小雅、大雅一百十一篇，内六篇阙辞）

以告病焉。"夫自此诗起，盖明幽王时四国之情状，此当东国云。诗曰"小东大东，杼柚其空。纠纠葛屦，可以履霜。佻佻公子，行彼周行。既往既来，使我心疚"，又曰"东人之子，职劳不来。西人之子，粲粲衣服。舟人之子，熊罴是裘。私人之子，百僚是试"，其情可喻。试思东方之国，不论大小，皆杼柚其空，非不织也，已为西人所取。乃西人之子粲粲衣服，而东人之子，职劳不来。以夏日所穿之葛屦履霜，其贫困殊甚，且不若西人之侍者舟人、私人，能无怨乎。故佻佻之西人公子，行彼周行以取于天下，既往来于东国以尽取所有，东人之心疚矣。《易》曰："履帝位而不疚，光明也。"今天下之心已疚，尚能履帝位耶。此诗与《九罭》诸诗并诵，消息之理盛衰之象莫外矣。谭大夫盖知之者也，故曰"周道如砥，其直如矢。君子所履，小人所视"。奈是时之象已变，"眷言顾之，潸焉出涕"，其情悲哉。若寄情于天象，"维南有箕，载翕其舌。维北有斗，西柄之揭"，天命岂助于西柄以挹我东人乎，箕舌岂吞噬我之所有乎。呜呼，东人之困极矣。

○四月

　　四月维夏，六月徂暑。先祖匪人，胡宁忍予。
　　秋日凄凄，百卉具腓。乱离瘼矣，爰其适归。
　　冬日烈烈，飘风发发。民莫不谷，我独何害。
　　山有嘉卉，侯栗侯梅。废为残贼，莫知其尤。
　　相彼泉水，载清载浊。我日构祸，曷云能谷。
　　滔滔江汉，南国之纪。尽瘁以仕，宁莫我有。
　　匪鹑匪鸢，翰飞戾天。匪鳣匪鲔，潜逃于渊。
　　山有蕨薇，隰有杞桋。君子作歌，维以告哀。

　　《四月》者，南国告哀之诗也。诗曰"滔滔江汉，南国之纪。尽瘁以仕，宁莫我有"，是以"君子作歌，维以告哀"。若此诗者，当与《甘棠》诸诗并诵，以见变化之象。又此诗八章，首四章以四时起兴，首句曰"四月维夏""秋日凄凄""冬日烈烈""山有嘉卉"，由冬而春，贞下起元之理。又第三章之四句为"冬日烈烈，飘风发发。民莫不谷，我独何害"，辞同于《蓼莪》之第五章，唯此曰"冬日"，以序四时之次，彼曰"南山"，以见《蓼莪》一诗盛行于南方。此孝子之思，所以起贞下之元者也。至于是时之南国，夏则"先祖匪人，胡宁忍予"，秋则"乱离瘼矣，爰其适归"，冬即不能终养父母，春则"废为残贼，莫知其尤"。夫有残贼之幽王在上，乾元之潜，惟恐不深。不然"我日构祸，曷云能谷"，奈"匪鹑匪鸢，翰飞戾天。匪鳣匪鲔，潜逃于渊"，其情不亦哀哉，安得不作此歌以抒其情乎。

小雅六 《北山之什》十篇说

○北山

陟彼北山,言采其杞。偕偕士子,朝夕从事。王事靡盬,忧我父母。

溥天之下,莫非王土。率土之滨,莫非王臣。大夫不均,我从事独贤。

四牡彭彭,王事傍傍。嘉我未老,鲜我方将。旅力方刚,经营四方。

或燕燕居息,或尽瘁事国。或息偃在床,或不已于行。

或不知叫号,或惨惨劬劳。或栖迟偃仰,或王事鞅掌。

或湛乐饮酒,或惨惨畏咎。或出入风议,或靡事不为。

《北山》者,役使不均劳怨而作,当与《杕杜》并诵而其情见。此曰"陟彼北山,言采其杞。偕偕士子,朝夕从事。王事靡盬,忧我父母",彼曰"陟彼北山,言采其杞。王事靡盬,忧我父母。檀车幝幝,四牡痯痯,征夫不远"。盖作此《北山》者,体乎《杕杜》之情者也。戍北山以化猃狁,国士子之责,然文武之时,有出有还,《杕杜》之情,为上者言之。且役使均,无"独贤"之弊,是以劳而不怨,此之谓正小雅。奈幽王之时,为上者何有乎《杕杜》之情,上不言下乃言焉,况"大夫不均,我从事独贤"。下三章皆叙劳逸不均之事，对比凡六，令人不平。下安得不怨，上其能安乎。此之谓变小雅。至于此诗，虽有"经营四方"之言，主在"陟彼北山"，故属幽王时戍北国者之怨情。其曰"溥天之下，莫非王土。率土之滨，莫非王臣"，廓然有一天下之心，盖未忘文武之德者。怨而言此，幽王之失德也。

○无将大车

　　无将大车，祇自尘兮。无思百忧，祇自疷兮。
　　无将大车，维尘冥冥。无思百忧，不出于颎。
　　无将大车，维尘雍兮。无思百忧，祇自重兮。

《无将大车》序曰，"大夫悔将小人也"，当与《出车》并诵而见其义。《易》曰"大车以载，有攸往，无咎"，贵在积中，"赫赫南仲，薄伐西戎""赫赫南仲，狁于夷"是也。彼则"未见君子，忧心忡忡。既见君子，我心则降"，此则将大车者"祇自尘兮""维尘冥冥""维尘雍兮"。盖《北山》之"陟彼北山"者，下篇《小明》之"我征徂西"者，胥有劳役不均之怨，为将帅者能不忧乎。诗曰"无思百忧，祇自疷兮""不出于颎""祇自重兮"，此不思忧之忧，忧之至也。劳役不均而怨，其果小人乎。然将大车，可将此怨卒乎。其本仍在皇极之攸敷耳。

○小明

　　明明上天，照临下土。我征徂西，至于艽野。二月初吉，载离寒暑。心之忧矣，其毒大苦。念彼共人，涕零如雨。岂不怀归，畏此罪罟。
　　昔我往矣，日月方除。曷云其还，岁聿云莫。念我独兮，我事孔庶。心之忧矣，惮我不暇。念彼共人，睠睠怀顾。岂不怀归，畏

卷二 雅（凡小雅、大雅一百十一篇，内六篇阙辞） 127

此谴怒。

　　昔我往矣，日月方奥。曷云其还，政事愈蹙。岁聿云莫，采萧获菽。心之忧矣，自诒伊戚。念彼共人，兴言出宿。岂不怀归，畏此反覆。

　　嗟尔君子，无恒安处。靖共尔位，正直是与。神之听之，式谷以女。

　　嗟尔君子，无恒安息。靖共尔位，好是正直。神之听之，介尔景福。

　　《小明》，徂西者之怨言。诗曰"我征徂西，至于艽野"，"心之忧矣，其毒大苦"，"念我独兮，我事孔庶。心之忧矣，惮我不暇"。又曰"心之忧矣，自诒伊戚"，盖有自悔之义。此诗当与《采薇》并诵，悲情相似，治乱相反。唯位上者能悲哀位下者之悲哀，庶可用之。劳而不怨，厚下安宅之谓也。唯位上者独乐以对位下者之独忧，则劳于下者，能不怨乎。怀归不已而"畏此罪罟""畏此谴怒""畏此反覆"，其能久乎，尚有《四牡》《皇皇者华》之气象乎。徂西者，谨念处位之共人，尚能负其徂西之重任乎，西周之德安得不尽。若共人之安居高位，犹念此徂西之僚友乎。末二章曰"嗟尔君子，无恒安处。靖共尔位，正直是与。神之听之，式谷以女"，"嗟尔君子，无恒安息。靖共尔位，好是正直。神之听之，介尔景福"，其怨不亦甚乎。

　　以上由《大东》至此《小明》，凡五篇，当变小雅第二节中之第二段，以见幽王时东南西北四方之民莫不有怨，王室尚能久存乎。于西北已生《无将大车》之情，非东迁周室已不可为焉。

○鼓钟
　　鼓钟将将，淮水汤汤，忧心且伤。淑人君子，怀允不忘。

鼓钟喈喈，淮水湝湝，忧心且悲。淑人君子，其德不回。
鼓钟伐鼛，淮有三洲，忧心且妯。淑人君子，其德不犹。
鼓钟钦钦，鼓瑟鼓琴，笙磬同音。以雅以南，以籥不僭。

《鼓钟》序曰"刺幽王也"，然未言所刺。朱子曰："此诗之义，有不可知者。"若先儒王氏曰："幽王鼓钟淮水之上，为流连之乐，久而忘反。闻者忧而思古之君子，不能忘也。"苏氏曰："言幽王之不德，岂其乐非古欤，乐则是而人则非也。"今以原诗观之，诗曰："鼓钟钦钦，鼓瑟鼓琴，笙磬同音。以雅以南，以籥不僭。"其乐确是，不德之幽王能流连忘返于古乐乎。故朱子于王氏、苏氏之说，亦未敢信其必然。乃此诗之义，更当以辑《诗》之次明之。凡自此诗起至《大田》五篇，盖当变小雅第二节中之第三段，义与第二段相对，尤对《大东》《四月》而言。缘幽王时，四方之国皆怨声载道，然文武之德二南之化，已绝于西北，仍有存于东南者。此段之五篇，皆此义云。故《鼓钟》篇者，明淮之君子，虽有《大东》《四月》之情，而"忧心且伤""忧心且悲""忧心且妯"，然"淑人君子"仍能"怀允不忘""其德不回""其德不犹"，此非礼乐感人之深情乎。故虽当君不君之时，臣未尝不臣。将将喈喈，歌舞不僭，淮人之德，不亦可贵乎。臣德如是，庶可刺幽王不君之德也。

○楚茨

楚楚者茨，言抽其棘。自昔何为，我艺黍稷。我黍与与，我稷翼翼。我仓既盈，我庾维亿。以为酒食，以飨以祀。以妥以侑，以介景福。

济济跄跄，絜尔牛羊，以往烝尝。或剥或亨，或肆或将。祝祭于祊，祀事孔明。先祖是皇，神保是飨。孝孙有庆，报以介福，万寿无疆。

执爨踖踖，为俎孔硕，或燔或炙。君妇莫莫。为豆孔庶，为宾为客，献酬交错。礼仪卒度，笑语卒获。神保是格，报以介福，万寿攸酢。

我孔熯矣，式礼莫愆。工祝致告，徂赉孝孙。苾芬孝祀，神嗜饮食。卜尔百福，如几如式。既齐既稷，既匡既敕。永锡尔极，时万时亿。

礼仪既备，钟鼓既戒，孝孙徂位，工祝致告，神具醉止，皇尸载起。鼓钟送尸，神保聿归。诸宰君妇，废彻不迟。诸父兄弟，备言燕私。

乐具入奏，以绥后禄。尔肴既将，莫怨具庆。既醉既饱，小大稽首。神嗜饮食，使君寿考。孔惠孔时，维其尽之。子子孙孙，勿替引之。

○信南山

信彼南山，维禹甸之。昀昀原隰，曾孙田之。我疆我理，南东其亩。

上天同云，雨雪雰雰。益之以霢霂。既优既渥，既沾既足，生我百谷。

疆场翼翼，黍稷彧彧。曾孙之穑，以为酒食。畀我尸宾，寿考万年。

中田有庐，疆场有瓜。是剥是菹，献之皇祖。曾孙寿考，受天之祜。

祭以清酒，从以骍牡，享于祖考。执其鸾刀，以启其毛，取其血膋。

是烝是享，苾苾芬芬。祀事孔明，先祖是皇。报以介福，万寿无疆。

○ 甫田

倬彼甫田，岁取十千。我取其陈，食我农人。自古有年。今适南亩，或耘或耔，黍稷薿薿。攸介攸止，烝我髦士。

以我齐明，与我牺羊，以社以方。我田既臧，农夫之庆。琴瑟击鼓，以御田祖，以祈甘雨，以介我稷黍，以谷我士女。

曾孙来止，以其妇子，馌彼南亩，田畯至喜。攘其左右，尝其旨否。禾易长亩，终善且有。曾孙不怒，农夫克敏。

曾孙之稼，如茨如梁。曾孙之庾，如坻如京。乃求千斯仓，乃求万斯箱。黍稷稻粱，农夫之庆。报以介福，万寿无疆。

○ 大田

大田多稼，既种既戒，既备乃事。以我覃耜，俶载南亩，播厥百谷。既庭且硕，曾孙是若。

既方既皂，既坚既好，不稂不莠。去其螟螣，及其蟊贼，无害我田稚。田祖有神，秉畀炎火。

有渰萋萋，兴雨祁祁。雨我公田，遂及我私。彼有不获稚，此有不敛穧，彼有遗秉，此有滞穗，伊寡妇之利。

曾孙来止，以其妇子，馌彼南亩，田畯至喜。来方禋祀，以其骍黑，与其黍稷。以享以祀，以介景福。

《楚茨》《信南山》《甫田》《大田》四篇，皆承《豳风·七月》之化，宜有"豳雅"之称。若《楚茨》曰"楚楚者茨，言抽其棘。自昔何为，我艺黍稷"，《信南山》曰"信彼南山，维禹甸之。畇畇原隰，曾孙田之"，皆有筚路蓝缕以启山林之象。亦见我国之农业，由西北渐渐发展之东南。又此四篇中，皆重礼乐祭祀，此其所以继于《鼓钟》篇欤。若《楚茨》篇结曰"子子孙孙，勿替引之"，《信南山》《甫田》皆结曰"报以介福，万寿无疆"，《大田》篇结曰"以享以祀,以介景福"。计自《七月》篇至此四篇,时已隔千有余年,西周末迄今,时又近三千年。吾国以农立国,盖已四千余年焉。"馌彼南亩,田畯至喜",此其时乎。又《大田》篇曰"雨我公田,遂及我私",其情不亦公乎,乃能"去其螟螣,及其蟊贼"。反观《桑柔》之"降此蟊贼,稼穑卒痒",《瞻卬》之"蟊贼蟊疾,靡有夷届",《召旻》之"天降罪罟,蟊贼内讧",呜呼,西周其能不亡乎。

以上五篇为第三段,以见周德尚存于东南,此所以犹能东迁而保其数百年之空名于上也。

○瞻彼洛矣

瞻彼洛矣,维水泱泱。君子至止,福禄如茨。韎韐有奭,以作六师。

瞻彼洛矣,维水泱泱。君子至止,鞸琫有珌。君子万年,保其家室。

瞻彼洛矣,维水泱泱。君子至止,福禄既同。君子万年,保其家邦。

《瞻彼洛矣》,叙幽王于东都洛阳燕飨诸侯,故以"瞻彼洛矣"起兴。三言"君子至止",反《庭燎》之义,盖天子已不能止焉。与《清庙》之颂,岂可同日而语哉。盖周公营东都以会诸侯,使四国诸侯之往返,实则制于东西二都,化于二南,庶能建极保极而正位凝命。若幽王之时,已失岐山新命之德,不得已而瞻洛,尚能有济济多士乎。若曰"韎韐有奭,以作六师","鞸琫有珌",皆戎服之饰。故此会所以讲武事,与《湛露》之垂衣裳而天下治,更不可并论矣。《出车》之事,《蓼萧》之情,急而一之,较《六月》出师,《车攻》行狩,又等而下矣。

○裳裳者华

裳裳者华，其叶湑兮。我觏之子，我心写兮。我心写兮，是以有誉处兮。

裳裳者华，芸其黄矣。我觏之子，维其有章矣。维其有章矣，是以有庆矣。

裳裳者华，或黄或白。我觏之子，乘其四骆。乘其四骆，六辔沃若。

左之左之，君子宜之。右之右之，君子有之。维其有之，是以似之。

《裳裳者华》，义如《蓼萧》。首章之辞气文势，何其相近。彼曰"既见君子，我心写兮。燕笑语兮，是以有誉处兮"，此曰"我觏之子，我心写兮。我心写兮，是以有誉处兮"，盖此诗所以遵彼诗而言。然同一"誉处"，彼取蛊五之"用誉"，此取丰五之"来章有庆誉"，故二章曰"我觏之子，维其有章矣。维其有章矣，是以有庆矣"。若曰"左之""右之"，有东西之象焉，"维其有之，是以似之"。然幽王时，先失四方之诸侯，尚能似之乎。

凡自《瞻彼洛矣》起，至《宾之初筵》八篇，皆叙幽王时东都之象，以当变小雅第二节中之第四段。虽存君臣燕飨之礼，然已有文无实，序皆以刺幽王明之，诚是。君子见此，所以思古云。

小雅七　《桑扈之什》十篇说

○桑扈

交交桑扈，有莺其羽。君子乐胥，受天之祜。
交交桑扈，有莺其领。君子乐胥，万邦之屏。
之屏之翰，百辟为宪。不戢不难，受福不那。
兕觥其觩，旨酒思柔。彼交匪敖，万福来求。

《桑扈》，亦天子燕诸侯之诗。诗曰"君子乐胥，受天之祜""君子乐胥，万邦之屏""彼交匪敖，万福来求"。然合《大东》诸篇观之，幽王能乐君子乎。无其德而言其德，非有以刺之乎。诸侯亦能"彼交匪敖"乎，能为"万邦之屏"乎。故序曰："刺幽王也，君臣上下动无礼文焉。"忆彼《湛露》夜饮，《彤弓》朝飨，有天渊之别，非"白贲"与"何校灭耳"之象乎？况以《桑扈》起兴，有《小宛》之情焉。

○鸳鸯

鸳鸯于飞，毕之罗之。君子万年，福禄宜之。
鸳鸯在梁，戢其左翼。君子万年，宜其遐福。
乘马在厩，摧之秣之。君子万年，福禄艾之。
乘马在厩，秣之摧之。君子万年，福禄绥之。

《鸳鸯》，叙君臣相合以道，起兴于鸳鸯与马。于鸳鸯曰"毕之罗之""戢其左翼"，盖有入彀之义，"公弋取彼在穴"是其象。又戢者，敛也。敛于左当舒于右，有依内防外之义。于马曰"摧之秣之""秣之摧之"，养以道之谓也。世有伯乐，然后有千里马，其然乎否乎。畜得其宜，"君子万年"，幽王能之乎。故序曰："思古明王交于万物有道，自奉养有节焉。"

○頍弁

有頍者弁，实维伊何。尔酒既旨，尔肴既嘉。岂伊异人，兄弟匪他。茑与女萝，施于松柏。未见君子，忧心奕奕。既见君子，庶几说怿。

有頍者弁，实维何期。尔酒既旨，尔肴既时。岂伊异人，兄弟具来。茑与女萝，施于松上。未见君子，忧心怲怲。既见君子，庶几有臧。

有頍者弁，实维在首。尔酒既旨，尔肴既阜。岂伊异人，兄弟甥舅。如彼雨雪，先集维霰。死丧无日，无几相见。乐酒今夕，君子维宴。

《頍弁》，叙燕飨"兄弟甥舅"，所以亲九族，亦刺幽王之不能也。末曰"死丧无日，无几相见。乐酒今夕，君子维宴"，是犹《常棣》篇之"死丧之威，兄弟孔怀。原隰裒矣，兄弟求矣"，皆有以尽亲亲之义。惜周公无以感三叔，东南之诸侯亦无以感幽王。然周公能反风而感成王，是时之诸侯，殊无周公之德焉。"死丧无日"，非应于幽王之丧乎。

○车舝

间关车之舝兮，思娈季女逝兮。匪饥匪渴，德音来括。虽无好

卷二　雅（凡小雅、大雅一百十一篇，内六篇阙辞）

友，式燕且喜。

依彼平林，有集维鹬。辰彼硕女，令德来教。式燕且誉，好尔无射。

虽无旨酒，式饮庶几。虽无嘉肴，式食庶几。虽无德与女，式歌且舞。

陟彼高冈，析其柞薪。析其柞薪，其叶湑兮。鲜我觏尔，我心写兮。

高山仰止，景行行止。四牡骓骓，六辔如琴。觏尔新昏，以慰我心。

《车舝》有《关雎》《鹊巢》之象，东南犹存二南之化，诗人美之，实以刺幽王之无道也。"赫赫宗周，褒姒灭之"，能无《车舝》之情乎。诗末章曰"高山仰止，景行行止。四牡骓骓，六辔如琴。觏尔新婚，以慰我心"，此《诗经》所以始《关雎》之大义。

○青蝇

营营青蝇，止于樊。岂弟君子，无信谗言。

营营青蝇，止于棘。谗人罔极，交乱四国。

营营青蝇，止于榛。谗人罔极，构我二人。

《青蝇》刺幽王之信谗，诗曰"岂弟君子，无信谗言""谗人罔极，交乱四国""谗人罔极，构我二人"是也。二人者，君臣之谓乎。君臣有间，四国交乱，西周所以亡也。义与《巧言》《何人斯》《巷伯》诸篇相应，彼当西都，此当东都云。

○宾之初筵

宾之初筵，左右秩秩。笾豆有楚，肴核维旅。酒既和旨，饮酒孔偕。钟鼓既设，举酬逸逸。大侯既抗，弓矢斯张。射夫既同，献尔发功。发彼有的，以祈尔爵。

籥舞笙鼓，乐既和奏。烝衎烈祖，以洽百礼。百礼既至，有壬有林。锡尔纯嘏，子孙其湛。其湛曰乐，各奏尔能。宾载手仇，室人入又。酌彼康爵，以奏尔时。

宾之初筵，温温其恭。其未醉止，威仪反反。曰既醉止，威仪幡幡。舍其坐迁，屡舞仙仙。其未醉止，威仪抑抑。曰既醉止，威仪怭怭。是曰既醉，不知其秩。

宾既醉止，载号载呶。乱我笾豆，屡舞僛僛。是曰既醉，不知其邮。侧弁之俄，屡舞傞傞。既醉而出，并受其福。醉而不出，是谓伐德。饮酒孔嘉，维其令仪。

凡此饮酒，或醉或否。既立之监，或佐之史。彼醉不臧，不醉反耻。式勿从谓，无俾大怠。匪言勿言，匪由勿语。由醉之言，俾出童羖。三爵不识，矧敢多又。

《宾之初筵》，卫武公饮酒悔过之作，自戒亦有以刺幽王之饮酒无度也。首章叙因射而饮，二章叙因祭而饮，皆见礼乐之盛。三、四章叙未醉既醉之异态，如曰"其未醉止，威仪抑抑。曰既醉止，威仪怭怭。是曰既醉，不知其秩"，"宾既醉止，载号载呶。乱我笾豆，屡舞僛僛"。乃第五章明当立监史，诗曰"凡此饮酒，或醉或否。既立之监，或佐之史。彼醉不臧，不醉反耻"，"由醉之言，俾出童羖"。由此诗及《大雅》之《抑》，《国风》之《淇奥》，可见卫武公之德。年九十五犹箴儆于国，不亦可贵乎。奈幽王之酒醉，步桀纣之后尘，孰为之监史耶，尚能思《酒诰》之戒乎。

以上八篇为第四段，诗人叙东都之情状。前六篇记事以思古，后二篇刺时云。

○鱼藻

鱼在在藻,有颁其首。王在在镐,岂乐饮酒。
鱼在在藻,有莘其尾。王在在镐,饮酒乐岂。
鱼在在藻,依于其蒲。王在在镐,有那其居。

《鱼藻》三言"王在在镐",所以叙西都之情状,在镐与瞻洛,对应之言也。"王在在镐,岂乐饮酒""饮酒乐岂""有那其居",不亦悠然自得乎。然合《节南山》《正月》《十月之交》《雨无正》诸篇观之,幽王有如是之德乎。诸侯美天子,盖以刺之,亦以思古武王在镐之象,惜幽王不能鉴之也。

○采菽

采菽采菽,筐之筥之。君子来朝,何锡予之。虽无予之,路车乘马。又何予之,玄衮及黼。
觱沸槛泉,言采其芹。君子来朝,言观其旂。其旂淠淠,鸾声嘒嘒。载骖载驷,君子所届。
赤芾在股,邪幅在下。彼交匪纾,天子所予。乐只君子,天子命之。乐只君子,福禄申之。
维柞之枝,其叶蓬蓬。乐只君子,殿天子之邦。乐只君子,万福攸同。平平左右,亦是率从。
汎汎杨舟,绋纚维之。乐只君子,天子葵之。乐只君子,福禄膍之。优哉游哉,亦是戾矣。

《采菽》叙天子锡诸侯,当《彤弓》《菁菁者莪》之义,亦以刺幽王之不能。有应乎上段《裳裳者华》《桑扈》《鸳鸯》三篇。彼《裳裳者华》之首章,悉从《蓼萧》之言。此《采菽》之末章,以"汎汎杨舟"起兴,又尊《菁菁者莪》而言。君之求臣继其情,不亦切乎。幽王信谗，戏诸侯如弄臣，尚有王者之德乎。

○角弓

骍骍角弓，翩其反矣。兄弟昏姻，无胥远矣。

尔之远矣，民胥然矣。尔之教矣，民胥效矣。

此令兄弟，绰绰有裕。不令兄弟，交相为瘉。

民之无良，相怨一方。受爵不让，至于己斯亡。

老马反为驹，不顾其后。如食宜饇，如酌孔取。

毋教猱升木，如涂涂附。君子有徽猷，小人与属。

雨雪瀌瀌，见晛曰消。莫肯下遗，式居娄骄。

雨雪浮浮，见晛曰流。如蛮如髦，我是用忧。

《角弓》叙幽王不亲九族，应于上段之《頍弁》，彼尚正言以刺之，此则明言其失。诗曰"尔之远矣，民胥然矣。尔之教矣，民胥效矣"，唯为上者之远"兄弟昏姻"，下效而成"民之无良"。盖"君子有徽猷，小人与属"，"莫肯下遗"而"式居娄骄"，乃"如蛮如髦"，能不"我是用忧"乎。读《小弁》《白华》，庶见骨肉相怨，已及后妃太子，况九族乎。且《角弓》已言"民之无良"，非二南将成变风之兆耶。

○菀柳

有菀者柳，不尚息焉。上帝甚蹈，无自暱焉。俾予靖之，后予极焉。

有菀者柳，不尚愒焉。上帝甚蹈，无自瘵焉。俾予靖之，后予迈焉。

有鸟高飞，亦傅于天。彼人之心，于何其臻。曷予靖之，居以凶矜。

卷二　雅（凡小雅、大雅一百十一篇，内六篇阙辞）

　　《菀柳》者，明幽王暴虐，诸侯皆不欲朝王，应于上段之《青蝇》。彼尚言有"构我二人"之"谗人"，此则王已信谗，故"彼人之心，于何其臻"，犹可朝王乎。"俾予靖之，后予极焉""俾予靖之，后予迈焉"，宜有"曷予靖之，居以凶矜"之情，显比之象绝于此矣。

小雅八　《都人士之什》十篇说

○都人士

彼都人士，狐裘黄黄。其容不改，出言有章。行归于周，万民所望。

彼都人士，台笠缁撮。彼君子女，绸直如发。我不见兮，我心不说。

彼都人士，充耳琇实。彼君子女，谓之尹吉。我不见兮，我心苑结。

彼都人士，垂带而厉。彼君子女，卷发如虿。我不见兮，言从之迈。

匪伊垂之，带则有余。匪伊卷之，发则有旟。我不见兮，云何盱矣。

《都人士》序曰："周人刺衣服无常也。古者长民，衣服不贰，从容有常，以齐其民。则民德归壹，伤今不复见古人也。"按，黄帝尧舜垂衣裳而天下治，盖取诸乾坤，衣裳十二章，从容有常。"衮衣绣裳"，东人以美周公而民德归壹，惜幽王时已不复见焉。诗曰"彼都人士，狐裘黄黄。其容不改，出言有章。行归于周，万民所望"，此所以能长民之象。《四牡》《皇皇者华》之王臣，皆服此以周行于四国者也。是以"出言有章"，或与或求而"行归于周"，乃泽下于民而为"万民所望"。更诵《大东》之言,"西人之子,粲粲衣服。舟人之子,熊罴是裘",是能"出言有章"乎。"行归于周"而"杼柚其空",尚能为"万民所望"哉。故不见"彼都人士""彼君子女"之服饰,则如象变形化,粲粲失德,"云何盱矣"。

○采绿

  终朝采绿,不盈一匊。予发曲局,薄言归沐。
  终朝采蓝,不盈一襜。五日为期,六日不詹。
  之子于狩,言韔其弓。之子于钓,言纶之绳。
  其钓维何,维鲂及鱮。维鲂及鱮,薄言观者。

  《采绿》刺怨旷也,应于上段之《车舝》,然彼曰"觏尔新昏,以慰我心",此则"五日为期,六日不詹"。可睹西都之风,远不如东都之平静,且有"殷其雷"之象,幽王之德为何如耶。

○黍苗

  芃芃黍苗,阴雨膏之。悠悠南行,召伯劳之。
  我任我辇,我车我牛。我行既集,盖云归哉。
  我徒我御,我师我旅。我行既集,盖云归处。
  肃肃谢功,召伯营之。烈烈征师,召伯成之。
  原隰既平,泉流既清。召伯有成,王心则宁。

  《黍苗》与《大雅》之《崧高》篇相同,皆记宣王命召伯定申伯之宅于谢,此曰"肃肃谢功,召伯营之"是也。然事同义异,序已言之,今更宜阐述之。彼《崧高》者,尹吉甫美宣王能建国亲侯,故入《大雅》以诵君德也。此《黍苗》者,序曰:"刺幽王也,不能膏润天下,卿士不能行召伯之职焉。"诗曰"悠悠南行,召伯劳之",

"我任我辇，我车我牛。我行既集，盖云归哉"，"我徒我御，我师我旅。我行既集，盖云归处"，乃从行者所诵，以明召伯之功。能行能归，宣王召伯之君臣相得所致，宜入《小雅》云。若行人诵此诗时，似当宣王，结曰"召伯有成，王心则宁"，非指宣王乎。然亦可谓行人于幽王时回忆前事而作。以辑入《都人士之什》而论，盖视为幽王时之诗者也。乃以《渐渐之石》《何草不黄》诸篇并读之，其刺幽王之君臣，不亦甚乎。如《鱼藻》等篇，皆宜作如是观。是之谓雅颂各得其所也。

○隰桑

  隰桑有阿，其叶有难。既见君子，其乐如何。
  隰桑有阿，其叶有沃。既见君子，云何不乐。
  隰桑有阿，其叶有幽。既见君子，德音孔胶。
  心乎爱矣，遐不谓矣。中心藏之，何日忘之。

《隰桑》者，思见君子之诗。其于正小雅，犹《蓼萧》《菁菁者莪》之象。若幽王者，殊无其德，矧无此德者，将忌人之有此德。故诗之末章曰"心之爱矣，遐不谓矣。中心藏之，何日忘之"，与《小旻》《小宛》之末章相似。而此诗者，亦所以继《小旻》《小宛》之情者也。

  以上由《鱼藻》至《隰桑》，凡八篇，当第五段。盖叙西都之情形，与上段叙东都之八篇相应，大义仍为思古以刺时。

○白华

  白华菅兮，白茅束兮。之子之远，俾我独兮。
  英英白云，露彼菅茅。天步艰难，之子不犹。
  滮池北流，浸彼稻田。啸歌伤怀，念彼硕人。

樵彼桑薪,卬烘于煁。维彼硕人,实劳我心。
鼓钟于宫,声闻于外。念子懆懆,视我迈迈。
有鹙在梁,有鹤在林。维彼硕人,实劳我心。
鸳鸯在梁,戢其左翼。之子无良,二三其德。
有扁斯石,履之卑兮。之子之远,俾我疷兮。

《白华》者,申后被黜而作,相应乎《小弁》之情。诗曰"之子之远,俾我独兮","天步艰难,之子不犹",况"念子懆懆,视我迈迈",能不"实劳我心"乎。是乃"之子无良,二三其德""俾我疷兮"亲近之情,宜其怨矣。呜呼,以妾为妻,以孽代宗,而下国化之,变风起焉,是之谓"女壮"。《瞻卬》篇曰"哲夫成城,哲妇倾城",数百年尚不能反风而东周以亡。履霜之渐,可不早辨乎。

○绵蛮

绵蛮黄鸟,止于丘阿。道之云远,我劳如何。饮之食之,教之诲之。命彼后车,谓之载之。

绵蛮黄鸟,止于丘隅。岂敢惮行,畏不能趋。饮之食之,教之诲之。命彼后车,谓之载之。

绵蛮黄鸟,止于丘侧。岂敢惮行,畏不能极。饮之食之,教之诲之。命彼后车,谓之载之。

《绵蛮》者,思有所托,盖以黄鸟为比。《大学》曾引其诗"绵蛮黄鸟,止于丘隅",子曰"于止,知其所止,可以人而不如鸟乎"。取其止于至善之象,艮之成终成始是其义。诗曰"道之云远,我劳如何","岂敢惮行,畏不能趋",皆明不可不止。三章继之同曰"饮之食之,教之诲之。命彼后车,谓之载之",所谓后车者,承《无将大车》而言。彼大车已说輹而不可将,其后车尚可行乎。此盖有以望于平王之象也。平王奔申，不能止申侯与犬戎以攻宗周，可不谓之非乎。况"周宗既灭"，褒御之臣，犹有"谓尔迁于王都"之心。而幽王被弑于戏，晋文侯、郑武公迎于申而立之，不思复兴西都，乃褒御之不若。殊失周人后车之望也。再者，暂徙东都以避之，亦未尝不可。然平王于东迁时，封秦襄公为诸侯而曰"能逐犬戎，即有岐丰之地"，此尚可谓周室之子孙乎。凡平王在位五十一年，未闻有西归之志，其何以见历祖于地下耶。孟子曰："王者之迹熄而《诗》亡，《诗》亡然后《春秋》作。"观其四十九年犹未返丰镐，王者之迹不已熄乎。此所以退平王之雅为《王风》而不得不作《春秋》矣。

○瓠叶

幡幡瓠叶，采之亨之。君子有酒，酌言尝之。
有兔斯首，炮之燔之。君子有酒，酌言献之。
有兔斯首，燔之炙之。君子有酒，酌言酢之。
有兔斯首，燔之炮之。君子有酒，酌言酬之。

"天下有道，丘不与易也。"黄鸟知止，其无后车何，然继以《瓠叶》，其道在矣。"君子有酒，酌言尝之""酌言献之""酌言酢之""酌言酬之"，此非《鹿鸣》至《菁菁者莪》之情乎，是之谓礼失求诸野。"幡幡瓠叶，采之亨之"，物至薄，情至深，是之谓"箕子之明夷，利贞"。三言"有兔斯首"，似承《兔罝》而言也。

○渐渐之石

渐渐之石，维其高矣。山川悠远，维其劳矣。武人东征，不遑朝矣。

渐渐之石，维其卒矣。山川悠远，曷其没矣。武人东征，不遑

卷二　雅（凡小雅、大雅一百十一篇，内六篇阙辞）

出矣。

　　有豕白蹢，烝涉波矣。月离于毕，俾滂沱矣。武人东征，不遑他矣。

　　《渐渐之石》叙"武人东征"之怨情，当与《东山》并读而见兴亡之象。诗曰"有豕白蹢，烝涉波矣。月离于毕，俾滂沱矣"，是之谓"入于坎窞"，与"零雨其濛"同乎异乎。以理而言，气象之变尚小，杼柚之空不空，民情觇焉。

○苕之华

　　苕之华，芸其黄矣。心之忧矣，维其伤矣。
　　苕之华，其叶青青。知我如此，不如无生。
　　牂羊坟首，三星在罶。人可以食，鲜可以饱。

　　《苕之华》，叙西周将亡之惨景。诗曰"心之忧矣，维其伤矣"，"知我如此，不如无生"。呜呼，其心之忧伤而愿"不如无生"，非忧伤之极至乎。盖剥已尽，犹未见复之生几，唯遇此象，庶有"不如无生"之情。又曰"牂羊坟首"，谓牂羊瘠则其首坟。坟者，大也。此节以宣王时之《无羊》篇比之，已大不相同，况成康之时乎。又曰"三星在罶"，谓罶中无鱼则水静，乃见三星在焉。此以《鱼丽》篇比之，若鳢鲨鳏鲂鳟鲤，人尚有知之者乎。宜宣王时之牧人，犹能得"众维鱼矣"之梦，如当幽王时，虽梦亦仅能梦此"三星在罶"。是之谓"视天梦梦"，其境不亦惨乎。结曰"人可以食，鲜可以饱"，如是之境，可谓之人世乎哉。

○何草不黄

　　何草不黄，何日不行，何人不将，经营四方。

何草不玄，何人不矜，哀我征夫，独为匪民。
匪兕匪虎，率彼旷野。哀我征夫，朝夕不暇。
有芃者狐，率彼幽草。有栈之车，行彼周道。

《何草不黄》，征夫之哀鸣也，诗曰"何草不黄，何日不行""何草不玄，何人不矜"。夫《易》曰："龙战于野，其血玄黄。"《文言》曰："夫玄黄者，天地之杂也。天玄而地黄。"盖《易》以道阴阳，天地自然之理，而或黄而不玄，行而不止，玄而不黄，矜哉征夫。失阴阳保合之太和，其能久乎。《东山》篇以"其新孔嘉，其旧如之何"作结，所以和其情也。然幽王何有乎此德，乃"何人不将，经营四方""哀我征夫，独为匪民""哀我征夫，朝夕不暇"，其情不亦哀乎，其尚能"经营四方"而奏功乎。比之匪人虽日乾夕惕之不暇，亦奚以为，此孰之过耶，孰使之成此象耶。诗曰"匪兕匪虎，率彼旷野"，又曰"有芃者狐，率彼幽草。有栈之车，行彼周道"，诚以禽兽视征夫，西周尚能不亡乎。然《东山》篇亦曰"敦彼独宿，亦在车下"，此似同而异，消息纷若之变也，当善体征夫之情。

以上自《白华》至《何草不黄》，凡六篇，为第六段。盖应乎第一段十二篇，要在首三篇与末三篇之象。凡《节南山》之尹氏，掌生杀之大权者也。唯其瞋，杀心起而王讻，乃得"武人东征，不遑他矣"之报。此《渐渐之石》之坎窞，地狱之境也。凡《正月》之予圣，有灭宗周之褒姒，唯其痴，淫心起而有《小弁》《白华》之怨，乃得"匪兕匪虎，率彼旷野"之报。此《何草不黄》之匪民，畜生之境也。凡《十月之交》之皇父，总六官之事者也。唯其贪，盗心起而民劳，乃得"人可以食，鲜可以饱"之报。此《苕之华》之"不如无生"，饿鬼之境也。呜呼，上有贪瞋痴之迷，宜其雨无正，下自然而成三恶道之惨象，是之谓"旻天疾威，敷于下土"。幸

卷二　雅（凡小雅、大雅一百十一篇，内六篇阙辞）

其道不绝，以《小旻》《小宛》而成《瓠叶》之化，是之谓君子无入而不自得焉。《谷风》《蓼莪》"有孝有德"，凡此始末二段十八篇《小雅》，又应乎《瞻卬》《召旻》二篇《大雅》者也。幽王之变雅，万世足鉴，可忘包桑之系耶。

乙　大雅（凡三什三十一篇）

大雅一 《文王之什》十篇说

雅有大小之辨。《小雅》明君臣相合之德，以至兄弟朋友之相助相辅。《大雅》盖明君德，君德贵乎祖德之积，父子一伦之基也。凡相合以正，是谓正小雅。君德以正，是谓正大雅。而或不正，变雅起焉。计《大雅》共三十一篇，正者十八篇，变者十三篇，周室之兴衰在矣。此什之十篇，皆为正大雅。

○文王

文王在上，於昭于天。周虽旧邦，其命维新。有周不显，帝命不时。文王陟降，在帝左右。

亹亹文王，令闻不已。陈锡哉周，侯文王孙子。文王孙子，本支百世，凡周之士，不显亦世。

世之不显，厥犹翼翼。思皇多士，生此王国。王国克生，维周之桢。济济多士，文王以宁。

穆穆文王，於缉熙敬止。假哉天命，有商孙子。商之孙子，其丽不亿。上帝既命，侯于周服。

侯服于周，天命靡常。殷士肤敏，祼将于京。厥作祼将，常服黼冔。王之荩臣，无念尔祖。

无念尔祖，聿修厥德。永言配命，自求多福。殷之未丧师，克配上帝。宜鉴于殷，骏命不易。

命之不易，无遏尔躬。宣昭义问，有虞殷自天。上天之载，无声无臭。仪刑文王，万邦作孚。

曰《文王》者，周公述文王受天命以开周室云，凡七章。首章述文王之德通乎上帝。诗曰"周虽旧邦，其命维新"，旧指后稷，新指文王。唯文王之降在人世，陟之在天，皆在帝之左右。由是不时之帝命，有周受之而显焉，是之谓"帝出乎震"，剥极而来复之象。二章明文王不已之令闻，泽及"本支百世"，是之谓"天行健，君子以自强不息"。三章明"济济多士，文王以宁"，盖见文王之得人，复而临，朋来无咎之象。四章明文王有"於缉熙敬止"之德，既受上帝之命，以致"商之孙子，其丽不亿"皆"侯于周服"，所以成飞龙显比之象。五、六两章，述殷士之"侯服于周"，而周之子孙可不"宜鉴于殷"乎。"殷士肤敏，裸将于京"，非微子之事周乎。"常服黼冔"，其情为何如。"天命靡常""骏命不易"，岂虚言哉。"永言配命，自求多福"，至命之谓也。呜呼，城复于隍，否泰反类，其几危矣妙矣。七章言"仪刑文王，万邦作孚"。仪刑维何？"上天之载，无声无臭"之乾元也。贞元之际，敬止不已，以起中孚之气，万邦其咸宁矣夫。

○大明

明明在下，赫赫在上。天难忱斯，不易维王。天位殷适，使不挟四方。

挚仲氏任，自彼殷商，来嫁于周，曰嫔于京。乃及王季，维德之行。大任有身，生此文王。

维此文王，小心翼翼。昭事上帝，聿怀多福。厥德不回，以受方国。

天监在下，有命既集。文王初载，天作之合。在洽之阳，在渭

卷二　雅（凡小雅、大雅一百一十一篇，内六篇阙辞）

之涘。文王嘉止，大邦有子。

　　大邦有子，伣天之妹。文定厥祥，亲迎于渭。造舟为梁，不显其光。

　　有命自天，命此文王。于周于京，缵女维莘。长子维行，笃生武王。保右命尔，燮伐大商。

　　殷商之旅，其会如林。矢于牧野，维予侯兴。上帝临女，无贰尔心。

　　牧野洋洋，檀车煌煌，驷騵彭彭。维师尚父，时维鹰扬。凉彼武王，肆伐大商，会朝清明。

　　《大明》者，周公述文王受天命，以及上下父母妻子之德，凡八章。首章明"天位殷适，使不挟四方"，以见"天难忱斯，不易维王"。夫"明明在下"者人，"赫赫在上"者天，天人之理，乾乾之位，君子厉焉。二章明王季娶"挚仲氏任"而"生此文王"，能生文王之圣，父母始生之德，大哉至哉。三章明文王之"小心翼翼。昭事上帝"，盖以穷天人之理，自然能"以受方国"。四、五、六三章明文王亲迎"缵女维莘"而"笃生武王"。诗曰"文王嘉止，大邦有子"，"文定厥祥，亲迎于渭"，即周南《关雎》之象。若武王又能继受天命，诗曰"保右命尔，燮伐大商"，有"震来虩虩，笑言哑哑"之象。七、八两章，述牧野得众，且有"维师尚父"之力而"肆伐大商"。若曰"上帝临女，无贰尔心"，以见武王伐商，非得已也，顺天应人而已矣。由是殷之"不挟四方"，成周之"会朝清明"，天难忱斯之命见矣。

○绵

　　绵绵瓜瓞。民之初生，自土沮漆。古公亶父，陶复陶穴，未有家室。

古公亶父，来朝走马。率西水浒，至于岐下。爰及姜女，聿来胥宇。

周原膴膴，堇荼如饴。爰始爰谋，爰契我龟。曰止曰时，筑室于兹。

乃慰乃止，乃左乃右，乃疆乃理，乃宣乃亩。自西徂东，周爰执事。

乃召司空，乃召司徒，俾立室家。其绳则直，缩版以载，作庙翼翼。

捄之陾陾，度之薨薨，筑之登登，削屡冯冯。百堵皆兴，鼛鼓弗胜。

乃立皋门，皋门有伉。乃立应门，应门将将。乃立冢土，戎丑攸行。

肆不殄厥愠，亦不陨厥问。柞棫拔矣，行道兑矣。混夷駾矣，维其喙矣。

虞芮质厥成，文王蹶厥生。予曰有疏附，予曰有先后，予曰有奔奏，予曰有御侮。

《绵》者，周公述大王大姜之德，以及其孙文王之受天命，凡九章。首章述古公亶父之居豳。"陶复陶穴，未有家室"，一由豳地天时之变，故其境不如《豳风·七月》之诗。二由狄人之侵，故其民未能安心于耕作。二章述古公亶父之迁岐。"率西水浒，至于岐下"，此由豳而岐，旧邦成新命之基也。"爰及姜女，聿来胥宇"，盖见"内无怨女，外无旷夫"，各有家室，渐成周南之风，非大王大姜之德乎。三章述筑室于周原，得时得位而止焉，宜从之者如归市。"堇荼如饴"，得地气之中甘，来复之象生焉。四章述治其田畴，曰"自西徂东"，周室之道也。五章述"俾立室家"，"作庙翼翼"。宗庙以立主，室家之本也。六章述治宫室，时已"百堵皆兴，鼛鼓弗胜",兴盛可见。七章述立皋门、应门、冢土,已有城邑焉。八章述"混夷駾矣,维其喙矣",盖周室已具御夷之能,非如昔时之须避狄人之侵。"肆不殄厥愠,亦不陨厥问",大王之大德也。唯文王能继之,故孟子引之而以为文王云。九章曰"虞芮质厥成,文王蹶厥生",时已由大王及孙文王。虞芮二国名,相互争田,久而不平。入周室为礼让之风所感动,故文王质成虞芮之争,天下闻而归之者四十余国,平天下之几在焉。"有疏附""有先后""有奔奏""有御侮"四者,非文王所受之天命欤。疏附谓率下以亲上,承上以化下。先后谓老老幼幼,修齐治平。奔奏者,宣文德。御侮者,扬武威也。夫"绵绵瓜瓞"由小而大,迁岐三代,六位时成,岂偶然哉。

以上三篇皆叙文王受新命之德,盖上承祖父母、父母,下及妻子,故又为父子一伦之象。

○棫朴

芃芃棫朴,薪之槱之。济济辟王,左右趣之。
济济辟王,左右奉璋。奉璋峨峨,髦士攸宜。
淠彼泾舟,烝徒楫之。周王于迈,六师及之。
倬彼云汉,为章于天。周王寿考,遐不作人。
追琢其章,金玉其相。勉勉我王,纲纪四方。

《棫朴》者,叙文王能得众而四方服之如天,凡五章。首二章以"辟王"称之,主之也。三、四章以"周王"称之,亲之也。五章以"我王"称之,化之也。我与王,位之不同耳,象已一矣,宜能"纲纪四方"而得乎中也。曰中者,即"左右趣之""髦士攸宜",及六师之众,而犹云汉之"为章于天"也。其相金玉,是之谓"以懿文德"。以金玉铉行鼎,已备"方雨亏悔"之德矣。

○旱麓

瞻彼旱麓，榛楛济济。岂弟君子，干禄岂弟。
瑟彼玉瓒，黄流在中。岂弟君子，福禄攸降。
鸢飞戾天，鱼跃于渊。岂弟君子，遐不作人。
清酒既载，骍牡既备。以享以祀，以介景福。
瑟彼柞棫，民所燎矣。岂弟君子，神所劳矣。
莫莫葛藟，施于条枚。岂弟君子，求福不回。

《旱麓》者，叙文王求福禄以道，本诸"干禄岂弟"乃能"福禄攸降"。以礼享祀，"以介景福"，感应之理，实丝毫不爽者也。"神所劳矣"，其唯"求福不回"之君子乎。若此篇，盖有应乎《小雅》之《天保》。又《中庸》引此诗之"鸢飞戾天，鱼跃于渊"二语而断之曰"言其上下察也"，即《诗》始《关雎》，至乎乾坤天地。上下阴阳，人参之为三才，小序所谓"受祖也"。

○思齐

思齐大任，文王之母。思媚周姜，京室之妇。大姒嗣徽音，则百斯男。
惠于宗公，神罔时怨，神罔时恫。刑于寡妻，至于兄弟，以御于家邦。
雍雍在宫，肃肃在庙。不显亦临，无射亦保。
肆戎疾不殄，烈假不瑕。不闻亦式，不谏亦入。
肆成人有德，小子有造。古之人无斁，誉髦斯士。

《思齐》明文王承坤德，由周姜、大任、大姒，周室兴焉。是之谓"受兹介福，于其王母"，盖周姜佐大王迁岐，有至德者也。大任思媚继之焉，"大姒嗣徽音"又继之焉。而文王能"刑于寡妻，至于

卷二　雅（凡小雅、大雅一百十一篇，内六篇阙辞）

兄弟，以御于家邦"，即"君子有攸往"以息阳之象。"雍雍在宫，肃肃在庙"，文德之本也。"古之人无斁"，承天时行之象，"誉髦斯士""则百斯男"之化也。

○皇矣

皇矣上帝，临下有赫。监观四方，求民之莫。维此二国，其政不获。维彼四国，爰究爰度。上帝耆之，憎其式廓。乃眷西顾，此维与宅。

作之屏之，其菑其翳。修之平之，其灌其栵。启之辟之，其柽其椐。攘之剔之，其檿其柘。帝迁明德，串夷载路。天立厥配，受命既固。

帝省其山，柞棫斯拔，松柏斯兑。帝作邦作对，自大伯王季。维此王季，因心则友。则友其兄，则笃其庆。载锡之光。受禄无丧，奄有四方。

维此王季，帝度其心，貊其德音。其德克明，克明克类，克长克君。王此大邦，克顺克比。比于文王，其德靡悔。既受帝祉，施于孙子。

帝谓文王，无然畔援，无然歆羡，诞先登于岸。密人不恭，敢距大邦，侵阮徂共。王赫斯怒，爰整其旅，以按徂旅。以笃于周祜，以对于天下。

依其在京，侵自阮疆。陟我高冈，无矢我陵，我陵我阿。无饮我泉，我泉我池。度其鲜原，居岐之阳，在渭之将。万邦之方，下民之王。

帝谓文王，予怀明德，不大声以色，不长夏以革。不识不知，顺帝之则。帝谓文王，询尔仇方，同尔兄弟。以尔钩援，与尔临冲，以伐崇墉。

临冲闲闲，崇墉言言，执讯连连，攸馘安安。是类是祃，是致是附,四方以无侮。临冲茀茀,崇墉仡仡。是伐是肆,是绝是忽,四方以无拂。

《皇矣》明文王承乾德,由大王王季,天命顾焉,凡八章。首二章明大王之德。于首章叙天命之流行,即"帝命不时"之义。结曰"乃眷西顾,此维与宅",谓命已钟于大王迁岐之宅矣。二章叙大王之兴岐,"天立厥配,受命既固",盖复象已成。三、四章明王季之德,述王季之"则友其兄",而其兄大伯,适吴不反以让焉。若王季殊能"克明克类,克长克君。王此大邦,克顺克比。比于文王",重在承前以启后。"惧以终始,其要无咎",犹王季之象也。或以大伯王季与周公三叔并观之,乃见兄弟一伦之情归父母则相生相让,比于君臣则相克相争。生克之变因时位而异,若能发挥大伯周公之情,性在其中矣。故此二章,宜与《常棣》并读。以下五、六章,明文王伐密。因"密人不恭"故"王赫斯怒","以笃于周祜,以对于天下"。"万邦之方,下民之王",有命存焉。七、八章明文王伐崇。诗曰"不识不知,顺帝之则",是之谓"乾元用九,乃见天则"。又曰"四方以无侮""四方以无拂",是之谓"比吉也,比辅也,下顺从也"。怀明德以伐崇墉,庶为王者之师。又全诗以"帝"字为主,共十一见,大义皆在首二句"皇矣上帝,临下有赫"。即上帝下临,由大王、王季而及文王云。故后四章三言"帝谓文王",已受天命之谓也。

○灵台

经始灵台,经之营之。庶民攻之,不日成之。经始勿亟,庶民子来。

王在灵囿,麀鹿攸伏。麀鹿濯濯,白鸟翯翯。王在灵沼,於牣鱼跃。

卷二　雅（凡小雅、大雅一百十一篇，内六篇阙辞）

虡业维枞，贲鼓维镛。于论鼓钟，于乐辟雍。
于论鼓钟，于乐辟雍。鼍鼓逢逢，矇瞍奏公。

《灵台》者，叙文王作"灵台""灵囿""灵沼"而成"辟雍"。唯文王之能与民同乐，是以"庶民子来"。孟子曰："贤者而后乐此，不贤者虽有此不乐也。"不亦然乎。辟雍者，天子之学，大射行礼之处，礼乐所由出，以育养菁莪之君子焉。诗继"灵台"等言之，故名灵台辟雍，文王得民于丰之象。"鼍鼓逢逢，矇瞍奏公"，黄钟之正声，非出于此乎。"于论鼓钟，于乐辟雍"，当化及天下。《小雅·鼓钟》篇，已当幽王时，淮之君子，犹能准此而得"将将""喈喈"之音者也。

○下武

下武维周，世有哲王。三后在天，王配于京。
王配于京，世德作求。永言配命，成王之孚。
成王之孚，下土之式。永言孝思，孝思维则。
媚兹一人，应侯顺德。永言孝思，昭哉嗣服。
昭兹来许，绳其祖武。于万斯年，受天之祜。
受天之祜，四方来贺。于万斯年，不遐有佐。

《下武》者，叙文王之德下及武王也。诗曰"下武维周"，朱子曰："下义未详，或曰字当作文，言文王武王实造周也。"按"下武"二字似觉不文，乃有"字当作文"之说。然全诗之义皆叙武王之德，或改下作文，殊未合诗旨。下云"三后在天，王配于京"，即指大王、王季、文王为三后，王者武王也。故下武者，武王配京，上承三后于天。要在文王新命下及武王而"燮伐大商"，实造周也，小序曰"下武，继文也"是其义。诗曰"永言配命，成王之孚"，盖承

《文王》篇而言。武王承文王之孚,以孚于天下,"自求多福"也。唯武王之"永言孝思"化及天下,宜天下皆爱戴之而"媚兹一人"。一人者,武王也。"于万斯年,受天之祜""不遐有佐",几在配命耳。"天难忱斯","骏命不易",故"永言配命,成王之孚",武王之大德也,"治历明时"是其象。

○文王有声

文王有声,遹骏有声。遹求厥宁,遹观厥成。文王烝哉。
文王受命,有此武功。既伐于崇,作邑于丰。文王烝哉。
筑城伊淢,作丰伊匹。匪棘其欲,遹追来孝。王后烝哉。
王公伊濯,维丰之垣。四方攸同,王后维翰。王后烝哉。
丰水东注,维禹之绩。四方攸同,皇王维辟。皇王烝哉。
镐京辟雍,自西自东,自南自北,无思不服。皇王烝哉。
考卜维王,宅是镐京。维龟正之,武王成之。武王烝哉。
丰水有芑,武王岂不仕。诒厥孙谋,以燕翼子。武王烝哉。

《文王有声》者,叙武王继文王之灵台辟雍而成"镐京辟雍",凡八章。首二章叙文王伐崇作丰。"文王有声"者,"予怀明德,不大声以色"也。末句皆以"文王烝哉"赞之,其数六,坤之动,用六辟象。三、四章叙文王"遹追来孝"以成丰,乃"四方攸同",灵台辟雍盖在其中。末句皆以"王后烝哉"赞之,其数七,乾之静,体七专象。五、六章叙武王沿丰水,准禹绩,东至镐而成"镐京辟雍"。故"自西自东,自南自北",四方莫不攸同而"无思不服",盖已识禹贡九畴之理。他日访箕子,受《洪范》,此其几也。末句皆以"皇王烝哉"赞之,其数九,乾之动,用九直象。七、八章叙武王"宅是镐京","以燕翼子",由丰而镐,西都乃成,周室之基也。末句皆以"武王烝哉"赞之,其数八,坤之静,体八禽象。故此诗明

卷二　雅（凡小雅、大雅一百十一篇，内六篇阙辞）

文武之德，曰文者，武而文，文及武，而文在其中。曰武者，文而武，武及文，而武在其中。是之谓"出入无疾"，已得消息之原，反复无穷，周德之象。易象坤为文，乾为武，乾坤动静之变化，盖依六、七、九、八之次者也。

大雅二 《生民之什》十篇说

○生民

厥初生民，时维姜嫄。生民如何，克禋克祀，以弗无子。履帝武敏歆，攸介攸止，载震载夙，载生载育，时维后稷。

诞弥厥月，先生如达。不坼不副，无菑无害。以赫厥灵，上帝不宁。不康禋祀，居然生子。

诞寘之隘巷，牛羊腓字之。诞寘之平林，会伐平林。诞寘之寒冰，鸟覆翼之。鸟乃去矣，后稷呱矣。实覃实訏，厥声载路。

诞实匍匐，克岐克嶷，以就口食。艺之荏菽，荏菽旆旆，禾役穟穟，麻麦幪幪，瓜瓞唪唪。

诞后稷之穑，有相之道。茀厥丰草，种之黄茂。实方实苞，实种实褎，实发实秀，实坚实好。实颖实栗，即有邰家室。

诞降嘉种，维秬维秠，维穈维芑。恒之秬秠，是获是亩。恒之穈芑，是任是负。以归肇祀。

诞我祀如何。或舂或揄，或簸或蹂。释之叟叟，烝之浮浮。载谋载惟，取萧祭脂，取羝以軷。载燔载烈，以兴嗣岁。

卬盛于豆，于豆于登。其香始升，上帝居歆。胡臭亶时，后稷肇祀，庶无罪悔，以迄于今。

《生民》者，叙姜嫄后稷之德，当"周虽旧邦"之象。诗末曰

"后稷肇祀,庶无罪悔,以迄于今",谓由后稷起,世世禋时而庶无追悔,以迄于文武受新命之今。故此篇所以总《文王之什》十篇,而归诸周邦之旧德,是之谓后稷配天。夫后稷者,尧舜以为农师,《书·尧典》"帝曰:弃,黎民阻饥,汝后稷,播时百谷"是也。又后稷者,盖有母无父,其母姜嫄,炎帝后有邰氏之女,"履帝武敏歆"。武,迹也。敏,拇也。歆即末章"上帝居歆"之歆,感于无声无臭之气也。义谓姜嫄履践上帝足迹之拇而孕,是之谓"咸其拇"。歆然之气,犹中孚之卦气。上帝居中以起之感之,幽明之理,享祭之仪,莫非求是气之应也。五伦之正,无碍于生死,其气一也。人参天地而生,魂魄游离以亡,其气之消息也。唯姜嫄之霮然有感乎此,歆然凝之,犹履霜之积。亿万年天地生物之情,聚见于姜嫄之身,周人世祀之,不亦宜乎。或有以生物学之浅识,以证其事之妄,何其固陋哉。若上帝生物之情,见于姜嫄而生后稷,故《思文》曰"思文后稷,克配彼天",而后稷"即有邰家室",实承炎帝之家风,"播时百谷",稼穑以兴。吾国以农立国,利用为大作,周室之德也。

以上十一篇,当正大雅之第一节,盖应乎正小雅第一节之九篇,凡此二十篇,皆叙文武之德。若《小雅》者,以君臣之理为主,《大雅》者,当君德云。故此节十一篇,明文王受新命之德,下及武王之伐商。且推本及祖,至姜嫄后稷乃至矣尽矣。有声无声,有臭无臭,天命显矣。

○行苇

敦彼行苇,牛羊勿践履。方苞方体,维叶泥泥。戚戚兄弟,莫远具尔。或肆之筵,或授之几。

肆筵设席,授几有缉御。或献或酢,洗爵奠斝。醓醢以荐,或燔或炙。嘉肴脾臄,或歌或咢。

敦弓既坚,四鍭既钧。舍矢既均,序宾以贤。敦弓既句,既挟四镬。四镬如树,序宾以不侮。

　　曾孙维主,酒醴维醹。酌以大斗,以祈黄耇。黄耇台背,以引以翼。寿考维祺,以介景福。

　　《行苇》叙燕九族,以尊事黄耇也。诗曰"戚戚兄弟,莫远具尔",即"至于兄弟,以御于家邦"之义。凡亲属之兄弟父老,莫不亲近之,燕飨之,以见周德之盛。自此诗以下至《卷阿》共七篇,当正大雅之第二节,皆明成王时之德,应乎正小雅第二节之十三篇。彼有一诗一笙之仪,犹此诗之"或歌或咢"。徒击鼓曰咢,笙诗之象也。若燕飨之礼,"或肆之筵",亲之也。"或授之几",敬之也。且更"肆筵设席""授几有缉御",不亦隆重乎。唯本《鱼丽》之丰于物,宜嘉肴迭荐,燕后而射,射以多中曰贤。"序宾以贤""序宾以不侮",所以育菁菁莪莪之材。终以养老,"寿考维祺,以介景福",庶能得贤子孙也。至于大、小《雅》皆具燕飨之礼而义有所辨,于《小雅》者以君臣为主,虽《常棣》《伐木》仍基于义。于《大雅》者,以亲亲之仁为主,"立人之道,曰仁与义",其大、小《雅》之谓乎。

〇既醉

　　既醉以酒,既饱以德。君子万年,介尔景福。
　　既醉以酒,尔肴既将。君子万年,介尔昭明。
　　昭明有融,高朗令终。令终有俶,公尸嘉告。
　　其告维何,笾豆静嘉。朋友攸摄,摄以威仪。
　　威仪孔时,君子有孝子。孝子不匮,永锡尔类。
　　其类维何,室家之壸。君子万年,永锡祚胤。
　　其胤维何,天被尔禄。君子万年,景命有仆。
　　其仆维何,厘尔女士。厘尔女士,从以孙子。

《既醉》序曰："太平也，醉酒饱德，人有士君子之行。"诗曰"既醉以酒，既饱以德"是其义。幸时已太平，故能"既醉以酒"，然决非若纣之沉湎于酒，周有《酒诰》可喻。此之醉酒，犹《湛露》之"不醉无归"。醉以忘我相，乃显法相，是之谓"既饱以德"，法我相忘相成，"公尸嘉告"之象也。全篇叙九族相互颂祷，以当《洪范》之五福。四言"君子万年"，寿也。曰"介尔景福"而其胤"天被尔禄"，富也。曰"孝子不匮"而其类"室家之壸"，康宁也。曰"介尔昭明"而"昭明有融"，攸好德也。曰"高朗令终"而"景命有仆"，考终命也。天承文武新命而成成康之治，五福天降，实人有士君子之行所致也。

○凫鹥

凫鹥在泾，公尸来燕来宁。尔酒既清，尔肴既馨。公尸燕饮，福禄来成。

凫鹥在沙，公尸来燕来宜。尔酒既多，尔肴既嘉。公尸燕饮，福禄来为。

凫鹥在渚，公尸来燕来处。尔酒既湑，尔肴伊脯。公尸燕饮，福禄来下。

凫鹥在潀，公尸来燕来宗。既燕于宗，福禄攸降。公尸燕饮，福禄来崇。

凫鹥在亹，公尸来止熏熏。旨酒欣欣，燔炙芬芬。公尸燕饮，无有后艰。

《凫鹥》者，明守成也。承《既醉》之太平而不失，盈而不亢，满而不倾，其有道乎。"公尸燕饮"者，居皇极之象。诗五章而叙燕饮之五象。首章曰"福禄来成"，二章曰"福禄来为"，三章曰"福禄来下"，四章曰"福禄来崇"，五章曰"无有后艰"。成者受命也，为者有助也，下者下及四海也，崇者崇祖以积德，大其福禄也。其唯"成""为"，始曰太平。其唯"下""崇"，始能守成。下之崇之，不失天命之时。"无有后艰"，世世守此时命之谓也。

○假乐

　　假乐君子，显显令德。宜民宜人，受禄于天。保右命之，自天申之。
　　千禄百福，子孙千亿。穆穆皇皇，宜君宜王。不愆不忘，率由旧章。
　　威仪抑抑，德音秩秩。无怨无恶，率由群匹。受福无疆，四方之纲。
　　之纲之纪，燕及朋友。百辟卿士，媚于天子。不解于位，民之攸墍。

　　《假乐》者，君德泽及天下也。"宜民宜人，受禄于天"，天下为公之象。"宜君宜王。不愆不忘，率由旧章"，为民立极之象。"受福无疆，四方之纲"，彝伦攸叙之象。参天两地周流于皇极，纲之纪之，莫不"媚于天子"。六位时成，"民之攸墍"也。

○公刘

　　笃公刘，匪居匪康。乃埸乃疆，乃积乃仓。乃裹糇粮，于橐于囊，思辑用光。弓矢斯张，干戈戚扬，爰方启行。
　　笃公刘，于胥斯原。既庶既繁，既顺乃宣，而无永叹。陟则在巘，复降在原。何以舟之，维玉及瑶，鞞琫容刀。
　　笃公刘，逝彼百泉，瞻彼溥原。乃陟南冈，乃觏于京。京师之野，于时处处，于时庐旅，于时言言，于时语语。
　　笃公刘，于京斯依，跄跄济济，俾筵俾几，既登乃依。乃造其

卷二　雅（凡小雅、大雅一百十一篇，内六篇阙辞）

曹，执豕于牢，酌之用匏。食之饮之，君之宗之。

笃公刘，既溥既长，既景乃冈，相其阴阳，观其流泉，其军三单。度其隰原，彻田为粮。度其夕阳，豳居允荒。

笃公刘，于豳斯馆。涉渭为乱，取厉取锻。止基乃理，爰众爰有。夹其皇涧，溯其过涧。止旅乃密，芮鞫之即。

《公刘》小序曰："召康公戒成王也，成王将莅政，戒以民事，美公刘之厚于民而献是诗也。"按召康公献此《公刘》篇，与周公陈《七月》篇同义。然《七月》篇，古诗也，故编入《豳风》。此篇为召康公所作，既以戒成王，亦以明周室之旧命祖德，足以承《生民》篇，故编入《大雅》。诗凡六章，每章首句皆曰"笃公刘"。笃者，厚也。德厚若公刘，其至矣乎。开国承家，一心为民，此篇叙其迁豳立国之事。"干戈戚扬，爰方启行""陟则在巘，复降在原""于时处处，于时庐旅，于时言言，于时语语"，经经营营，不亦劳乎。"盘桓，利居贞，利建侯"是其象。"相其阴阳"，得天文之利。"观其流泉"，得地理之宜。"彻田为粮"，庶民归焉。唯其厚于民而民附曰众，辟地曰广，是以"豳居允荒""芮鞫之即"。若"爰众爰有"之详情，非"流火""授衣"有以致之乎。故此篇当与《七月》篇并读，尤见公刘爱民之情。

○泂酌

泂酌彼行潦，挹彼注兹，可以餴饎。岂弟君子，民之父母。
泂酌彼行潦，挹彼注兹，可以濯罍。岂弟君子，民之攸归。
泂酌彼行潦，挹彼注兹，可以濯溉。岂弟君子，民之攸塈。

《泂酌》亦召康公戒成王之诗。彼《公刘》篇，戒以周室旧命。此《泂酌》篇，非戒以周室新命欤。诗三章，皆以"泂酌彼行潦，挹彼注兹"起兴。"彼""兹"之义有二，时位之谓也。以时言，"彼"即旧命，由古公亶父而上及公刘以至姜嫄、后稷，不亦洞乎，且尚有"宜鉴于殷，骏命不易"之义。以位言，武王受《洪范》九畴于箕子，乃建极五中，于相对之八畴，皆当"彼""兹"之象。上与下，左与右，东南与西北，西南与东北，相去殊"洞"。非基于无偏无陂无反无侧之极，其何能"挹彼注兹""以饙饎""以濯罍""以濯溉"耶。故兼时位言"彼""兹"，犹阴阳之象。挹之注之，当以皇极主其消息。辟卦纷若，郁然成文。始为"民之父母"而"民之攸归""民之攸塈"，《洪范》曰"天子作民父母，以为天下王"是也。

〇卷阿

有卷者阿，飘风自南。岂弟君子，来游来歌，以矢其音。

伴奂尔游矣，优游尔休矣。岂弟君子，俾尔弥尔性，似先公酋矣。

尔土宇昄章，亦孔之厚矣。岂弟君子，俾尔弥尔性，百神尔主矣。

尔受命长矣，茀禄尔康矣。岂弟君子，俾尔弥尔性，纯嘏尔常矣。

有冯有翼，有孝有德，以引以翼。岂弟君子，四方为则。

颙颙卬卬，如圭如璋，令闻令望。岂弟君子，四方为纲。

凤凰于飞，翙翙其羽，亦集爰止。蔼蔼王多吉士，维君子使，媚于天子。

凤凰于飞，翙翙其羽，亦傅于天。蔼蔼王多吉人，维君子命，媚于庶人。

凤凰鸣矣，于彼高冈。梧桐生矣，于彼朝阳。菶菶萋萋，雍雍喈喈。

君子之车，既庶且多。君子之马，既闲且驰。矢诗不多，维以遂歌。

《卷阿》小序曰："召康公戒成王也，言求贤用吉士也。"按，正大雅凡十八篇，唯最后三篇为召康公所作。此三篇之戒成王，具至道焉。明《公刘》之笃，周室之家风，亦治平之基。叙《泂酌》之理，《洪范》之精义。而此篇《卷阿》，旨在弥性。弥，成也，终也，有充实弥漫之象。诗中三言"俾尔弥尔性"，犹尽性也。岂弟君子，可不弥性乎。弥之尽之，方能似先公，主百神，常得纯嘏之报。是即召康公有待于成王者，岂祝颂之而已哉。至若弥性之岂弟君子，定有孝德。且同声相应，同气相求，其所冯翼者，莫不有孝德"以引以翼"。乃外成"颙颙卬卬"之形，大观颙若之谓。内具"如圭如璋"之象，用圭絜齐，既济成章之谓。宜有"令闻令望"，皇极既定，四方自然"则"之"纲"之。天下大治，凤凰至矣。或止或飞，适其性也。有"菶菶萋萋"之梧桐，生于朝阳之高冈，凤凰始栖焉鸣焉，"雍雍喈喈"，其音谐和。舜命夔曰"八音克谐，无相夺伦，神人以和"，是其象。成王能反风而治，以致凤凰之鸣，祥瑞之应，实王多吉士吉人也。若君子之车马，庶多而闲驰，大畜之象已成。何天之衢，其任重且艰，唯弥性者能之，非矢诗之旨乎。《易·说卦》曰："穷理尽性以至于命。"犹召康公之戒成王云。《菁菁者莪》，育材无穷，皆为媚天子媚庶人之吉士吉人。此所以终正雅之象，亦二南之化之极致。

○民劳

民亦劳止，汔可小康。惠此中国，以绥四方。无纵诡随，以谨无良。式遏寇虐，憯不畏明。柔远能迩，以定我王。

民亦劳止，汔可小休。惠此中国，以为民逑。无纵诡随，以谨惛怓。式遏寇虐，无俾民忧。无弃尔劳，以为王休。

民亦劳止，汔可小息。惠此京师，以绥四国。无纵诡随，以谨罔极。式遏寇虐，无俾作慝。敬慎威仪，以近有德。

民亦劳止，汔可小愒。惠此中国，俾民忧泄。无纵诡随，以谨丑厉。式遏寇虐，无俾正败。戎虽小子，而式弘大。

民亦劳止，汔可小安。惠此中国，国无有残。无纵诡随，以谨缱绻。式遏寇虐，无俾正反。王欲玉女，是用大谏。

夫正雅共四十篇，即正小雅二十二篇，正大雅十八篇。凡各分二节，第一节正小雅九篇，正大雅十一篇，当文武受命创业之象。第二节正小雅十三篇，正大雅七篇，当成王反风继命守业之象。成王之胤，世世承之，及七世孙厉王胡，竟失其所守，由厚民之家风，变成监谤而民劳。故召康公之后裔召穆公，作《民劳》以刺厉王，欲厉王之"无纵诡随"，惜厉王不悟。乃自《民劳》起，为变大雅。此诗凡五章，首句皆曰"民亦劳止"，盖穆公犹存祖风，以爱民为本。乃不幸而当厉王之时，在位在职者，皆轻用其民，因以此诗谏止之。究穆公之意，确以刺厉王之信任佞臣，是辈莫不诡随。子曰："人之言曰，予无乐乎为君，唯其言而莫予违也。如其善而莫之违也，不亦善乎？如不善而莫之违也，不几乎一言而丧邦乎？"故厉王之从诡随，周邦丧焉。诗有以戒同列，穆公不欲直谏厉王，厚于君臣之情也。结曰："王欲玉女，是用大谏。"愿诡随者之毋逢君之恶也。

○板

上帝板板，下民卒瘅。出话不然，为犹不远。靡圣管管，不实于亶。犹之未远，是用大谏。

天之方难，无然宪宪。天之方蹶，无然泄泄。辞之辑矣，民之洽矣。辞之怿矣，民之莫矣。

我虽异事，及尔同僚。我即而谋，听我嚣嚣。我言维服，勿以为笑。先民有言，询于刍荛。

天之方虐，无然谑谑。老夫灌灌，小子蹻蹻。匪我言耄，尔用忧谑。多将熇熇，不可救药。

天之方懠，无为夸毗。威仪卒迷，善人载尸。民之方殿屎，则莫我敢葵。丧乱蔑资，曾莫惠我师。

天之牖民，如埙如篪，如璋如圭，如取如携。携无曰益，牖民孔易。民之多辟，无自立辟。

价人维藩，大师维垣。大邦维屏，大宗维翰。怀德维宁，宗子维城。无俾城坏，无独斯畏。

敬天之怒，无敢戏豫。敬天之渝，无敢驰驱。昊天曰明，及尔出王。昊天曰旦，及尔游衍。

《板》者，凡伯刺厉王也，大义全同于《民劳》，而言之尤恳切。首言"上帝板板，下民卒瘅"者，有感乎天命将变之象。"犹之未远，是用大谏"，忠君爱民之情毕见。奈"老夫灌灌，小子蹻蹻"，以致"多将熇熇，不可救药"。此"不可救药"之"小子"即穆公所谓"诡随"，亦即厉王用以监谤者，"民之多辟，无自立辟"是其义。以邪辟止邪辟，助其消阳耳，民不堪矣。矧"宗子"失道，"价人""大师""大邦""大宗"即"怀德"，其何以辅之哉。呜呼，周室宗子，可不"敬天之怒""敬天之渝"乎。此或"怒"或"渝"，或"明"或"旦"，犹晋、明夷之消息云。

大雅三 《荡之什》十一篇说

○荡

荡荡上帝,下民之辟。疾威上帝,其命多辟。天生烝民,其命匪谌。靡不有初,鲜克有终。

文王曰咨,咨女殷商。曾是强御,曾是掊克,曾是在位,曾是在服。天降滔德,女兴是力。

文王曰咨,咨女殷商。而秉义类,强御多怼,流言以对,寇攘式内。侯作侯祝,靡届靡究。

文王曰咨,咨女殷商。女炰烋于中国,敛怨以为德。不明尔德,时无背无侧。尔德不明,以无陪无卿。

文王曰咨,咨女殷商。天不湎尔以酒,不义从式。既愆尔止,靡明靡晦。式号式呼,俾昼作夜。

文王曰咨,咨女殷商。如蜩如螗,如沸如羹。小大近丧,人尚乎由行。内奰于中国,覃及鬼方。

文王曰咨,咨女殷商。匪上帝不时,殷不用旧。虽无老成人,尚有典刑。曾是莫听,大命以倾。

文王曰咨,咨女殷商。人亦有言,颠沛之揭,枝叶未有害,本实先拨。殷鉴不远,在夏后之世。

《荡》者,召穆公伤周室大坏也,故继《民劳》而更言之,推本文王嗟叹殷纣之情，所以痛谏厉王。全诗以"命"字为主，以见世运之推移。"靡不有初，鲜克有终"，《文王》篇所谓"永言配命，自求多福"，不亦难哉。"文王曰咨，咨女殷商"，归诸"殷鉴不远，在夏后之世"，今周鉴岂远乎哉。《文王》篇曰"宜鉴于殷，骏命不易"，即《荡》篇之旨也。"强御""掊克""在位""在服"，非诡随者乎。"女炰烋于中国，敛怨以为德"，非蹻蹻之小子乎。"如蜩如螗，如沸如羹"，"多将熇熇，不可救药"矣。"虽无老成人，尚有典刑"，"老夫灌灌"之象。奈"曾是莫听，大命以倾"，牧野武成，其与流王于彘，一乎二乎？若召穆公作此诗时，厉王犹在，然倾命之象已见。"枝叶未有害，本实先拨"，宗子之城坏焉，是之谓"城复于隍"。或以《荡》篇承《文王》篇诵之，否泰反类之谓也。"命"之为言，消息已在其中。召穆公承康公《卷阿》之情，体之审矣。

○抑

抑抑威仪，维德之隅。人亦有言，靡哲不愚。庶人之愚，亦职维疾。哲人之愚，亦维斯戾。

无竞维人，四方其训之。有觉德行，四国顺之。訏谟定命，远犹辰告。敬慎威仪，维民之则。

其在于今，兴迷乱于政。颠覆厥德，荒湛于酒。女虽湛乐从，弗念厥绍。罔敷求先王，克共明刑。

肆皇天弗尚，如彼泉流，无沦胥以亡。夙兴夜寐，洒扫庭内，维民之章。修尔车马，弓矢戎兵，用戒戎作，用逷蛮方。

质尔人民，谨尔侯度，用戒不虞。慎尔出话，敬尔威仪，无不柔嘉。白圭之玷，尚可磨也；斯言之玷，不可为也。

无易由言，无曰苟矣。莫扪朕舌，言不可逝矣。无言不雠，无德不报。惠于朋友，庶民小子。子孙绳绳，万民靡不承。

视尔友君子，辑柔尔颜，不遐有愆。相在尔室，尚不愧于屋漏。

无曰不显,莫予云觏。神之格思,不可度思,矧可射思。

辟尔为德,俾臧俾嘉。淑慎尔止,不愆于仪。不僭不贼,鲜不为则。投我以桃,报之以李。彼童而角,实虹小子。

荏染柔木,言缗之丝。温温恭人,维德之基。其维哲人,告之话言,顺德之行。其维愚人,覆谓我僭,民各有心。

於乎小子,未知臧否。匪手携之,言示之事。匪面命之,言提其耳。借曰未知,亦既抱子。民之靡盈,谁夙知而莫成。

昊天孔昭,我生靡乐。视尔梦梦,我心惨惨。诲尔谆谆,听我藐藐。匪用为教,覆用为虐。借曰未知,亦聿既耄。

於乎小子,告尔旧止。听用我谋,庶无大悔。天方艰难,曰丧厥国。取譬不远,昊天不忒。回遹其德,俾民大棘。

《抑》小序曰:"卫武公刺厉王,亦以自警也。"全诗之义殊诚挚,为君子,为民上者,当日日诵之以自戒焉。哲人其可愚乎?"敬慎威仪,维民之则",庶不愧为民之父母。"訏谟定命",为民立极之谓。"其在于今,兴迷乱于政",非"哲人之愚"乎?自警以警上,卫武公之德也。"修尔车马,弓矢戎兵,用戒戎作,用遏蛮方",又曰"用戒不虞",此当萃聚之时,宜用此戒。《易·萃卦·大象》曰"泽上于地,萃,君子以除戎器,戒不虞",即取此诗之言。若内德萃聚而"慎尔出话",南容三复《白圭》之义,不亦善乎。"敬尔威仪"之极至,是犹慎独。"相在尔室,尚不愧于屋漏",盖"神之格思,不可度思,矧可射思",此"温温恭人"之象。奈愚人小子"未知臧否",故"视尔梦梦,我心惨惨。诲尔谆谆,听我藐藐"。其情悲,其性仁,心实惨焉,言乃愤焉。是时之象,不已可见乎?凡此时曰"视尔梦梦",宣王时有"斯干""无羊"之梦梦,幽王时之《正月》又曰"视天梦梦"。呜呼,真幻之境,梦而已矣。西周之治,终成梦境。厉为祸首,宣中兴而未大成,幽则身亡国灭,夫复何言？"天方艰难，曰丧厥国"，"取譬不远，昊天不忒"，消息之理，昊天自然之变，其有差忒乎？惜厉王独迷，何能反类。

以上《民劳》《板》《荡》《抑》四诗之刺厉王，诗义略同，言则渐渐加重，以见诡随之小子，非徒未尝敛迹，且更狂惑，故不得不成共和。

○桑柔

菀彼桑柔，其下侯旬。捋采其刘，瘼此下民。不殄心忧，仓兄填兮。倬彼昊天，宁不我矜。

四牡骙骙，旟旐有翩。乱生不夷，靡国不泯。民靡有黎，具祸以烬。於乎有哀，国步斯频。

国步蔑资，天不我将。靡所止疑，云徂何往。君子实维，秉心无竞。谁生厉阶，至今为梗。

忧心殷殷，念我土宇。我生不辰，逢天僤怒。自西徂东，靡所定处。多我觏痻，孔棘我圉。

为谋为毖，乱况斯削。告尔忧恤，诲尔序爵。谁能执热，逝不以濯。其何能淑，载胥及溺。

如彼溯风，亦孔之僾。民有肃心，荓云不逮。好是稼穑，力民代食。稼穑维宝，代食维好。

天降丧乱，灭我立王。降此蟊贼，稼穑卒痒。哀恫中国，具赘卒荒。靡有旅力，以念穹苍。

维此惠君，民人所瞻。秉心宣犹，考慎其相。维彼不顺，自独俾臧。自有肺肠，俾民卒狂。

瞻彼中林，甡甡其鹿。朋友已谮，不胥以谷。人亦有言，进退维谷。

维此圣人，瞻言百里。维彼愚人，覆狂以喜。匪言不能，胡斯畏忌。

维此良人，弗求弗迪。维彼忍心，是顾是复。民之贪乱，宁为荼毒。

大风有隧，有空大谷。维此良人，作为式谷。维彼不顺，征以中垢。

大风有隧，贪人败类。听言则对，诵言如醉。匪用其良，复俾我悖。

嗟尔朋友，予岂不知而作。如彼飞虫，时亦弋获。既之阴女，反予来赫。

民之罔极，职凉善背。为民不利，如云不克。民之回遹，职竞用力。

民之未戾，职盗为寇。凉曰不可，覆背善詈。虽曰匪予，既作尔歌。

此篇《桑柔》已及共和之时，诗曰"天降丧乱，灭我立王"是也。小序曰："《桑柔》，芮伯刺厉王也。"唯厉王不君而流之，然君臣之理，其可废乎？若诡随者，既陷君于不义，而当共和之时，仍为非作歹。诗曰"谁生厉阶，至今为梗"，其指此乎？下曰"忧心殷殷，念我土宇"，芮伯之忠也。"我生不辰，逢天僤怒"，芮伯之悲也。"自西徂东，靡所定处。多我觏痻，孔棘我圉"，芮伯其怨乎，仁乎？又"进退维谷"者，大壮"上六，羝羊触藩，不能退，不能遂"之象也。"朋友已谮，不胥以谷"，能不思甡甡鹿鸣之盛乎。"民之未戾，职盗为寇"，击蒙之不利也。然"既之阴女，反予来赫"，尚有朋友、同僚之情耶。全诗错言圣人、愚人、良人、贪人，庶见厉王时下民之变。"其何能淑，载胥及溺"，哀莫甚矣。夫召穆公、凡伯、卫武公、芮伯等，皆厉王时之贤臣，惟厉王远之，而近诡随之小子，终至废君臣之位。乃厉王时无《小雅》，不君不臣，即"降此蟊贼，稼穑卒痒。哀恫中国，具赘卒荒"之象。盖周自后稷肇始，

卷二　雅(凡小雅、大雅一百十一篇,内六篇阙辞)

公刘太王莫不以农立国,旧邦新命,以稼穑养人之道一也,故降此蟊贼,周德丧矣。赖有君德之臣,寄情于诗,宣王能中兴,非有感于此乎?当时之诗必多,特辑此五篇,已能尽忠君爱民之情。

是当变大雅之第一节,凡变大雅共三节,变小雅仅二节,此厉王时之变大雅,无相应之变小雅。故《民劳》至《桑柔》五篇,实《雅》之大变,已不容于《周颂》中五之象。由是以下,宣王与幽王,虽有相反之情,其为变雅则同。此所以辑《周颂》外,更辑《鲁颂》《商颂》。唯《周颂》之德,应于正雅云。鲁、商两《颂》,非应于变雅乎。且经厉王之暴,其子贤如宣王,尚不能反变而正。一则见反类之难,一则见贤子孙之难得也。

〇云汉

倬彼云汉,昭回于天。王曰於乎,何辜今之人。天降丧乱,饥馑荐臻。靡神不举,靡爱斯牲。圭璧既卒,宁莫我听。

旱既大甚,蕴隆虫虫。不殄禋祀,自郊徂宫。上下奠瘗,靡神不宗。后稷不克,上帝不临。耗斁下土,宁丁我躬。

旱既大甚,则不可推。兢兢业业,如霆如雷。周余黎民,靡有孑遗。昊天上帝,则不我遗。胡不相畏,先祖于摧。

旱既大甚,则不可沮。赫赫炎炎,云我无所。大命近止,靡瞻靡顾。群公先正,则不我助。父母先祖,胡宁忍予。

旱既大甚,涤涤山川。旱魃为虐,如惔如焚。我心惮暑,忧心如熏。群公先正,则不我闻。昊天上帝,宁俾我遯。

旱既大甚,黾勉畏去。胡宁瘨我以旱,憯不知其故。祈年孔夙,方社不莫。昊天上帝,则不我虞。敬恭明神,宜无悔怒。

旱既大甚,散无友纪。鞫哉庶正,疚哉冢宰。趣马师氏,膳夫左右,靡人不周,无不能止。瞻卬昊天,云如何里。

瞻卬昊天,有嘒其星。大夫君子,昭假无赢。大命近止,无弃尔成。何求为我，以戾庶正。瞻卬昊天，曷惠其宁。

《云汉》小序曰："仍叔美宣王也。宣王承厉王之烈，内有拨乱之志，遇灾而惧，侧身修行，欲消去之。天下喜于王化复行，百姓见忧，故作是诗也。"是诗之大义已备于序言。盖厉王崩于彘，子宣王复位为君，然经共和之变，天灾人祸，其能免乎。是诗六言"旱既大甚"，旱灾之严重可喻。宣王乃反身修德以祷乎天地鬼神、群公先正、父母先祖，其德其情，有足多者，宜仍叔作是诗以美之。此非宣王中兴之基乎，宣王之大雅始于此篇，即此义也。诗曰"倬彼云汉，昭回于天"，与《棫朴》之"倬彼云汉，为章于天"，乃境同情异。《云汉》其有感于文王与宣王乎，"王曰於乎，何辜今之人"，即芮伯"我生不辰，逢天僤怒"之情。唯宣王有此爱民之心，始可得贤臣相辅。或谓因旱而敬神，何用之有。实则敬畏之心，治天下之本，灾眚由是可消，岂迷信耶。二言"大命近止"，休否之象，有仁心者能不感而兴乎。"周余黎民，靡有孑遗"，则仅有之孑遗，莫不奋起焉。故此《云汉》一诗，有坤二敬直义方之情。由共和而复正君臣之位，赖有此德云。

○崧高

崧高维岳，骏极于天。维岳降神，生甫及申。维申及甫，维周之翰。四国于蕃，四方于宣。

亹亹申伯，王缵之事，于邑于谢，南国是式。王命召伯，定申伯之宅。登是南邦，世执其功。

王命申伯，式是南邦。因是谢人，以作尔庸。王命召伯，彻申伯土田。王命傅御，迁其私人。

申伯之功，召伯是营。有俶其城，寝庙既成。既成藐藐。王锡申伯，四牡蹻蹻，钩膺濯濯。

王遣申伯，路车乘马。我图尔居，莫如南土。锡尔介圭，以作尔宝。往近王舅，南土是保。

申伯信迈，王饯于郿。申伯还南，谢于诚归。王命召伯，彻申伯土疆。以峙其粻，式遄其行。

申伯番番，既入于谢，徒御啴啴。周邦咸喜，戎有良翰。不显申伯，王之元舅，文武是宪。

申伯之德，柔惠且直。揉此万邦，闻于四国。吉甫作诵，其诗孔硕。其风肆好，以赠申伯。

《崧高》，周之卿士尹吉甫所作，以美宣王能褒奖申伯，即王命召伯为申伯营谢邑。申伯者，宣王之舅。是时宣王尚能承文武之业以封建诸侯，故有中兴之象。《小雅》中有《黍苗》篇，盖从召伯营谢邑者之言，邑成而归。然幽王时之役者，已有去无回，宜诵《黍苗》有以刺之云。若此《崧高》之义，纯以美之，惜"于邑于谢，南国是式""我图尔居，莫如南土""往近王舅，南土是保"，申侯固能保之乎？与《召南》之化似同而异。然则"维申及甫，维周之翰。四国于蕃，四方于宣"，难免言过其实乎。

○烝民

天生烝民，有物有则。民之秉彝，好是懿德。天监有周，昭假于下。保兹天子，生仲山甫。

仲山甫之德，柔嘉维则。令仪令色，小心翼翼。古训是式，威仪是力。天子是若，明命使赋。

王命仲山甫，式是百辟。缵戎祖考，王躬是保。出纳王命，王之喉舌。赋政于外，四方爰发。

肃肃王命，仲山甫将之。邦国若否，仲山甫明之。既明且哲，以保其身。夙夜匪解，以事一人。

人亦有言，柔则茹之，刚则吐之。维仲山甫，柔亦不茹，刚亦不吐。不侮矜寡，不畏强御。

人亦有言，德輶如毛，民鲜克举之。我仪图之，维仲山甫举之，爱莫助之。衮职有阙，维仲山甫补之。

仲山甫出祖，四牡业业。征夫捷捷，每怀靡及。四牡彭彭，八鸾锵锵。王命仲山甫，城彼东方。

四牡骙骙，八鸾喈喈。仲山甫徂齐，式遄其归。吉甫作诵，穆如清风。仲山甫永怀，以慰其心。

《烝民》，亦尹吉甫所作，以美宣王能命樊侯仲山甫城齐。首曰"天生烝民，有物有则。民之秉彝，好是懿德"，非知道者其能言此乎。有物有则者，犹《皇矣》篇之帝则，《易》乾元之天则。"民之秉彝也，故好是懿德"，有时乘六龙之象。见群龙无首，彝伦攸叙，莫能懿德也。"天监有周"，九五之位。"生仲山甫"，九三之君子也。"夙夜匪解"，日乾夕惕之象。故能"柔亦不茹，刚亦不吐"，三五同功，"维仲山甫举之""维仲山甫补之"。末章曰"仲山甫徂齐，式遄其归"，盖见宣王左右不可或缺仲山甫其人，亦以见城齐之重要，尤不可不使仲山甫亲往也。若人存政举，人亡政息，宣王、仲山甫之逝也，谭大夫有《大东》之言，则城齐之功，付诸流水，亦可哀矣。

○韩奕

奕奕梁山，维禹甸之。有倬其道，韩侯受命。王亲命之，缵戎祖考，无废朕命。夙夜匪解，虔共尔位。朕命不易。榦不庭方，以佐戎辟。

四牡奕奕，孔修且张。韩侯入觐，以其介圭，入觐于王。王锡韩侯，淑旂绥章，簟茀错衡。玄衮赤舄，钩膺镂钖，鞹鞃浅幭，鞗

卷二　雅（凡小雅、大雅一百十一篇，内六篇阙辞）

革金厄。

　　韩侯出祖，出宿于屠。显父饯之，清酒百壶。其肴维何，炰鳖鲜鱼。其蔌维何，维笋及蒲。其赠维何，乘马路车。笾豆有且，侯氏燕胥。

　　韩侯取妻，汾王之甥，蹶父之子。韩侯迎止，于蹶之里。百两彭彭，八鸾锵锵，不显其光。诸娣从之，祁祁如云。韩侯顾之，烂其盈门。

　　蹶父孔武，靡国不到。为韩姞相攸，莫如韩乐。孔乐韩土，川泽訏訏，鲂鱮甫甫，麀鹿噳噳，有熊有罴，有猫有虎。庆既令居，韩姞燕誉。

　　溥彼韩城，燕师所完。以先祖受命，因时百蛮。王锡韩侯，其追其貊，奄受北国，因以其伯。实墉实壑，实亩实藉。献其貔皮，赤豹黄罴。

　　《韩奕》者，韩侯继位，来朝宣王，始受王命而归，尹吉甫作此以送之。全诗叙韩侯入觐，受命锡兴出祖，及韩侯娶妻迎止，溥彼韩城等，华贵气象，显赫一时，人臣之极盛也，是之谓晋。"榦不庭方，以佐戎辟"，韩侯能如康侯以安国乎？"奄受北国"，能有南仲之功乎？此创业与中兴之辨，况宣王之中兴，仅复君臣之位而已，德则远逊于周初，《庭燎》其可与《蓼萧》《湛露》比拟哉。

○江汉

　　江汉浮浮，武夫滔滔。匪安匪游，淮夷来求。既出我车，既设我旟。匪安匪舒，淮夷来铺。

　　江汉汤汤，武夫洸洸。经营四方，告成于王。四方既平，王国庶定。时靡有争，王心载宁。

　　江汉之浒，王命召虎。式辟四方，彻我疆土。匪疚匪棘，王国来极。于疆于理，至于南海。

　　王命召虎，来旬来宣。文武受命，召公维翰。无曰予小子，召公是似。肇敏戎公，用锡尔祉。

　　厘尔圭瓒，秬鬯一卣。告于文人，锡山土田。于周受命，自召祖命。虎拜稽首，天子万年。

　　虎拜稽首，对扬王休。作召公考，天子万寿。明明天子，令闻不已，矢其文德，洽此四国。

　　《江汉》者，宣王命召穆公虎平淮夷，功成受锡，尹吉甫作此诗以美之。"江汉汤汤，武夫洸洸。经营四方，告成于王。四方既平，王国庶定。时靡有争，王心载宁"，且结曰"明明天子，令闻不已，矢其文德，洽此四国"，斯为可贵，惜乏人以继之，乃幽王时有《四月》之诗。宣王召公知之，能不慨然乎。

○常武

　　赫赫明明，王命卿士，南仲大祖，大师皇父，整我六师，以修我戎。既敬既戒，惠此南国。

　　王谓尹氏，命程伯休父，左右陈行。戒我师旅，率彼淮浦，省此徐土。不留不处，三事就绪。

　　赫赫业业，有严天子。王舒保作，匪绍匪游。徐方绎骚。震惊徐方，如雷如霆，徐方震惊。

　　王奋厥武，如震如怒。进厥虎臣，阚如虓虎。铺敦淮濆，仍执丑虏。截彼淮浦，王师之所。

　　王旅啴啴，如飞如翰，如江如汉，如山之苞，如川之流。绵绵翼翼，不测不克，濯征徐国。

　　王犹允塞，徐方既来。徐方既同，天子之功。四方既平，徐方来庭。徐方不回，王曰还归。

卷二　雅（凡小雅、大雅一百十一篇，内六篇阙辞）

《常武》，召穆公作，以美宣王亲征淮浦徐方之功。诗曰"整我六师，以修我戎。既敬既戒，惠此南国"，殊有王师之象。末章曰"王犹允塞，徐方既来。徐方既同，天子之功。四方既平，徐方来庭。徐方不回，王曰还归"，尤合三驱之义，离上正邦无咎是也。唯合《崧高》至此《常武》五篇而言，于宣王中兴之德，有武而不文之慊。此篇诗以"常武"名之，非有以讥之乎。且大师皇父，或即《十月之交》之皇父。《节南山》之师尹，必尹吉甫之同族，或即吉甫之子也。其于宣王时尚有德可言，于幽王时竟截然不同，读诗者宜致思焉。且宣王之武，重在东南而轻在西北，亦以见周室之衰，于犬戎已无能为，徒扬武而成《大东》《四月》之怨，何足贵哉。宜《小雅》继《六月》至《吉日》四篇而为《鸿雁》《庭燎》，君子不止，皇极其能建乎。此营谢城齐溥韩平淮省徐，似皆有所失欤。一言以蔽之，宣王《云汉》之德，尚未足以回天之怒。呜呼，时命之变，其几微哉。

以上《云汉》至《常武》六篇，当变大雅之第二节，应于变小雅第一节《六月》至《无羊》十四篇云。

○瞻卬

瞻卬昊天，则不我惠。孔填不宁，降此大厉。邦靡有定，士民其瘵。蟊贼蟊疾，靡有夷届。罪罟不收，靡有夷瘳。

人有土田，女反有之。人有民人，女覆夺之。此宜无罪，女反收之。彼宜有罪，女覆说之。

哲夫成城，哲妇倾城。懿厥哲妇，为枭为鸱。妇有长舌，维厉之阶。乱匪降自天，生自妇人。匪教匪诲，时维妇寺。

鞫人忮忒，谮始竟背。岂曰不极，伊胡为慝。如贾三倍，君子是识。妇无公事，休其蚕织。

天何以刺，何神不富。舍尔介狄，维予胥忌。不吊不祥，威仪不类。人之云亡,邦国殄瘁。

天之降罔,维其优矣。人之云亡,心之忧矣。天之降罔,维其几矣。人之云亡,心之悲矣。

觱沸槛泉,维其深矣。心之忧矣,宁自今矣。不自我先,不自我后。藐藐昊天,无不克巩。无忝皇祖,式救尔后。

《瞻卬》小序曰:"凡伯刺幽王大坏也。"诗曰"人有土田,女反有之。人有民人,女覆夺之。此宜无罪,女反收之。彼宜有罪,女覆说之",盖见幽王之情,全逆乎百姓之情。民未能安居乐业,乃昊天降厉,西周其能不亡乎。成城倾城,妇有长舌,匪教匪诲,时维妇寺,是之谓"先迷失道"。《牧誓》有言,"牝鸡无晨",幽王其不知乎。实消息盈虚之理,有不期而陷于覆辙。此非有过人之智,孰悟出入无疾之妙境哉。"人之云亡,邦国殄瘁",心安得不忧且悲。人负邦国殄瘁之命,其仲山甫乎,召穆公乎,甫侯乎,韩侯乎,穆伯休父乎。唯宣王之崩,幽王不肖,贤辅凋零,妇寺是从。凡伯遇此,因有瞻卬昊天之忧。"不自我先,不自我后",是之谓命。"无忝皇祖,式救尔后",有性存焉。究乎周室,肇基于姜嫄后稷,奋发乎公刘迁豳。自大王迁岐,由王季而文武,新命受矣。幽王者,武王之十世孙,已全弃历代祖德。自平王东迁,徒留空名耳。故凡伯"式救尔后"之愿,亦徒存空言。然则幽王之罪,所以失周室之新命也。今依天子、诸侯、庶人三位,亦即君、臣、民三位,以示周室之兴衰,殊可见消息之象。凡平王束周之德,盖赖周公反风,公刘豳风之王业也。及赧王而废为庶人,一如不窋鞠陶。夫自夏衰而不窋自窜于戎狄之间,至东周之亡,时约一千五百余年。业绩鉴鉴,可谓之梦乎。然损益否泰,理固如是,可谓之非一梦黄粱乎。因读《大雅》君德之始终,不期又见其旋元吉之道,迷而不复之业,执而不化之情,其鉴诸戒诸。

卷二　雅(凡小雅、大雅一百十一篇,内六篇阙辞)

○召旻

旻天疾威，天笃降丧。瘨我饥馑，民卒流亡。我居圉卒荒。

天降罪罟，蟊贼内讧。昏椓靡共，溃溃回遹，实靖夷我邦。

皋皋訿訿，曾不知其玷。兢兢业业，孔填不宁，我位孔贬。

如彼岁旱，草不溃茂，如彼栖苴。我相此邦，无不溃止。

维昔之富不如时，维今之疚不如兹。彼疏斯粺，胡不自替，职兄斯引。

池之竭矣，不云自频。泉之竭矣，不云自中。溥斯害矣，职兄斯弘。不烖我躬。

昔先王受命，有如召公，日辟国百里。今也日蹙国百里。於乎哀哉，维今之人，不尚有旧。

若最后一篇《召旻》，亦凡伯刺幽王大坏也，情与《瞻卬》相似。彼刺幽王之信妇寺，此思王侧之无召公其人，诗曰"昔先王受命，有如召公，日辟国百里。今也日蹙国百里。於乎哀哉，维今之人，不尚有旧"是也。若召公之日辟国百里，即二南之化，时既"雨无正"，能不日蹙国百里乎。"旻天疾威"解同《小旻》，凡伯盖亦深通《洪范》者乎。"天降罪罟，蟊贼内讧"，皇极其毁矣。"皋皋訿訿，曾不知其玷"，淫朋之谓也。"维昔之富不如时，维今之疚不如兹"，作福作威，彝伦斁矣。

以上《瞻卬》《召旻》二篇，当变大雅之第三节，应乎变小雅第二节中，首段《节南山》至《蓼莪》十二篇，及末段《白华》至《何草不黄》六篇。故合大、小《雅》之数，宣王、幽王之变雅，亦各为二十篇云。

周德消息图

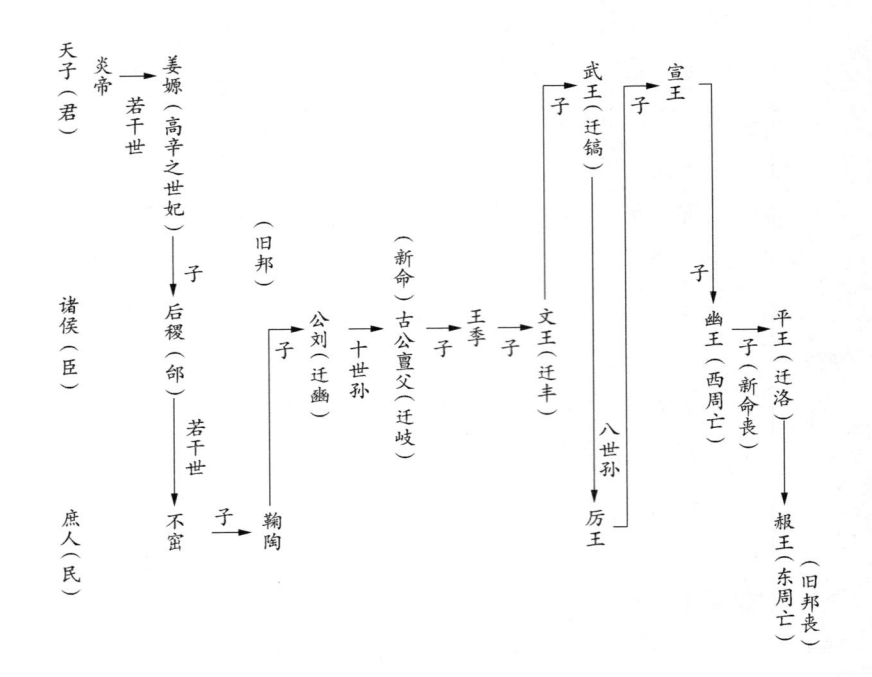

天子（君）　　　炎帝 → 姜嫄（高辛之世妃）—子→ 后稷（邰）—若干世→ 不窋 —子→ 鞠陶 … 公刘（迁豳）（旧邦）—→ 古公亶父（迁岐）（新命）十世孙 → 王季 —子→ 文王（迁丰）—子→ 武王（迁镐）　　宣王 —子→ 幽王（西周亡）—子→ 平王（迁洛）（新命衰）→ 赧王（东周亡）（旧邦丧）

诸侯（臣）　　若干世

庶人（民）

武王—八世孙—厉王

卷三 颂（凡周颂、鲁颂、商颂四十篇）

甲　周颂（凡三什三十一篇）

周颂一 《清庙之什》十篇说

由下而上是谓《风》，由上而下是谓《雅》。上下变通，形化象成，是之谓《颂》。辑《诗·颂》以三，《周颂》《鲁颂》《商颂》是也。曰《周颂》者，周室之正颂，以应乎正风正雅者。曰《鲁颂》《商颂》者，非应于变风变雅者乎。计《周颂》凡三什三十一篇。

○清庙

於穆清庙，肃雍显相。济济多士，秉文之德，对越在天，骏奔走在庙。不显不承，无射于人斯。

曰《清庙》者，祀文王也。《序》曰："周公既成洛邑，朝诸侯，率以祀文王焉。"诗曰"肃雍显相"，先儒谓相助也。明助祭之诸侯，皆显肃雍之德。若肃雍者，文王之德也。《大雅·思齐》第三章曰："雍雍在宫，肃肃在庙。不显亦临，无射亦保。"盖文王生时之象，然"於昭于天"，其象仍存。故于清庙祀文王时，莫不具肃雍之象。"不显不承，无射于人斯"，即文王之德，永生于人世云。成象之谓乾，《清庙》中有矣。

○维天之命

维天之命，於穆不已。於乎不显，文王之德之纯。假以溢我，我其收之。骏惠我文王，曾孙笃之。

《维天之命》《序》曰："太平告文王也。"盖周室子孙以祀文王。"文王之德之纯"，亦大哉乾元之德。"刚健中正，纯粹精也"，非体乎乾德者，何能纯而不杂。《十翼》终于《杂卦》，其次终于夬而复乾，则由杂而纯，刚长乃终，知进退存亡而不失其正，文王之圣也。"曾孙笃之"，周公有以戒后王也。奈自昭穆而降，亢而生姤，终成幽王之剥。文、周其知之乎，未知乎，实知之者也。三代损益，百世可知，是其义。

○维清

维清缉熙，文王之典。肇禋。迄用有成，维周之祯。

《维清》《序》曰："奏《象》舞也。"《象》舞者，非六十四象之八佾乎，唯文王之德足以当之。诗曰"维清缉熙"，清即清庙之清。缉熙者，即《大雅·文王》"穆穆文王，於缉熙敬止"之缉熙。《离·大象》曰"大人以继明照于四方"，是之谓缉熙。向明而治，文王之典也。若此诗仅五句，朱子疑有阙文，观末句曰"维周之祯"，似未有祯祥之颂。今准诸《序》，则诗当奏《象》舞时所歌，"有成""之祯"，皆显于《象》舞，故不必有阙文之疑。又此诗与《武》篇相同，此奏《象》舞以祀文王，彼奏《大武》以祀武王。而《武》篇亦仅七句也。

○烈文

烈文辟公，锡兹祉福。惠我无疆，子孙保之。无封靡于尔邦，维王其崇之。念兹戎功，继序其皇之。无竞维人，四方其训之。不显维德，百辟其刑之。於乎，前王不忘。

《烈文》《序》曰："成王即政，诸侯助祭也。"诗曰："於乎，前王不忘。"前王指文武，故《序》言有据。凡前三篇周公摄政时作，此篇成王即政时，当亦周公所作。"无竞维人""不显维德"，唯有德之人，庶足以参天地云。"济济多士"，"继序其皇之"，东周时读，能不慨然乎。皇极失道，孰之过耶，宜深体《召旻》《小旻》之情。此万世足戒，岂徒为周室惜耶。

○天作

天作高山，大王荒之。彼作矣，文王康之。彼徂矣岐，有夷之行，子孙保之。

《天作》者，祭太王之诗。与《大雅·绵》篇相应。"大王荒之""文王康之""子孙保之"，奈及幽王而失之，消息之象见矣。

○昊天有成命

昊天有成命，二后受之。成王不敢康，夙夜基命宥密。於缉熙，单厥心，肆其靖之。

《昊天有成命》，康王祭成王之诗。"基命"者，承文武二后所受之成命也。"乃顺承天"，"不习无不利"，宥密之象。"於缉熙"，敬以直内。"单厥心"，义以方外。反风而正，肆其靖之，德不孤而大也。

○我将

我将我享，维羊维牛，维天其右之。仪式刑文王之典，日靖四方。伊嘏文王，既右飨之。我其夙夜，畏天之威，于时保之。

《我将》《序》曰："祀文王于明堂也。"《孝经》曰"宗祀文王于明堂以配上帝"，是其义。"日靖四方"，盖以文王之典建极也。"我其夙夜，畏天之威，于时保之"，天威者，显于六龙，日乾夕惕而自强不息，时乘六龙以保合太和，明堂之皇极也。武王受《洪范》于箕子，周公尊文王于次五，建明堂，配上帝，此周室新命之象也。

○时迈

　　时迈其邦，昊天其子之。实右序有周，薄言震之，莫不震叠。怀柔百神，及河乔岳。允王维后。明昭有周，式序在位，载戢干戈，载櫜弓矢。我求懿德，肆于时夏。允王保之。

　　《时迈》者，天子巡狩之象。继《我将》明堂之中五而震出次三。诗曰"薄言震之，莫不震叠"是其义。《易》曰"震亨，震来虩虩，笑言哑哑；震惊百里，不丧匕鬯"，为《时迈》所准。

○执竞

　　执竞武王，无竞维烈。不显成康，上帝是皇。自彼成康，奄有四方，斤斤其明。钟鼓喤喤，磬筦将将，降福穰穰。降福简简，威仪反反。既醉既饱，福禄来反。

　　《执竞》，祀武王、成王、康王之诗。诗曰"执竞武王，无竞维烈。不显成康，上帝是皇"是其义，然则此诗系昭王所作欤。诗又曰"自彼成康，奄有四方"，亦明成康能善继武王之业以巡狩四方云。此所以以之继《时迈》也。

○思文

　　思文后稷，克配彼天。立我烝民，莫匪尔极。贻我来牟，帝命率育。无此疆尔界，陈常于时夏。

《思文》,《序》曰:"后稷配天也。"诗曰"思文后稷,克配彼天"是其义。《孝经》曰:"昔者周公郊祀后稷以配天。"盖本此《思文》而言。故《思文》《我将》二诗之配天配上帝,周室之旧邦新命也。间有《时迈》《执竞》二诗,庶睹周流消息之象。凡《我将》位五,已备明堂九畴之旋。"帝出乎震",是谓《时迈》巡狩天下,谓武王之主乎三位也。若成康之治,顺承二后。唯成王之巡狩主乎九位,康王之巡狩主乎七位。更究巡狩之象,实有放诸四海皆准之理。新命出自旧邦,后稷之"立我烝民","贻我来牟"是也。故《思文》主乎一位云。以上《我将》至《思文》四诗之合于洛书,示如下图:

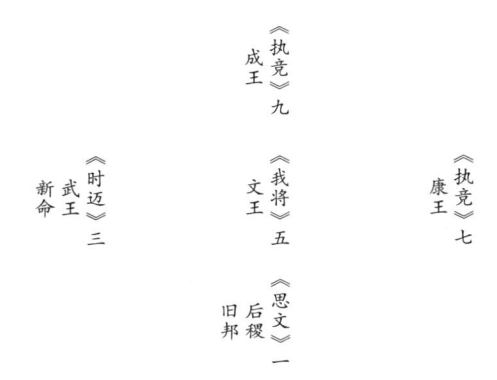

```
            《执竞》
             成王
              九

《时迈》    《我将》    《执竞》
 武王       文王       康王
新命         五          七

            《思文》
             后稷
            旧邦 一
```

周颂二　《臣工之什》十篇说

○臣工

嗟嗟臣工，敬尔在公。王厘尔成，来咨来茹。嗟嗟保介，维莫之春，亦又何求，如何新畬。於皇来牟，将受厥明。明昭上帝，迄用康年。命我众人，庤乃钱镈，奄观铚艾。

《臣工》篇紧接《思文》篇之义，盖明后稷之德已遍及天下。臣工者，农官也。凡二南之化，周之盛德。臣工之化，周之大业。文王卑服而康功田功，是其义。故当幽王失道之时，《大东》之怨声四起，犹有淮之君子"允怀不忘"，此不忘周之盛德。且继《鼓钟》以《楚茨》《信南山》《甫田》《大田》四篇，是谓豳雅，乃不忘周之大业。宜《思文》《臣工》及以下《噫嘻》《丰年》《载芟》《良耜》共六篇，又有豳颂之名，义谓后稷配天之德。有公刘之豳风善继之，旧邦新命，德业一也。当成王之时，周公陈王业以《七月》之诗，经反风而成王感悟，德盛业大。故自成王起，始置田官。此篇曰《臣工》，即法《七月》篇之田畯也。"王厘尔成，来咨来茹"，王谓后稷、公刘云。"於皇来牟"，承《思文》篇之"贻我来牟"而言。"庤乃钱镈，奄观铚艾"，铚艾者，以镰获禾。所以勉诸侯臣工，亦以勉天下之民。夫以刀获禾，是之谓利。利者，义之和也。

○噫嘻

噫嘻成王，既昭假尔，率时农夫，播厥百谷。骏发尔私，终三十里。亦服尔耕，十千维耦。

《噫嘻》篇《小序》曰："春夏祈谷于上帝也。""噫嘻成王，既昭假尔"，尔即《臣工》篇之臣工。彼曰"敬尔在公"，唯其能敬，始能"率时农夫，播厥百谷"。若曰"骏发尔私"，盖劝农夫之各耕其私田，百姓足，君孰与不足。由"终三十里"及"十千维耦"观之，是时农业兴盛，远非夏商可比，此周之所以能继商而王天下也。当公刘之时，农业仅行于豳，其德其业必将化及天下，而天下之民莫不有益。保民而王，孰能御之，此《噫嘻》篇有其象焉。考我国之农业，自神农氏作，已肇其端。赖后稷兴于尧舜之时，以免黎民阻饥，农业已大成。当时有降水之患，民未能定居而耕。幸有大禹治水，天下之民咸受其惠，此夏朝王天下之德也。其初农业必盛，迨不窋失官而自窜于戎狄之间，夏之农业其衰矣夫。且德业互为因果者也，失农业之基，德何能独存。夏桀之亡，非亡于天下困穷乎。商汤之吊民伐罪，正其德，亦以正其业。商颂《烈祖》篇曰"自天降康，丰年穰穰。来假来飨，降福无疆。顾予烝尝，汤孙之将"，重视农业可见。然商朝屡迁，盘庚迁殷，其著者也，迁则不利于农业。反观公刘之后，居豳十世未迁，于农事必有所发展，此周德之积也。若天时之变，狄人之侵，古公亶父不得不迁岐，更使周国积御侮之德。由是三世而武王代殷，非偶然也。子成王大力扩展农业，西周数百年升平之基也。故豳颂六篇，读《诗》者宜三致意焉。

○振鹭

振鹭于飞，于彼西雝。我客戾止，亦有斯容。在彼无恶，在此无斁。庶几夙夜，以永终誉。

继《噫嘻》篇为《振鹭》篇。《小序》曰:"二王之后来助祭也。"此所谓助祭,盖以观《噫嘻》篇"春夏祈谷于上帝也"。"我客戾止",观此"十千维耦"之耕,自然有"振鹭于飞,于彼西雍"之客。"无恶""无斁""以永终誉",当用六利永贞之象。

○丰年

丰年多黍多稌。亦有高廪,万亿及秭。为酒为醴,烝畀祖妣,以洽百礼,降福孔皆。

下曰《丰年》,《小序》曰:"秋冬报也。"即因耕而获"丰年多黍多稌,亦有高廪",以见《臣工》篇之所谓"奄观铚艾",非虚言也。

○有瞽

有瞽有瞽,在周之庭。设业设虡,崇牙树羽,应田县鼓,鞉磬柷圉。既备乃奏,箫管备举。喤喤厥声,肃雍和鸣,先祖是听。我客戾止,永观厥成。

曰《有瞽》者,《小序》曰:"始作乐而合乎祖也。"盖时已丰收,乃"作乐崇德殷荐之上帝以配祖考"。诗义密合于豫象,当复初乾元奋出于四,作乐之谓也。"既备乃奏",备八音也。"箫管备举",定乐律也。"喤喤厥声,肃雍和鸣",黄钟之正声也。唯能合乎丰镐辟雍之乐,则"先祖是听","由豫大有得"是其象。"我客戾止,永观厥成",恰当"朋盍簪"之象。若"我客戾止",于《振鹭》观《噫嘻》之耕,于《有瞽》观《丰年》之获,礼乐井然,二王之后能不心服乎,是之谓命。

○潜

猗与漆沮，潜有多鱼。有鳣有鲔，鲦鲿鰋鲤。以享以祀，以介景福。

下篇为《潜》，应乎《小雅》之《鱼丽》《南有嘉鱼》。"有鳣有鲔，鲦鲿鰋鲤。以享以祀，以介景福"，《易》曰"包有鱼"是其义。凡《有瞽》震出，《潜》当巽入，姤以继复，出入无疾之象。而或"包有鱼"，而"包无鱼"，有"三星在罶"之情，尚能无疾乎。故能"荐鱼""献鲔"而歌此《潜》篇，万民所企望者也。

○雍

有来雍雍，至止肃肃。相维辟公，天子穆穆。
於荐广牡，相予肆祀。假哉皇考，绥予孝子。
宣哲维人，文武维后。燕及皇天，克昌厥后。
绥我眉寿，介以繁祉。既右烈考，亦右文母。

曰《雍》者，《小序》曰："禘太祖也。"盖应乎首篇《清庙》。（以下原阙）

○载见

载见辟王，曰求厥章。龙旂阳阳，和铃央央，鞗革有鸧，休有烈光。率见昭考，以孝以享。以介眉寿，永言保之，思皇多祜。烈文辟公，绥以多福，俾缉熙于纯嘏。

○有客

有客有客，亦白其马。有萋有且，敦琢其旅。
有客宿宿，有客信信。言授之絷，以絷其马。

薄言追之,左右绥之。既有淫威,降福孔夷。

○武

　　於皇武王,无竞维烈。允文文王,克开厥后。嗣武受之,胜殷遏刘,耆定尔功。

周颂三 《闵予小子之什》十一篇说

○闵予小子

闵予小子,遭家不造,嬛嬛在疚。於乎皇考,永世克孝。念兹皇祖,陟降庭止。维予小子,夙夜敬止。於乎皇王,继序思不忘。

○访落

访予落止,率时昭考。於乎悠哉,朕未有艾。将予就之,继犹判涣。维予小子,未堪家多难。绍庭上下,陟降厥家。休矣皇考,以保明其身。

○敬之

敬之敬之,天维显思,命不易哉。无曰高高在上。陟降厥士,日监在兹。维予小子,不聪敬止。日就月将,学有缉熙于光明。佛时仔肩,示我显德行。

○小毖

予其惩,而毖后患。莫予荓蜂,自求辛螫。肇允彼桃虫,拚飞维鸟。未堪家多难,予又集于蓼。

○载芟

　　载芟载柞，其耕泽泽。千耦其耘，徂隰徂畛。侯主侯伯，侯亚侯旅，侯强侯以。有嗿其馌，思媚其妇，有依其士。有略其耜，俶载南亩。播厥百谷，实函斯活。驿驿其达。有厌其杰。厌厌其苗，绵绵其麃。载获济济，有实其积，万亿及秭。为酒为醴，烝畀祖妣，以洽百礼。有飶其香，邦家之光。有椒其馨，胡考之宁。匪且有且，匪今斯今，振古如兹。

○良耜

　　畟畟良耜，俶载南亩。播厥百谷，实函斯活。或来瞻女，载筐及筥，其饟伊黍。其笠伊纠，其镈斯赵，以薅荼蓼。荼蓼朽止，黍稷茂止。获之挃挃，积之栗栗。其崇如墉，其比如栉，以开百室。百室盈止，妇子宁止。杀时犉牡，有捄其角。以似以续，续古之人。

○丝衣

　　丝衣其紑，载弁俅俅。自堂徂基，自羊徂牛，鼐鼎及鼒。兕觥其觩，旨酒思柔。不吴不敖，胡考之休。

○酌

　　於铄王师，遵养时晦。时纯熙矣，是用大介。我龙受之，蹻蹻王之造。载用有嗣，实维尔公允师。

○桓

　　绥万邦，屡丰年，天命匪解。桓桓武王，保有厥士，于以四方，克定厥家。於昭于天，皇以间之。

卷三　颂（凡周颂、鲁颂、商颂四十篇）

○赉

文王既勤止，我应受之。敷时绎思，我徂维求定，时周之命。於绎思。

○般

於皇时周。陟其高山，嶞山乔岳，允犹翕河。敷天之下，裒时之对，时周之命。

乙　鲁颂（凡四篇）

鲁颂四篇说（说阙）

《驷之什》

○驷

  驷驷牡马，在坰之野。薄言驷者，有骍有皇，有骊有黄，以车彭彭。思无疆，思马斯臧。

  驷驷牡马，在坰之野。薄言驷者，有骓有駓，有骍有骐，以车伾伾。思无期，思马斯才。

  驷驷牡马，在坰之野。薄言驷者，有䮾有骆，有駵有雒，以车绎绎。思无斁，思马斯作。

  驷驷牡马，在坰之野。薄言驷者，有駰有騢，有驔有鱼，以车祛祛。思无邪，思马斯徂。

○有駜

  有駜有駜，駜彼乘黄。夙夜在公，在公明明。振振鹭，鹭于下。鼓咽咽，醉言舞。于胥乐兮。

  有駜有駜，駜彼乘牡。夙夜在公，在公饮酒。振振鹭，鹭于飞。鼓咽咽，醉言归。于胥乐兮。

  有駜有駜，駜彼乘駽。夙夜在公，在公载燕。自今以始，岁其有。君子有谷，诒孙子。于胥乐兮。

○泮水

　　思乐泮水，薄采其芹。鲁侯戾止，言观其旂。其旂茷茷，鸾声哕哕。无小无大，从公于迈。

　　思乐泮水，薄采其藻。鲁侯戾止，其马蹻蹻。其马蹻蹻，其音昭昭。载色载笑，匪怒伊教。

　　思乐泮水，薄采其茆。鲁侯戾止，在泮饮酒。既饮旨酒，永锡难老。顺彼长道，屈此群丑。

　　穆穆鲁侯，敬明其德。敬慎威仪，维民之则。允文允武，昭假烈祖。靡有不孝，自求伊祜。

　　明明鲁侯，克明其德。既作泮宫，淮夷攸服。矫矫虎臣，在泮献馘。淑问如皋陶，在泮献囚。

　　济济多士，克广德心。桓桓于征，狄彼东南。烝烝皇皇，不吴不扬。不告于讻，在泮献功。

　　角弓其觩，束矢其搜。戎车孔博，徒御无斁。既克淮夷，孔淑不逆。式固尔犹，淮夷卒获。

　　翩彼飞鸮，集于泮林。食我桑黮，怀我好音。憬彼淮夷，来献其琛。元龟象齿，大赂南金。

○閟宫

　　閟宫有侐，实实枚枚。赫赫姜嫄，其德不回。上帝是依，无灾无害。弥月不迟，是生后稷，降之百福。黍稷重穋，稙稚菽麦。奄有下国，俾民稼穑。有稷有黍，有稻有秬。奄有下土，缵禹之绪。

　　后稷之孙，实维大王，居岐之阳，实始翦商。至于文武，缵大王之绪，致天之届，于牧之野。无贰无虞，上帝临女。敦商之旅，克咸厥功。王曰叔父，建尔元子，俾侯于鲁。大启尔宇，为周室辅。

　　乃命鲁公，俾侯于东。锡之山川，土田附庸。周公之孙，庄公之子，龙旂承祀，六辔耳耳。春秋匪解，享祀不忒。皇皇后帝，皇祖后稷。享以骍牺,是飨是宜,降福既多。周公皇祖,亦其福女。

秋而载尝,夏而楅衡,白牡骍刚。牺尊将将。毛炰胾羹,笾豆大房。万舞洋洋,孝孙有庆。俾尔炽而昌,俾尔寿而臧。保彼东方,鲁邦是常。不亏不崩,不震不腾。三寿作朋,如冈如陵。

公车千乘,朱英绿縢,二矛重弓。公徒三万,贝胄朱綅,烝徒增增。戎狄是膺,荆舒是惩,则莫我敢承。俾尔昌而炽,俾尔寿而富。黄发台背,寿胥与试。俾尔昌而大,俾尔耆而艾。万有千岁,眉寿无有害。

泰山岩岩,鲁邦所詹。奄有龟蒙,遂荒大东。至于海邦,淮夷来同。莫不率从,鲁侯之功。

保有凫绎,遂荒徐宅。至于海邦,淮夷蛮貊。及彼南夷,莫不率从,莫敢不诺,鲁侯是若。

天锡公纯嘏,眉寿保鲁。居常与许,复周公之宇。鲁侯燕喜,令妻寿母。宜大夫庶士,邦国是有。既多受祉,黄发儿齿。

徂来之松,新甫之柏,是断是度,是寻是尺。松桷有舄,路寝孔硕。新庙奕奕,奚斯所作,孔曼且硕,万民是若。

丙 商颂（凡五篇）

商颂五篇说（说阙）

○那

　　猗与那与，置我鞉鼓。奏鼓简简，衎我烈祖。汤孙奏假，绥我思成。鞉鼓渊渊，嘒嘒管声。既和且平，依我磬声。於赫汤孙，穆穆厥声。庸鼓有斁，万舞有奕。我有嘉客，亦不夷怿。自古在昔，先民有作，温恭朝夕，执事有恪。顾予烝尝，汤孙之将。

○烈祖

　　嗟嗟烈祖。有秩斯祜，申锡无疆，及尔斯所。既载清酤，赉我思成。亦有和羹，既戒既平。鬷假无言，时靡有争。绥我眉寿，黄耇无疆。约軧错衡，八鸾鸧鸧。以假以享，我受命溥将。自天降康，丰年穰穰。来假来飨，降福无疆。顾予烝尝，汤孙之将。

○玄鸟

　　天命玄鸟，降而生商，宅殷土芒芒。古帝命武汤，正域彼四方。方命厥后，奄有九有。商之先后，受命不殆，在武丁孙子。武丁孙子，武王靡不胜。龙旂十乘，大糦是承。邦畿千里，维民所止，肇域彼四海。四海来假，来假祁祁。景员维河，殷受命咸宜，百禄是何。

○长发

　　濬哲维商，长发其祥。洪水芒芒，禹敷下土方。外大国是疆，幅陨既长。有娀方将，帝立子生商。

　　玄王桓拨，受小国是达，受大国是达。率履不越，遂视既发。相土烈烈，海外有截。

　　帝命不违，至于汤齐。汤降不迟，圣敬日跻。昭假迟迟，上帝是祗。帝命式于九围。

　　受小球大球，为下国缀旒。何天之休，不竞不絿，不刚不柔。敷政优优，百禄是遒。

　　受小共大共，为下国骏厖。何天之龙，敷奏其勇，不震不动，不戁不竦。百禄是总。

　　武王载旆，有虔秉钺，如火烈烈，则莫我敢曷。苞有三蘖，莫遂莫达。九有有截，韦顾既伐，昆吾夏桀。

　　昔在中叶，有震且业。允也天子，降予卿士。实维阿衡，实左右商王。

○殷武

　　挞彼殷武，奋伐荆楚。罙入其阻，裒荆之旅，有截其所，汤孙之绪。

　　维女荆楚，居国南乡。昔有成汤，自彼氐羌，莫敢不来享，莫敢不来王，曰商是常。

　　天命多辟，设都于禹之绩。岁事来辟，勿予祸适。稼穑匪解。

　　天命降监，下民有严。不僭不滥，不敢怠遑。命于下国，封建厥福。

　　商邑翼翼，四方之极。赫赫厥声，濯濯厥灵，寿考且宁，以保我后生。

　　陟彼景山，松伯丸丸。是断是迁，方斫是虔。松桷有梴，旅楹有闲。寝成孔安。

卷四 诗丛说

诗名说

后世吟诗，什九有题，间亦有无题者，非常也。《诗经》之诗，则什九无题，数篇有题，习诗者反以为奇。惟其无题，欲明辨三百十一篇，殊非易事。先儒即以首句之字名其诗，故诗名无与于诗义。若首句之字，难免相同，虽竭力避之，然所题之名，仍有相同者。今于同名之诗，宜加以分辨。所题之名，宜观其所据，间亦有义可说。至于有题之诗，尤宜究其名之之义。因依类述此《诗名说》。

一、取首句之字名其诗，凡二百五十六篇。此类择取首句之字为名，亦有取全句者，以能分辨为主，皆不必说其义。

关雎　葛覃　卷耳　樛木　螽斯　桃夭　兔罝　芣苢　汝坟　麟之趾

鹊巢　采蘩　草虫　采蘋　甘棠　行露　羔羊　殷其雷　摽有梅　小星

江有汜　野有死麕　何彼襛矣　绿衣　燕燕　日月　终风　击鼓　凯风　雄雉

匏有苦叶　式微　旄丘　简兮　泉水　北门　北风　静女　新台　二子乘舟

墙有茨　君子偕老　鹑之奔奔　定之方中　蝃蝀　相鼠　干旄

载驰　淇奥　考槃

　　硕人　氓　竹竿　芄兰　河广　伯兮　有狐　木瓜　黍离　君子于役

　　君子阳阳　中谷有蓷　兔爰　葛藟　采葛　大车　丘中有麻　缁衣　将仲子　清人

　　遵大路　女曰鸡鸣　有女同车　山有扶苏　箨兮　狡童　丰　东门之墠　风雨　子衿

　　出其东门　野有蔓草　溱洧　鸡鸣　还　著　东方之日　东方未明　南山　卢令

　　敝笱　载驱　猗嗟　葛屦　汾沮洳　园有桃　陟岵　十亩之间　伐檀　硕鼠

　　蟋蟀　山有枢　椒聊　绸缪　鸨羽　葛生　采苓　车邻　驷驖　小戎　蒹葭　终南　晨风　东门之枌　衡门　东门之池　东门之杨　墓门　防有鹊巢

　　月出　株林　泽陂　素冠　隰有苌楚　匪风　蜉蝣　候人　鸤鸠　下泉

　　七月　鸱鸮　东山　破斧　伐柯　九罭　狼跋　鹿鸣　四牡　皇皇者华

　　常棣　伐木　天保　采薇　出车　鱼丽　南有嘉鱼　南山有台　蓼萧　湛露

　　彤弓　菁菁者莪　六月　采芑　车攻　吉日　鸿雁　沔水　鹤鸣　祈父

　　白驹　我行其野　斯干　无羊　节南山　正月　十月之交　何人斯　蓼莪　四月

　　北山　无将大车　鼓钟　楚茨　信南山　大田　瞻彼洛矣　裳裳者华　桑扈　鸳鸯

　　頍弁　车舝　青蝇　宾之初筵　鱼藻　采菽　角弓　菀柳　都

人士　采绿

黍苗　隰桑　绵蛮　瓠叶　渐渐之石　苕之华　何草不黄　文王　绵　棫朴

旱麓　思齐　皇矣　灵台　下武　文王有声　生民　行苇　既醉　凫鹥

假乐　公刘　泂酌　卷阿　民劳　板　荡　抑　桑柔　云汉　崧高

烝民　江汉　瞻卬　清庙　维天之命　维清　烈文　天作　昊天有成命　我将

时迈　执竞　思文　臣工　噫嘻　振鹭　丰年　有瞽　雍　载见

有客　武　闵予小子　访落　敬之　载芟　良耜　丝衣　駉有驰

泮水　閟宫　那　烈祖　玄鸟　殷武

二、取首句以下之字名其诗。此类之名，略有其义，凡十三篇，分述于下。

汉广——此诗首句曰"南有乔木"，不取之而取第五句"汉之广矣"。其一，此诗之三章，皆有"汉之广矣"句。其二，汉广之名，可喻文王之化已广及汉水焉。

驺虞——此诗首句曰"彼茁者葭"，不取之而取末句"于嗟乎驺虞"者，可使《驺虞》相应《麟之趾》，南化之成也。

桑中——此诗首句曰"爰采唐矣"，不取之而取第五句"期我乎桑中"，盖"桑中"为此诗主要之地名。

褰裳——此诗首二句曰"子惠思我，褰裳涉溱"，不取首句而取于第二句，盖"褰裳"之举，此诗之情思也。

渭阳——此诗首二句曰"送我舅氏，曰至渭阳"，不取首句而取于第二句，盖"渭阳"为此诗重要之地名。

权舆——此诗首句曰"於我乎"，不取之而取末句"不承权舆"，因"权舆"之名可显诗义。

宛丘——此诗首二句曰"子之汤兮，宛丘之上兮"，不取首句而取"宛丘"者，盖为诗中重要之地名。

庭燎——此诗首句曰"夜如何其"，不取之而取第三句"庭燎之光"，盖"庭燎"为此诗中重要之景象。

巧言——此诗首句曰"悠悠昊天"，不取之而取第五章中第七句"巧言如簧"，盖"巧言"为此诗所刺。

大东——此诗首句曰"有饛簋飧"，不取之而取第二章中第一句"小东大东"，庶可见东人之怨也。

潜——此诗首二句曰"猗与漆沮，潜有多鱼"，以"潜"为名，较简洁耳。

桓——此诗首句曰"绥万邦"，不取之而取第四句"桓桓武王"。"桓"犹武王之象，序曰："桓，武志也。"

长发——此诗首二句曰"濬哲维商，长发其祥"，不取首句而以"长发"为名，以见商德之久远也。

三、取首句或第二句，又取他句一字，或另加一字名其诗。此类于他句之字，或另加之字，皆有义可说，凡十篇。

叔于田、大叔于田——此二诗之首句同为"叔于田"，又同属于郑风。其一"叔于田，巷无居人"，其一"叔于田，乘乘马"。唯其国同，名宜加以分辨，故于后者特加"大"字，名《大叔于田》。"大叔"者，确指叔为京城大叔，即庄公之弟公叔段也。然二诗之"叔"，皆为公叔段云。

小旻、召旻——此二诗之首句，同为"旻天疾威"。名之曰《小旻》者，指"旻天疾威，敷于下土"一诗，盖属于《小雅》云。名之曰《召旻》者，指"旻天疾威，天笃降丧"一诗，末章有"有如召公"之言，且是诗所以思召公，故特取"召"字。

小宛——此诗首句曰"宛彼鸣鸠"，末章有"惴惴小心"之言，因名《小宛》。此诗之旨盖在"小心"也。或谓"小"指《小雅》言，然《大雅》中无名《宛》之诗，乃意谓本有《大宛》之诗，今已删去，而《小宛》之名即用其旧。此则不可究诘之事，阙疑可也。

小弁——此诗首句曰"弁彼鸒斯"，然全篇无小字。或谓"小"指《小雅》言，则亦不可究诘。若孟子已提及《小弁》之名，故知诗名之成，其来已古。此曰《小弁》者，或与《小毖》之"小"同义，皆指嗣王，此谓平王云，详下《小毖》。

小明、大明——前诗之首句曰"明明上天"，后诗之首句曰"明明在下"。依名诗之例，皆可取"明"字。特加"小""大"者，以见"明明上天"之诗，属于《小雅》，"明明在下"之诗，属于《大雅》是也。

韩奕——此诗首句曰"奕奕梁山"，第四句曰"韩侯受命"，且全诗之旨，即在"韩侯受命"。故特取《韩奕》之名，与《召旻》同例。

小毖——此诗首二句曰"予其惩，而毖后患"，以"毖"为名，诗义乃显。特加"小"字者，承前三篇《闵予小子》《访落》《敬之》。盖以上三篇中，皆有"维予小子"之言，合《闵予小子》篇之首句，凡四言"予小子"，皆成王自称。而此篇之"予"字，亦成王自称，犹言予小子其惩。故《小毖》之"小"有嗣王之义，因知《小弁》之"小"亦有嗣王之义，唯成王之惩毖有得，宜其诗入颂。平王之未能感悟幽王，故当变小雅。《黍离》诗亡，平王之罪大矣。然则《小毖》《小弁》有天壤之别，非姤复之象乎。

四、有题之诗。凡六篇，题名皆非诗中之字，盖当诗之义。

雨无正——序曰："《雨无正》，大夫刺幽王也。雨，自上下者也。众多如雨，而非所以为政也。"序之释题已详。盖此诗述西周将亡之惨象，昔日作威作福于民上者，是时皆鸟兽散。乃以《雨无正》为题名，以刺民上者虽众多如雨，然无一正者，其情可见矣。

巷伯——此诗曰"寺人孟子，作为此诗"。此寺人孟子，盖当宫中之巷伯。巷，宫中道。伯，长也。然其处此巷伯之位，必有辛酸之事迹，乃"作为此诗"以刺"彼谮人者"。

常武——序曰："《常武》，召穆公美宣王也。有常德以主武事，因以为戒焉。"此诗叙宣王南征，虽有功而归，然王道宜允文允武，诗特取"常武"之名，实有戒焉。

酌——序曰："《酌》，告成大武也。言能酌先祖之道以养天下也。"朱子曰："酌即勺也，《内则》十三舞勺，即以此诗为节而舞也。然此诗与《赉》《般》，皆不用诗中字名篇，疑取乐节之名，如曰《武》《宿》《夜》云尔。"按，《乐经》既失传，是否取乐节之名，当阙疑。若以此诗节勺舞诚是，名以《酌》者，当从序之说。是之谓有题之诗。诗曰"蹻蹻王之造"，即乾五"大人造也"之象。成此象以告成大武，庶能酌先祖云。

赉——序曰："《赉》，大封于庙也。赉，予也。言所以锡予善人也。"按"周有大赉，善人是福"，即此诗之义。宜题"赉"字为此诗之名，《武成》曰"大赉于四海，而万姓悦服"是也。

般——序曰："《般》，巡狩而祀四岳河海也。"按诗义如序，所以名以《般》者，盖取诸般桓之般。巡狩屯初，般桓以祀四岳河海，志行正，以贵下贱，大得民也。

五、笙诗及同名之诗。此类共二十六篇，内笙诗六篇，盖有题无诗，宜以标题音乐视之。此外皆因首句之字相同。且先儒之名诗，于风于雅，不碍同名。于国风中，各国亦不碍同名。若同国之诗则已加分辨。然今合观三百十一篇，每篇皆当有专名。故于此二十六篇中，特加二十字，则无同名之诗矣。逐篇分述如下：

柏舟——首句曰"泛彼柏舟"者二，诗名同。其一"泛彼柏舟，亦泛其流"者，属《邶风》，今以《邶柏舟》名之。其一"泛彼柏舟，在彼中河"者，属《鄘风》，今以《鄘柏舟》名之，共加二字。

谷风——首句"习习谷风"者二，诗名同。其一"习习谷风，以阴以雨"者，属《邶风》，今以《邶谷风》名之。其一"习习谷风，维风及雨"者，属《小雅》。今凡风雅同名者，仅于风加国名。属《小雅》者，不必加字，已可辨矣。共加一字。

扬之水——首句"扬之水"者三，诗名同。其一"扬之水，不流束薪"者，属《王风》，今以《王扬之水》名之。其一"扬之水，不流束楚"者，属《郑风》，今以《郑扬之水》名之。其一"扬之水，白石凿凿"者，属《唐风》，今以《唐扬之水》名之。共加三字。

羔裘——首句有"羔裘"二字者三，诗名同。其一"羔裘如濡"者，属郑风，今以《郑羔裘》名之。其一"羔裘豹袪"者，属《唐风》，今以《唐羔裘》名之。其一"羔裘逍遥"者，属《桧风》，今以《桧羔裘》名之。共加三字。

甫田——首句有"甫田"二字者二，诗名同。其一"无田甫田"者，属《齐风》，今以《齐甫田》名之。其一"倬彼甫田"者，属《小雅》，可不必加字。共加一字。

无衣——首句有"无衣"二字者二，诗名同。其一"岂曰无衣七兮"者，属《唐风》，今以《唐无衣》名之。其一"岂曰无衣"者，属《秦风》，今以《秦无衣》名之，共加二字。

杕杜——首句曰"有杕之杜"者三，其一"有杕之杜，其叶湑湑"，其一"有杕之杜，生于道左"，此二诗同属《唐风》，其名已加分辨。前诗名《杕杜》，后诗名《有杕之杜》。然《小雅》尚有一诗为"有杕之杜，有睆其实"者名《杕杜》，故于《唐风》之《杕杜》

一诗，今以《唐杕杜》名之。共加一字。

　　黄鸟——首句有"黄鸟"二字者三，其一"交交黄鸟"，取《黄鸟》为名，属《秦风》。其一"黄鸟黄鸟"，亦取《黄鸟》为名，属《小雅》。其一"绵蛮黄鸟"亦属《小雅》，惟其同属《小雅》，因取《绵蛮》之名。然风雅之名已同，故《秦风》之《黄鸟》，今以《秦黄鸟》名之。共加一字。

　　白华——首句曰"白华菅兮"者，名《白华》，乃与笙诗之《白华》同名，且同属《小雅》，今当分辨之。凡六篇笙诗，皆有题无解，与其他三百零五篇，本宜有辨。因各加"笙"字，名《笙南陔》《笙白华》《笙华黍》《笙由庚》《笙崇丘》《笙由仪》，则与《白华》之诗，自然可辨。共加六字。

《诗经》篇数说

《论语·为政》篇子曰"《诗》三百",《子路》篇子曰:"诵《诗》三百。"观《诗经》之篇数,实为三百十一篇,子曰三百者,举成数而言。今详究风雅颂之篇数,及正变之篇数等,皆有至理存焉。以下先录《诗经》各类之篇数。

《风》凡一百六十篇,分十五国。

《周南》十一篇、《召南》十四篇、《邶风》十九篇、《鄘风》十篇、《卫风》十篇、《王风》十篇、《郑风》二十一篇、《齐风》十一篇、《魏风》七篇、《唐风》十二篇、《秦风》十篇、《陈风》十篇、《桧风》四篇、《曹风》四篇、《豳风》七篇。

其间《周南》《召南》《豳风》为正风,凡三十二篇。其他十二国为变风,凡一百二十八篇。

《雅》凡一百十一篇,分小、大《雅》。

《小雅》凡八十篇,分四节。

第一节文武小雅九篇,自《鹿鸣》至《杕杜》。

第二节成王小雅十三篇,自《鱼丽》至《菁菁者莪》。

第三节宣王小雅十四篇,自《六月》至《无羊》。

第四节幽王小雅四十四篇,自《节南山》至《何草不黄》。

其间一、二两节为正小雅,凡二十二篇,三、四两节为变小雅,凡五十八篇。

《大雅》凡三十一篇，分五节。

第一节文武大雅十一篇，自《文王》至《生民》。

第二节成王大雅七篇，自《行苇》至《卷阿》。

第三节厉王大雅五篇，自《民劳》至《桑柔》。

第四节宣王大雅六篇，自《云汉》至《常武》。

第五节幽王大雅二篇，自《瞻卬》至《召旻》。

其间一、二两节为正大雅，凡十八篇，三、四、五三节为变大雅，凡十三篇。

合小、大《雅》而计之，正雅凡四十篇，变雅凡七十一篇。

《颂》凡四十篇，分《周颂》《鲁颂》《商颂》。

《周颂》三十一篇、《鲁颂》四篇、《商颂》五篇。

其间《周颂》为正颂，凡三十一篇。

《鲁颂》《商颂》为变颂，凡九篇。

夫《风》凡一百六十篇，其间正变之比数，恰当一与四。以见中为正风，四方为变风之象。《小雅》凡八十篇，《颂》为四十篇，其比数为二与一。以见《小雅》为君臣相合之道，有上对下、下对上之分，《颂》则唯有下以颂上，此非二与一比数之理乎？《大雅》凡三十一篇，《周颂》凡三十一篇，其比数为一与一，以见君德与颂声当相称。又正小雅仅二十二篇，反不及《周颂》三十一篇之数；《大雅》三十一篇，同《周颂》之篇数，然内有变大雅十三篇；由此皆见周室衰微之象。特加《鲁颂》四篇、《商颂》五篇者，所以辅颊周德，正变雅之失也。"雅颂各得其所"，其此之谓乎，其此之谓乎。

若文武小雅九篇，乃有文武大雅十一篇，成王小雅十三篇，乃有成王大雅七篇，合之各二十。分观其数，则十一之一，十三之三，其七与九皆奇数也。此正雅四十篇之变化。至于宣王小雅十四篇，乃有宣王大雅六篇。幽王小雅四十四篇，当分六段。首段自《节南山》至《蓼莪》，凡十二篇。二段自《大东》至《小明》，凡五篇。

三段自《鼓钟》至《大田》，凡五篇。四段自《瞻彼洛矣》至《宾之初筵》，凡八篇。五段自《鱼藻》至《隰桑》，凡八篇。六段自《白华》至《何草不黄》，凡六篇。今合首末二段以计其数，凡十八篇，乃有幽王大雅二篇，合之亦各二十。分观其数，则十四之四，十八之八，及六与二，皆偶数也。此变雅中四十篇之变化。更究厉王大雅五篇，时为共和，何有乎君臣相合之道，宜无《小雅》。幽王小雅之中间四段，二段为四方之哀怨，三段为二南、豳风之深入人心，四段为东都之变，五段为西都之变，臣民之情已不应乎幽王大雅之德。故此五篇变大雅，二十六篇变小雅，乃变雅中之变雅，其数亦三十一篇云。

  统观三百十一篇之辨，不外《风》与《雅》《颂》，及其正变耳。《风》之篇数百有六十，《雅》《颂》之篇数百有五十一，其比数约当一与一，此一阴一阳之理。而前者成洛书之象，后者成河图之象。又计正风、正雅、《周颂》之篇数，凡百有三，变风、变雅、《鲁颂》《商颂》之篇数，凡二百有八。其比数约当一与二，此阳一阴二之理。而前者成六龙既济之象，后者成六龙未济之象，详见下表。此篇数自然相应，孔子删《诗》之道，岂有求而为哉。故准六龙图书之变，庶足以观《诗》情之变，亦足以观千古之人情矣夫。

《诗经》篇数与六龙图书表

六龙图书	六龙既济	六龙未济			
洛书	正风三十二篇	变风百有二十八篇	风百有六十篇		
河图	正小雅二十二篇	变小雅五十八篇	小雅八十篇	雅百有十一篇	雅颂百有五十一篇
	正大雅十八篇	变大雅十三篇	大雅三十一篇		
	周颂三十一篇	鲁颂四篇	颂四十篇		
		商颂五篇			
	凡百有三篇	凡二百有八篇	凡三百十有一篇		

述《论语》说诗（述阙，存所辑《论语》原文）

《学而》第一

1. 子贡曰："贫而无谄，富而无骄，何如？"子曰："可也。未若贫而乐，富而好礼者也。"子贡曰：《诗》云：'如切如磋，如琢如磨。'其斯之谓与？"子曰："赐也，始可与言《诗》已矣，告诸往而知来者。"

《为政》第二

2. 子曰："《诗》三百，一言以蔽之，曰思无邪。"

《八佾》第三

3. 三家者以雍彻。子曰："'相维辟公，天子穆穆'，奚取于三家之堂？"

4. 子夏问曰："'巧笑倩兮，美目盼兮，素以为绚兮。'何谓也？"子曰："绘事后素。"曰："礼后乎？"子曰："起予者商也，始可与言《诗》已矣。"

5. 子曰："《关雎》乐而不淫，哀而不伤。"

《述而》第七

6. 子谓颜渊曰："用之则行，舍之则藏，唯我与尔有是夫。"子路曰："子行三军，则谁与？"子曰："暴虎冯河，死而不悔者，吾不与也。必也临事而惧，好谋而成者也。"

7. 子所雅言，《诗》、《书》、执礼，皆雅言也。

《泰伯》第八

8. 曾子有疾，召门弟子曰："启予足，启予手。《诗》云：'战战兢兢，如临深渊，如履薄冰。'而今而后，吾知免夫，小子。"

9. 子曰："兴于《诗》，立于礼，成于乐。"

10. 子曰："师挚之始，《关雎》之乱，洋洋乎盈耳哉。"

《子罕》第九

11. 子曰："吾自卫反鲁，然后乐正，《雅》《颂》各得其所。"

12. 子曰："衣敝缊袍，与衣狐貉者立而不耻者，其由也与。'不忮不求，何用不臧。'"子路终身诵之。子曰："是道也，何足以臧。"

13. "唐棣之华，偏其反而。岂不尔思，室是远而。"子曰："未之思也，夫何远之有。"

《先进》第十一

14. 南容三复《白圭》，孔子以其兄之子妻之。

《颜渊》第十二

15. 子张问崇德辨惑。子曰："主忠信，徙义，崇德也。爱之欲其生，恶之欲其死。既欲其生又欲其死，是惑也。诚不以富，亦祗以异。"

《子路》第十三

16. 子曰："诵《诗》三百，授之以政，不达，使于四方，不能专对，虽多，亦奚以为。"

《宪问》第十四

17. 子击磬于卫，有荷蒉而过孔氏之门者曰："有心哉，击磬乎。"既而曰："鄙哉，硁硁乎，莫己知也，斯已而已矣。'深则厉，浅则揭。'"子曰："果哉，末之难矣。"

《卫灵公》第十五

18. 颜渊问为邦。子曰："行夏之时，乘殷之辂，服周之冕，乐则韶舞。放郑声，远佞人。郑声淫，佞人殆。"

《季氏》第十六

19. 陈亢问于伯鱼曰："子亦有异闻乎？"对曰："未也。尝独立，鲤趋而过庭。曰：'学《诗》乎？'对曰：'未也。''不学《诗》，无以言。'鲤退而学《诗》。他日，又独立，鲤趋而过庭。曰：

'学礼乎？'对曰：'未也。''不学礼，无以立。'鲤退而学礼。闻斯二者。"陈亢退而喜曰："问一得三，闻《诗》、闻礼，又闻君子之远其子也。"

《阳货》第十七

20. 子曰："小子，何莫学夫《诗》？《诗》可以兴，可以观，可以群，可以怨。迩之事父，远之事君。多识于鸟兽草木之名。"

21. 子谓伯鱼曰："女为《周南》《召南》矣乎？人而不为《周南》《召南》，其犹正墙面而立也与。"

22. 子曰："恶紫之夺朱也，恶郑声之乱雅乐也，恶利口之覆邦家者。"

《微子》第十八

《子张》第十九

《尧曰》第二十

述《孟子》说诗（述阙，存所辑《孟子》原文）

《梁惠王章句上》

1. 孟子见梁惠王，王立于沼上，顾鸿雁麋鹿，曰："贤者亦乐此乎？"孟子对曰："贤者而后乐此。不贤者虽有此，不乐也。《诗》云：'经始灵台，经之营之。庶民攻之，不日成之。经史勿亟，庶民子来。王在灵囿，麀鹿攸伏。麀鹿濯濯，白鸟鹤鹤。王在灵沼，於牣鱼跃。'文王以民力为台为沼。而民欢乐之，谓其台曰灵台，谓其沼曰灵沼，乐其有麋鹿鱼鳖。古之人与民偕乐，故能乐也。《汤誓》曰：'时日害丧，予及女偕亡。'民欲与之偕亡，虽有台池鸟兽，岂能独乐哉？"

2. 齐宣王问曰："齐桓晋文之事，可得闻乎？"……王说曰："《诗》云：'他人有心，予忖度之。'夫子之谓也。夫我乃行之，反而求之，不得吾心。夫子言之，于我心有戚戚焉。"……"老吾老以及人之老，幼吾幼以及人之幼，天下可运于掌。《诗》云：'刑于寡妻，至于兄弟，以御于家邦。'言举斯心加诸彼而已。故推恩足以保四海，不推恩无以保妻子。"

《梁惠王章句下》

3. 齐宣王问曰："交邻国有道乎？"……"以大事小者，乐天者也；以小事大者，畏天者也。乐天者保天下，畏天者保其国。《诗》云：'畏天之威，于时保之。'"王曰："大哉言矣！寡人有疾，寡人好勇。"对曰："……王请大之。《诗》云：'王赫斯怒，爰整其旅。以遏徂莒，以笃周祜，以对于天下。'此文王之勇也。文王一怒而安天下之民。"

4. 齐宣王见孟子于雪宫……"景公说，大戒于国，出舍于郊，于是始兴发补不足。召大师曰：'为我作君臣相说之乐。'盖《徵招》《角招》是也。其《诗》曰：'畜君何尤。'畜君者，好君也。"

5. 齐宣王问曰："人皆谓我毁明堂，毁诸，已乎？"孟子对曰："……老而无妻曰鳏，老而无夫曰寡，老而无子曰独，幼而无父曰孤。此四者，天下之穷民而无告者。文王发政施仁，必先斯四者。《诗》云：'哿矣富人，哀此茕独。'"王曰："善哉言乎！"曰："王如善之，则何为不行？"王曰："寡人有疾，寡人好货。"对曰："昔者公刘好货。《诗》云：'乃积乃仓，乃裹糇粮。于橐于囊，思戢用光。弓矢斯张，干戈戚扬，爰方启行。'故居者有积仓，行者有裹粮也，然后可以爰方启行。王如好货，与百姓同之，于王何有？"王曰："寡人有疾，寡人好色。"对曰："昔者大王好色，爱厥妃。《诗》云：'古公亶父，来朝走马。率西水浒，至于岐下。爰及姜女，聿来胥宇。'当是时也，内无怨女，外无旷夫。王如好色，与百姓同之，于王何有？"

《公孙丑章句上》

6. 孟子曰："……以德服人者，中心悦而诚服也，如七十子之服孔子也。《诗》云：'自西自东，自南自北，无思不服。'此之谓也。"

7. 孟子曰："……《诗》曰：'迨天之未阴雨，彻彼桑土，绸缪牖户。今此下民，或敢侮予。'孔子曰：'为此诗者，其知道乎？能治其国家，谁敢侮之。'今国家闲暇，及是时般乐怠敖，是自求祸也。祸福无不自己求之者。《诗》曰：'永言配命。自求多福。'《太甲》曰：'天作孽，犹可违；自作孽，不可活。'此之谓也。"

《滕文公章句上》

8. 滕文公问为国，孟子曰："民事不可缓也。《诗》云：'昼尔于茅，宵尔索绹。亟其乘屋，其始播百谷。'民之为道也，有恒产者有恒心，无恒产者无恒心。……《诗》云：'雨我公田，遂及我私。'惟助为有公田。由此观之，虽周亦助也。……《诗》云：'周虽旧邦，其命惟新。'文王之谓也。子力行之，亦以新子之国。"

9. 有为神农之言者许行……"吾闻出于幽谷迁于乔木者，未闻下乔木而入于幽谷者。《鲁颂》曰：'戎狄是膺，荆舒是惩。'周公方且膺之，子是之学，亦为不善变矣。"

《滕文公章句下》

10. 公都子曰："外人皆称夫子好辩，敢问何也？"孟子曰："……《诗》云：'戎狄是膺，荆舒是惩，则莫我敢承。'无父无君，是周公所膺也。"

《离娄章句上》

11. 孟子曰："……《诗》曰：'不愆不忘，率由旧章。'遵先王之法而过者，未之有也。……上无礼，下无学，贼民兴，丧无日矣。《诗》曰：'天之方蹶，无然泄泄。'泄泄，犹沓沓也。事君无义，进退无礼，言则非先王之道者，犹沓沓也。故曰：责难于君谓之恭，陈善闭邪谓之敬,吾君不能谓之贼。"

12. 孟子曰:"……暴其民甚则身弑国亡,不甚则身危国削。名之曰幽厉,虽孝子慈孙,百世不能改也。《诗》云:'殷鉴不远,在夏后之世。'此之谓也。"

13. 孟子曰:"……其身正而天下归之。《诗》云:'永言配命,自求多福。'"

14. 孟子曰:"……《诗》云:'商之孙子,其丽不亿。上帝既命,侯于周服。侯服于周,天命靡常。殷士肤敏,祼将于京。'孔子曰:'仁不可为众也。夫国君好仁,天下无敌。'今也欲无敌于天下而不以仁,是犹执热而不以濯也。《诗》云:'谁能执热,逝不以濯?'"

15. 孟子曰:"……苟不志于仁,终身忧辱以陷于死亡。《诗》云:'其何能淑,载胥及溺。'此之谓也。"

《离娄章句下》

16. 孟子曰:"王者之迹熄而《诗》亡,《诗》亡然后《春秋》作。"

《万章章句上》

17. ……咸丘蒙曰:"舜之不臣尧,则吾既得闻命矣。《诗》云:'普天之下,莫非王土;率土之滨,莫非王臣。'而舜既为天子矣,敢问瞽瞍之非臣如何?"曰:"是诗也,非是之谓也。劳于王事而不得养父母也。"曰:"此莫非王事,我独贤劳也。故说《诗》者,不以文害辞,不以辞害志。以意逆志,是为得之。如以辞而已矣,《云汉》之诗曰:'周余黎民,靡有孑遗。'信斯言也,是周无遗民也。孝子之至,莫大乎尊亲。尊亲之至,莫大乎以天下养。为天子父,尊之至也；以天下养，养之至也。《诗》曰：'永言孝思，孝思维则。'此之谓也。"

《告子章句上》

18. 公都子曰："……《诗》曰：'天生烝民，有物有则。民之秉夷，好是懿德。'孔子曰：'为此诗者，其知道乎！故有物必有则，民之秉夷也，故好是懿德。'"

19. 孟子曰："……《诗》云：'既醉以酒，既饱以德。'言饱乎仁义也，所以不愿人之膏粱之味也。令闻广誉施于身，所以不愿人之文绣也。"

《告子章句下》

20. 公孙丑问曰："高子曰：'《小弁》，小人之诗也。'"孟子曰："何以言之？"曰："怨。"曰："固哉，高叟之为诗也。有人于此，越人关弓而射之，则己谈笑而道之，无他，疏之也。其兄关弓而射之，则己垂涕泣而道之，无他，戚之也。《小弁》之怨，亲亲也。亲亲，仁也。固矣夫，高叟之为诗也！"曰："《凯风》何以不怨？"曰："《凯风》，亲之过小者也；《小弁》，亲之过大者也。亲之过大而不怨，是愈疏也。亲之过小而怨，是不可矶也。愈疏，不孝也；不可矶，亦不孝也。孔子曰：'舜其至孝矣，五十而慕。'"

《尽心章句上》

21. 公孙丑曰："《诗》曰：'不素餐兮。'君子之不耕而食，何也？"孟子曰："君子居是国也，其君用之，则安富尊荣；其子弟从之，则孝悌忠信。'不素餐兮'，孰大于是。"

《尽心章句下》

22. 貉稽曰："稽大不理于口。"孟子曰："无伤也。士憎兹多口。《诗》云：'忧心悄悄，愠于群小。'孔子也。'肆不殄厥愠，亦不殒厥问。'文王也。"

23. 万章问曰："……孔子曰：'恶似而非者。恶莠，恐其乱苗也；恶佞，恐其乱义也；恶利口，恐其乱信也；恶郑声，恐其乱乐也；恶紫，恐其乱朱也；恶乡原，恐其乱德也。'"

《诗经》体物说（阙）

国风会通洛书说（说阙，图存）

二 陈风	九 召南	四 齐风
（十二） 株林 防有鹊巢 东门之杨 衡门 墓门 东门之池 宛丘 东门之枌 泽陂 月出	（二） 何彼襛矣 驺虞 江有汜 野有死麕 摽有梅 小星 甘棠 殷其雷 草虫 行露 羔羊 采蘋 鹊巢 采蘩	（八） 猗嗟 敝笱 甫田 载驱 东方未明 卢令 著 南山 鸡鸣 东方之日 还

七 秦风	五 周南	桧风（十三）羔裘 素冠 隰有苌楚 匪风	三 郑风（七） 王风（六）
（十一）晨风 渭阳 终南 权舆 小戎 无衣 车邻 黄鸟 驷驖	（一） 麟之趾 汉广 卷耳 兔罝 关雎 螽斯 樛木 桃夭 芣苢 葛覃		扬之水 出其东门 褰裳 丰 东门之墠 有女同车 山有扶苏 风雨 子衿 溱洧 清人 羔裘 遵大路 女曰鸡鸣 缁衣 将仲子 叔于田 大叔于田 采葛 大车 丘中有麻 中谷有蓷 兔爰 葛藟 黍离 君子于役 君子阳阳 扬之水

六 魏风	一 豳风	曹风（十四）蜉蝣 候人 鳲鸠 下泉	八 鄘风（三） 卫风（四） 邶风
（十）无衣 有杕之杜 葛生 采苓 唐风 绸缪 杕杜 羔裘 鸨羽 蟋蟀 山有枢 扬之水 椒聊 （九） 魏风 葛屦 汾沮洳 园有桃 陟岵 十亩之间 伐檀 硕鼠	（十五） 七月 狼跋 九罭 伐柯 破斧 东山 鸱鸮		（五）芄兰 河广 伯兮 有狐 木瓜 淇奥 考槃 硕人 氓 竹竿 定之方中 蝃蝀 相鼠 干旄 载驰 柏舟 墙有茨 君子偕老 桑中 鹑之奔奔 泉水 北门 静女 新台 二子乘舟 雄雉 匏有苦叶 谷风 式微 旄丘 简兮 柏舟 绿衣 燕燕 日月 终风 击鼓 凯风

雅颂会通河图说（说阙，图存）

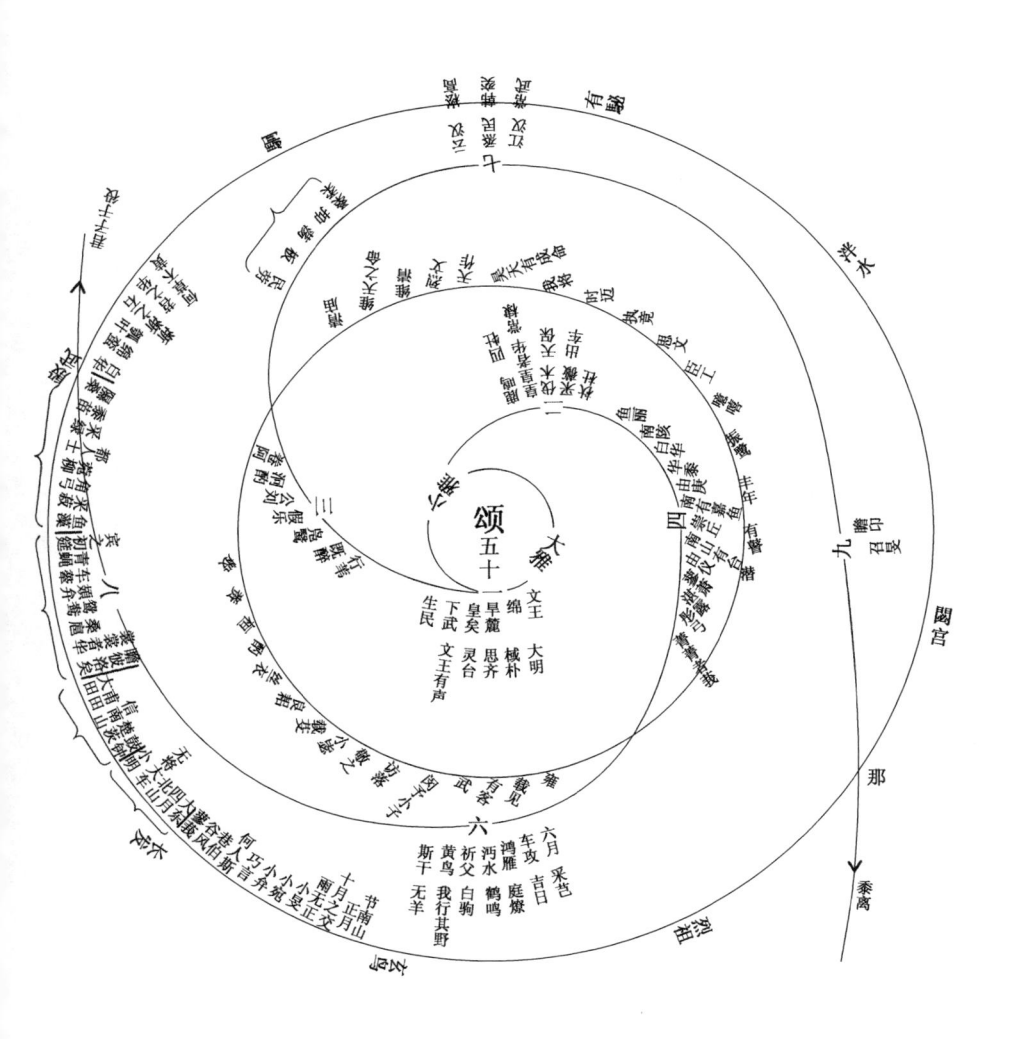

正风正雅周颂会通六龙既济说（说阙，图存）

上位亢龙	颂	周颂	清庙 维清 天作 昊天有成命 我将 执竞 臣工 振鹭 有瞽 雍 有客 闵予小子 访落 敬之 载芟 丝衣 酌 桓 赉 般 维天之命 烈文 时迈 思文 噫嘻 丰年 潜 载见 武 小毖 之 良耜
五位飞龙	雅	大雅 / 正大雅	成王: 卷阿 洞酌 公刘 假乐 凫鷖 既醉 行苇 文武: 生民 文王有声 下武 灵台 皇矣 思齐 棫朴 绵 大明 文王
四位跃龙		小雅 / 正小雅	成王: 菁菁者莪 彤弓 湛露 蓼萧 由仪 南山有台 崇丘 由庚 南有嘉鱼 华黍 南陔 白华 鱼丽 文武: 杕杜 出车 采薇 天保 伐木 常棣 皇皇者华 四牡 鹿鸣
三位惕龙	国风	正风 / 南	召南: 驺虞 何彼襛矣 野有死麕 江有汜 小星 摽有梅 殷其雷 羔羊 行露 甘棠 采蘋 草虫 采蘩 鹊巢 周南: 麟之趾 汝坟 汉广 芣苢 兔罝 桃夭 螽斯 芣苢 卷耳 葛覃 关雎
二位见龙			
初位潜龙		豳风	反风: 狼跋 九罭 伐柯 破斧 东山 鸱鸮 祖风: 七月

变风变雅鲁颂商颂会通六龙未济说（说阙，图存）

上位九龙	颂	商颂	那 烈祖 玄鸟 长发 殷武
		鲁颂	駉 有駜 泮水 閟宫
五位飞龙	雅	大雅	变大雅	幽王	瞻卬 召旻
				宣王	常武 江汉 韩奕 烝民 崧高 云汉
				厉王	桑柔 抑 荡 板 民劳
四位跃龙		小雅	变小雅	幽王	苕之华 何草不黄 瓠叶 渐渐之石 白华 绵蛮 黍苗 隰桑 菀柳 都人士 宾之初筵 采菽 鱼藻 角弓 采绿 车舝 青蝇 桑扈 鸳鸯 頍弁 瞻彼洛矣 裳裳者华 信南山 甫田 大田 小明 鼓钟 楚茨 四月 北山 无将大车 谷风 蓼莪 大东 巧言 何人斯 巷伯 小旻 小宛 小弁 十月之交 雨无正 节南山 正月
				宣王	六月 采芑 车攻 吉日 鸿雁 庭燎 沔水 鹤鸣 祈父 白驹 黄鸟 我行其野 斯干 无羊

位	国/风	变/风	风名	诗篇
三位惕龙			陈风	宛丘　东门之枌　衡门　东门之杨　东门之池　墓门　防有鹊巢　月出　株林　泽陂
			齐风	鸡鸣　还　著　东方之日　东方未明　南山　甫田　卢令　敝笱　载驱　猗嗟
二位见龙	国	变	桧风	羔裘　素冠　隰有苌楚　匪风
			秦风	车邻　驷驖　小戎　蒹葭　终南　黄鸟　晨风　无衣　渭阳　权舆
			郑风	缁衣　将仲子　叔于田　大叔于田　清人　羔裘　遵大路　女曰鸡鸣　有女同车　山有扶苏　萚兮　狡童　褰裳　丰　东门之墠　风雨　子衿　扬之水　出其东门　野有蔓草　溱洧
			王风	黍离　君子于役　君子阳阳　扬之水　中谷有蓷　兔爰　葛藟　采葛　大车　丘中有麻
初位潜龙	风	风	曹风	蜉蝣　候人　鸤鸠　下泉
			唐风	蟋蟀　山有枢　扬之水　椒聊　绸缪　杕杜　羔裘　鸨羽　无衣　有杕之杜　葛生　采苓
			魏风	葛屦　汾沮洳　园有桃　陟岵　十亩之间　伐檀　硕鼠
			卫风	淇奥　考槃　硕人　氓　竹竿　芄兰　河广　伯兮　有狐　木瓜
			鄘风	柏舟　墙有茨　君子偕老　桑中　鹑之奔奔　定之方中　蝃蝀　相鼠　干旄　载驰
			邶风	柏舟　绿衣　燕燕　日月　终风　击鼓　凯风　雄雉　匏有苦叶　谷风　式微　旄丘　简兮　泉水　北门　北风　静女　新台　二子乘舟

诗赞（附注）

纯哉葩诗，熙德肃雍。温柔敦厚，琴瑟鼓钟。
直赋曲比，体物兴衷。嗟叹歌舞，美刺情通。
数往雅顺，知来逆风。颂思无邪，位育六龙。
众甫复几，姜嫄有娀。后稷配天，圣母仰宗。
流火授衣，公刘益农。恩勤鹳闵，赤鸟履忠。
关雎咸速，王姬何襛。笙磬燕飨，九如彤弓。
岐山新命，丰镐辟雍。骏奔多士，般桓定功。
五伦弥性，朝阳梧桐。敬止单心，客观斯容。
文武成康，美邦昭融。甘棠南北，鳟鲂西东。
陈齐曹唐，四国亲封。仁麟菁莪，潜鱼秘鸿。
厉宣幽平，诡随哀恫。烝民秉彝，庭燎梦梦。
城成城倾，蟊贼内讧。伊蒿伊蔚，殄瘁君凶。
黍离沦亡，春秋閟宫。柏舟下泉，塞渊始终。
暴秦淫郑，僭鲁愚宋。彬郁念兹，畅达旻空。
无声无臭，建极建中。神韵绎章，经纬时雍。
正乐大小，旋律智聪。凤图和鸣，不显黄钟。

自注

纯哉葩诗——《周颂·维天之命》曰："文王之德之纯。"按，《诗》本文王之德。《中庸》曰："文王之所以为文也，纯亦不已。"唯基于不杂之纯，始足以言文。乃以纯字赞《诗》，犹《易》之乾元，《易·文言》曰："大哉乾乎，刚健中正，纯粹精也。"《诗》盖得乎其纯。

唐韩退之《进学解》曰"《诗》正而葩"，葩以象诗文之美。

熙德肃雍——《周颂·维清》曰："维清缉熙，文王之典。"按，缉熙者，续明也。《易·离卦·大象》曰："大人以继明照于四方。"《说卦》曰："离也者，明也。万物皆相见，南方之卦也。圣人南面而听天下，向明而治，盖取诸此也。"凡《易》言离明，犹《诗》言缉熙之熙德。明明德于天下，文王之典也。

《周颂·清庙》曰："於穆清庙，肃雍显相。"《周颂·雍》曰："有来雍雍，至止肃肃。"《大雅·思齐》曰："雍雍在宫，肃肃在庙。"《召南·何彼襛矣》曰："曷不肃雍，王姬之车。"按，肃雍者，文德之两端，亦诗德之两端，宜风、雅、颂皆言肃雍。肃，敬之至，在庙之象，阴之阳，由静而动也。雍，和之至，在宫之象，阳之阴，由动而静也。动静相须，阴阳互根，肃雍之文也。唯文王降在人世，于庙于宫，有肃雍之形。乃陟在上天，又显肃雍之相。济济多士，莫不化焉。若王姬自然亦具肃雍之德，所以能成《召南》之化。

温柔敦厚——《礼记·经解》曰："温柔敦厚，《诗》教也。"按，《诗》教贵乎息。《易·文言》曰："坤至柔而动也刚"，是其象。"敦复""敦临"，皆基于坤《大象》之"厚德载物"。《秦风·小戎》曰："言念君子，温其如玉。"尚存西周诗教之遗风。子贡以"温良恭俭让"赞夫子，亦有《诗》教焉。

琴瑟鼓钟——《周南·关雎》曰："窈窕淑女，琴瑟友之""窈窈淑女，钟鼓乐之"。《小雅·鹿鸣》曰："鼓瑟鼓琴，和乐且湛。"《鼓钟》曰："鼓钟钦钦，鼓瑟鼓琴，笙磬同音。以雅以南，以籥不僭。"按，《诗》之为言，皆可被管弦而鼓舞者也。琴瑟丝属，鼓革属，钟金属，当主要之乐器，奏以见其诗情云。赞不曰"钟鼓"而曰"鼓钟"，义指《鼓钟》篇。盖明二南感人之深，虽至幽王时，东南有《大东》《四月》之哀怨，然淮之君子，仍能守礼不僭。曰雅南者，即《大雅》《小雅》《周南》《召南》之歌。曰籥者，舞也。以不僭之歌舞和其性情，庶成温柔敦厚之诗教。

直赋曲比，体物兴衷——《易·系上》："夫乾其静也专，其动也直，是以大生焉。"朱子《诗集传》曰："赋者，敷陈其事而直言之者也。比者，以彼物比此物也。兴者，先言他物以引起所咏之辞也。"《易·系上》："曲成万物而不遗。"《礼记·中庸》："体物而不可遗。"按，赋比之言，有曲直之分，然兴在曲直之间，不论曲直，皆为体物由衷之言，宜诗文感人之深也。

嗟叹歌舞——《礼记·乐记》曰："……故歌之为言也，长言之也。说之故言之，言之不足故长言之。长言之不足，故嗟叹之。嗟叹之不足，故不知手之舞之足之蹈之也。"按，此明人情感中形外之次，诗之情已在其中。

美刺情通——《魏风·汾沮洳》曰："美无度，殊异乎公路。"《魏风·葛屦》曰："维是褊心，是以为刺。"《易·文言》："六爻发挥，旁通情也。"按，人情感物而动，有正有邪。正者美之，邪者刺之。若曰美无度，犹刺之也。凡小序，每以美刺辨诗旨。如《甘棠》曰"美召伯也"，《雄雉》曰"刺卫宣公也"，等等皆是。今合易理观之，人情之邪正，当爻位之失得。正者美之，得位既济之象。邪者刺之，失位未济之象。正者守之，邪者改之，发挥旁通，推情合性，《易》道《诗》情，其理一也。凡正风正雅皆有所美，是谓既济。变风变雅皆有所刺，是谓未济。颂则以《周颂》为正，《鲁》《商》之颂，虽非邪刺，盖有所鉴焉企焉。

数往雅顺，知来逆风——《易·说卦》："数往者顺，知来者逆，是故《易》逆数也。"按，《雅》者，上以化下。《风》者，下以风上。有《风》始有《雅》，亦唯上有变雅，乃下有变风。观《风》可以知来，犹《易》之逆数。观《雅》可往推为上之德，此《易》之顺数云。

颂思无邪——《鲁颂·駉》曰："思无邪，思马斯徂。"《论语·为政》："子曰：《诗》三百，一言以蔽之，曰思无邪。"按，《颂》者，宗庙之乐歌，正风正雅之相合，颂声乃作。无邪之思，由一篇推至三百篇，诗人之德之纯也。学《诗》者宗之为是。

位育六龙——《礼记·中庸》："致中和，天地位焉，万物育焉。"《易·乾·象》："时乘六龙以御天。"《易·乾》爻辞："初九，潜龙勿用。""九二，见龙在田，利见大人。""九三，君子终日乾乾，夕惕若，厉无咎。""九四，或跃在渊，无咎。""九五，飞龙在天，利见大人。""上九，亢龙有悔。"按，《诗》三百其思无邪，致中和之故也。以《易》之爻位辨之，下卦三位当风。凡初位潜龙，二位见龙，三位惕龙。上卦三位当《雅》《颂》。凡四位跃龙，为《小雅》。五位飞龙为《大雅》，上位亢龙为《颂》。《诗》思无邪，易卦之同归既济也。

众甫复几，姜嫄有娀——《道德经》二十一章："自今及古，其名不去，以阅众甫。吾何以知众甫之状哉，以此。"《易·系下》："子曰：颜氏之子，其殆庶几乎。有不善未尝不知，知之未尝复行也。《易》曰：不远复，无祗悔，元吉。"《大雅·生民》："厥初生民，时维姜嫄。生民如何，克禋克祀，以弗无子。履帝武敏歆，攸介攸止，载震载夙，载生载育，时维后稷。"《商颂·玄鸟》："天命玄鸟，降而生商。"《史记·殷本纪》："殷契，母曰简狄，有娀氏之女，为帝喾次妃。三人行浴，见玄鸟堕其卵，简狄取吞之，因孕生契。"按，众甫之状，于易象犹复初九之几，于《诗》情非简狄、姜嫄之生契、生弃以生商、生周乎。

后稷配天，圣母仰宗——《周颂·思文》："思文后稷，克配彼天。"《生民》小序曰："生民尊祀也。后稷生于姜嫄，文武之功起于后稷，故推以配天焉。"《孝经》曰："昔者周公，郊祀后稷以配天。"按，周以后稷配天，而仰宗姜嫄，情同乎《玄鸟》之生商。《礼记·礼运》曰"我欲观殷道，是故之宋而不足征也，吾得坤乾焉"，是其义。

流火授衣——《豳风·七月》曰："七月流火，九月授衣。"按，火指二十八宿之心，流火谓心西流而没，时当建申之月。曰七月者，用夏正云。是时尚有暑意，已预为九月授衣之谋，此公刘之德，亦王业之基也。《七月》之诗，盖周公改述古诗，乃七月、九月等仍用夏正。一之日、二之日则用周正。然则公刘之时尚当夏，《七月》之诗，为《诗经》三百篇中最古之一诗。

公刘益农——《大雅·公刘》曰："笃公刘，于豳斯馆。"《易·系下》曰："包牺氏没，神农氏作。斫木为耜，揉木为耒，耒耨之利，以教天下，盖取诸益。"按，神农氏取益象以兴农，后稷继于尧舜之时，公刘又继后稷之祖德，益农于豳。

恩勤鸱闵，赤舄履忠——《豳风·鸱鸮》曰："恩斯勤斯，鬻子之闵斯。"《豳风·狼跋》曰："公孙硕肤，赤舄几几。"《易·坤》"初六履霜"，《易·乾·文言》："忠信所以进德也。"《书·金縢》曰："公乃为诗以贻王，名之曰《鸱鸮》。"又曰："秋大熟，未获，天大雷电以风，禾尽偃，大木斯拔，邦人大恐。王与大夫尽弁，以启金縢之书，乃得周公所自以为功代武王之说……王出郊，天乃雨，反风，禾则尽起。二公命邦人，凡大木所偃，尽起而筑之。岁则大熟。"按，《豳风》盖当初位潜龙。《七月》者，确乎不拔之祖风云。若文武之功，幸周公以成之。《鸱鸮》以下六篇，皆履霜之渐，忠信之德，所以能反风也。姤复之几，出入无疾，其《豳风》之情乎。

关雎咸速——《周南·关雎》曰："关关雎鸠，在河之洲。"《关雎》小序曰："关雎，后妃之德也。风之始也，所以风天下而正夫妇也。"《易·杂卦》曰："咸，速也。"按，二气之《周南》，盖当二位见龙，二五升降，黄裳元吉，《周南》之旨也。

王姬何襛——《召南·何彼襛矣》曰："何彼襛矣，唐棣之华。曷不肃雍，王姬之车。"《何彼襛矣》小序曰："《何彼襛矣》，美王姬也。虽则王姬亦下嫁于诸侯，车服不系其夫，下王后一等，犹执妇道，以成肃雍之德也。"《易·归妹·彖》曰："归妹，天地之大义也。天地不交而万物不兴。归妹，人之终始也。说以动，所归妹也。征凶，位不当也。无攸利，柔乘刚也。"按，《召南》盖当三位惕龙，日乾夕惕，以成《周南》之化，召公之德。夫《书》重帝尧之厘降，《易》贵帝乙之归妹。《召南》存王姬何襛之诗，其义一也。归妹三四交泰，成肃雍之德，以免征凶无攸利，召公之功奏矣。

笙磬燕飨，九如彤弓——《小雅·鹿鸣》曰："我有嘉宾，鼓瑟吹笙。"又曰："我有旨酒，以燕乐嘉宾之心。"朱子曰："正小雅，燕飨之乐也。"《小雅·天保》曰："吉蠲为饎，是用孝享。禴祠烝尝，于公先王。"又曰："神之吊矣，诒尔多福。民之质矣，日用饮食。"《小雅·彤弓》曰："彤弓弨兮，受言藏之。我有嘉宾，中心贶之。钟鼓既设，一朝飨之。"小序曰："天子赐有功诸侯也。"《南陔》《白华》《华黍》《由庚》《崇丘》《由仪》为笙诗，朱子《集传》："此六者，盖一时之诗，而皆为燕飨宾客，上下通用之乐。"按，《小雅》盖当四位跃龙，观国之光，利用宾于王，正小雅之大义也。外比以九如，观生以彤弓。歌以执磬，金声玉振，终始条理。君臣相得于絜矩之道，天下由齐家治国可平。

岐山新命，丰镐辟雍——《大雅·文王》曰："周虽旧邦，其命维新。"《大雅·绵》曰："古公亶父，来朝走马。率西水浒，至于岐下。"小序曰："绵，文王之兴，本由太王也。"《大雅·灵台》曰："于论鼓钟，于乐辟雍。鼍鼓逢逢，矇瞍奏公。"《大雅·文王有声》曰："文王受命，有此武功。既伐于崇，作邑于丰。文王烝哉。"又曰："镐京辟雍，自西自东，自南自北，无思不服。皇王烝哉。"按，《大雅》盖当五位飞龙。由太王、王季而文王，受天命矣。灵台位于丰，于乐辟雍，文王之家也。镐京辟雍，武王之家也。

骏奔多士，般桓定功——《周颂·清庙》曰："济济多士，秉文之德。对越在天，骏奔走在庙。"《周颂·般》曰："裒时之对，时周之命。"《周颂·桓》曰："桓桓武王，保有厥士。"《易·屯》曰："初九般桓，利居贞，利建侯。"《周颂·武》曰："嗣武受之，胜殷遏刘，耆定尔功。"按，《颂》盖当上位亢龙，武王武成而受《洪范》，经纶建侯，其功乃定。若武王崩，流言作，周德新命之宗庙几毁而能保者，即在周公反风云。

以上自"流火授衣"至此"般桓定功"十二句，盖以《豳风》《周南》《召南》共三十二篇为正风，及正小雅二十二篇，正大雅十八篇，周颂三十一篇，凡一百有三篇，义当六龙既济之象。详见《正风正雅周颂会通六龙既济说》。

五伦弥性，朝阳梧桐——《大雅·卷阿》曰："俾尔弥尔性，似先公酋矣""俾尔弥尔性，百神尔主矣""俾尔弥尔性，纯嘏尔常矣"。《易·序卦》："有天地然后有万物，有万物然后有男女。有男女然后有夫妇，有夫妇然后有父子。有父子然后有君臣，有君臣然后有上下。有上下，然后礼义有所错。"《大雅·卷阿》曰："梧桐生矣，于彼朝阳。"按，二南主于夫妇一伦，以明生生之象。故《诗》始于《关雎》，义同《易·序卦》下篇之始咸，《大雅》始《文王》《大明》。《小雅》始《鹿鸣》《四牡》。正大雅终于《卷阿》，有正道存焉。《绵》以父子兄弟二伦为主。《皇皇者华》主君臣一伦，继以《常棣》当兄弟一伦，《伐木》当朋友一伦。若五伦之理，弥性之谓也。

敬止单心，客观斯容——《大雅·文王》曰："穆穆文王，於缉熙敬止。"《周颂·闵予小子》曰："维予小子，夙夜敬止。"《周颂·昊天有成命》曰："於缉熙，单厥心，肆其靖之。"《周颂·振鹭》曰："我客戾止，亦有斯容。"《有瞽》曰："我客戾止，永观厥成。"按，成王缉熙，文武之德，穷理尽性，以观周德大成。万世足法，利贞性情，其在此乎。

文武成康，美邦昭融——《小雅·南山有台》曰："乐只君子，邦家之基。乐只君子，万寿无期。"《大雅·既醉》曰："昭明有融，高朗令终。"按，兼时位而言，《乾·象》曰"六位时成"是其义。

甘棠南北，鳟鲂西东——《召南·甘棠》曰："蔽芾甘棠，勿翦勿伐，召伯所茇。"小序曰："甘棠美召伯也，召伯之教明于南国。"《豳风·九罭》曰："九罭之鱼，鳟鲂。我觏之子，衮衣绣裳。"小序曰："九罭，美周公也。周大夫刺朝廷之不知也。"按，召公之德由北而南，周公之德由西而东，皆以宣文王之德之纯。

陈齐曹唐，四国亲封——《豳风·破斧》曰："周公东征，四国是皇。"按，武王受《洪范》于箕子，以开国承家，建万国亲诸侯，悉遵《洛书》九畴之理。今以《诗经》观之，盖以《周南》居中，其数五。本于《豳风》之祖德，其数一。由北而南，以《召南》居之，其数九。西都数七，东都数三。此经纬大法，武王王天下之基也。然后封建天下，兼及四隅。二、四者，异姓陈、齐当之。六、八者，同姓曹、唐当之。详见《国风会通洛书说》。

仁麟菁莪，潜鱼秘鸿——《周南·麟之趾》曰："麟之趾，振振公子，于嗟麟兮。"小序曰："《麟之趾》，《关雎》之应也。《关雎》之化行，则天下无犯非礼，虽衰世之公子，皆信厚如麟趾之时也。"《小雅·菁菁者莪》曰："菁菁者莪，在彼中阿。既见君子，乐且有仪。"小序曰："《菁菁者莪》乐育材也。君子能长育人材，则天下喜乐之矣。"《大雅·旱麓》曰："鸢飞戾天，鱼跃于渊。岂弟君子，遐不作人。"《大雅·灵台》曰："王在灵沼，於牣鱼跃。"《易·文言》曰："潜之为言也，隐而未见，行而未成，是以君子弗用也。"《豳风·九罭》曰："鸿飞遵陆，公归不复，于女信宿。"《易·渐》曰："上九，鸿渐于陆，其羽可用为仪，吉。"按，麟以上明风雅之正，亦明仁民爱物，万物得所，郅治之象也。

以上八句，以赞天命之息，周室之盛也。

厉宣幽平，诡随哀恫——《大雅·民劳》曰："无纵诡随。"小序曰："《民劳》，召康公刺厉王。"《大雅·桑柔》曰："哀恫中国。"小序曰："《桑柔》，芮伯刺厉王也。"按，厉王监谤而流于彘，周、召失和，已无召伯之名，故厉王时无《小雅》，唯有《民劳》。至《桑柔》变大雅五篇，以当天命转息而消之交。

烝民秉彝，庭燎梦梦——《大雅·烝民》曰："天生烝民，有物有则。民之秉彝，好是懿德。"小序曰："《烝民》，尹吉甫美宣王也。任贤任能，周室中兴焉。"《小雅·庭燎》曰："夜如何其，夜未央，庭燎之光。君子至止，鸾声将将。"小序曰："《庭燎》，美宣王也。因以箴之。"《小雅·斯干》曰："下莞上簟，乃安斯寝。乃寝乃兴，乃占我梦。"小序曰："《斯干》，宣王考室也。"《小雅·无羊》曰："牧人乃梦，众维鱼矣，旐维旟矣。大人占之。"小序曰："《无羊》，宣王考牧也。"按，宣王中兴之业，徒为梦境。所以复君臣之羊，不可谓无功，惜庭燎之光，君子未止，八畴未能中于皇极。宜中兴之德业，可谓皆终于梦境。

城成城倾，蟊贼内讧——《大雅·瞻卬》曰："哲夫成城，哲妇倾城。"小序曰："《瞻卬》，凡伯刺幽王大坏也。"《大雅·召旻》曰："天降罪罟，蟊贼内讧。"小序曰："《召旻》，凡伯刺幽王大坏也。旻，闵也。闵天下无如召公之臣也。"按，幽王大坏，召南之化几尽，故变大雅以《召旻》终。

伊蒿伊蔚，殄瘁君凶——《小雅·蓼莪》曰："蓼蓼者莪，匪莪伊蒿。哀哀父母，生我劬劳。蓼蓼者莪，匪莪伊蔚。哀哀父母，生我劳瘁。"小序曰："《蓼莪》刺幽王也。民人劳苦，孝子不得终养尔。"《大雅·瞻卬》曰："人之云亡，邦国殄瘁。"《易·复》："上六，迷复，凶。有灾眚，用行师，终有大败。以其国君凶。"按，以上明大、小《雅》之变。上六句前，谓《雨无正》，君安得不凶，周室衰焉。

以上八句以赞天命之消息，可与语至命之理。

黍离沦亡，春秋閟宫——《王风·黍离》曰："彼黍离离，彼稷之苗。行迈靡靡，中心摇摇。"小序曰："《黍离》，闵宗周也。周大夫行役至于宗周，遇故宗庙宫室尽为禾黍。闵周室之颠覆，彷徨不思去而作是诗也。"《孟子·离娄下》曰："王者之迹熄而《诗》亡，《诗》亡然后《春秋》作。"《鲁颂·閟宫》曰："春秋匪解，享祀不忒。"小序曰："《閟宫》颂僖公能复周公之宇也。"按，《风》、《雅》得正而合，始有《颂》声。不幸《雅》变而《周颂》先亡，自平王东迁久，又降变雅为变风，则王者之迹熄。而《诗》亡，由是因鲁而更作《春秋》，更附《鲁颂》四篇以继《周颂》，是之谓周礼在鲁。且《春秋》之名，非本诸《閟宫》乎。

柏舟下泉，塞渊始终——《邶风·柏舟》曰："泛彼柏舟，亦泛其流。耿耿不寐，如有隐忧。"《曹风·下泉》曰："冽彼下泉，浸彼苞稂。忾我寤叹，念彼周京。"按，有隐忧而不能怀念周京，变风始于《邶风》之《柏舟》，终于《曹风》之《下泉》，共一百二十八首。《邶风·燕燕》曰："仲氏任只，其心塞渊。"《鄘风·定之方中》曰："秉心塞渊，騋牝三千。"《春秋·鲁隐公四年》曰："戊申，卫州吁弑其君完。"按，州吁弑君，当春秋弑君之始。《邶风》塞渊之心，即此心也。虽至"九月卫人杀州吁于濮"，然变风已甚。王十余年后为狄灭，咎由自取。齐桓公尚能攘戎狄而作楚宫，亦卫文公之能秉心塞渊云。是亦反风之几，惜未大成。若列国之风，皆见其变而未见其反，故其能良乎。

暴秦淫郑——《秦风·黄鸟》曰："谁从穆公，子车奄息""谁从穆公，子车仲行""谁从穆公，子车针虎"。小序曰："《黄鸟》，哀三公也。"《论语·卫灵公》："放郑声……郑声淫。"《阳货》："恶郑声之乱雅乐也。"按，秦穆公以三良殉，《秦风》之暴可喻。《郑风》大半为男女私情之诗，其声之淫可喻。

僭鲁愚宋——《礼记·经解》曰："《诗》之失愚。"又曰："温柔敦厚而不愚，则深于《诗》者也。"《卫风·河广》曰："谁谓河广，一苇杭之。谁谓宋远，跂予望之。"小序曰："宋襄公母归于卫，思而不止，故作是诗。"按，鲁、宋之诗当属《风》，而《国风》中无。然《颂》于《周颂》外，另有《鲁颂》《商颂》。商则前代之颂犹可说也，尚有《商颂》之德乎。襄公莫慰母心，不亦愚哉，宜争霸之无功也。若宋之僭，孔子安得不讥之。盖宋即商之后，存《商颂》而不采宋风，以绝顽民之情乎。至于鲁，僖公请颂，有季氏舞八佾，上行下效，三家衰微。以风为颂，不亦僭乎。

彬郁念兹——《论语·八佾》："子曰：质胜文则野，文胜质则史。文质彬彬，然后君子。"《论语》："子曰：周监于二代，郁郁乎文哉，吾从周。"《书·大禹谟》曰："念兹在兹。"按，兹指变雅、变风及《鲁颂》、《商颂》与正风、正雅、《周颂》之异。前者二百零八篇，后者一百零三篇。

畅达旻空——《易·文言》："美在其中而畅于四支。"《孟子》曰："君子之志于道也，不成章不达。"《小雅·小旻》曰："旻天疾威，敷于下土。"《大雅·召旻》曰："旻天疾威，天笃降丧。"《商颂·长发》曰："受小国是达，受大国是达。"按，《论语·子罕》："子曰：吾有知乎哉，无知也。有鄙夫问于我，空空如也，我叩其两端而竭焉。"

无声无臭——《大雅·文王》曰:"上天之载,无声无臭。"《诗经》三百十一篇,大辨有二,赞曰念兹者,念此正变之消息云。

建极建中——《书·洪范》曰:"五皇极,皇建其有极。"《易·比·象》曰:"建万国,亲诸侯","显比之吉,位正中也"。《河图》中五,周有《周颂》。

神韵绎章——《易·系辞上》:"阴阳不测之谓神。"《易·说卦》:"神也者,妙万物而为言者也。"《论语·八佾》:"子语鲁大师乐,曰:乐其可知也。始作,翕如也。从之,纯如也,皦如也,绎如也,以成。"《易·说卦》:"分阴分阳,迭用柔刚,故易六位而成章。"

经纬时雍——《书·尧典》:"黎民于变时雍。"九畴之五,仲虺曰建中,箕子曰建极,其道盖同,即无声无臭,极中之象。

正乐大小,旋律智聪——《论语·子罕》:"子曰:吾自卫反鲁,然后乐正,雅、颂各得其所。"《礼记·乐记》:"宽而静,柔而正者,宜歌颂。广大而静,疏达而信者,宜歌大雅。恭俭而好礼者,宜歌小雅。正直而静,廉而谦者,宜歌风。肆直而慈爱者,宜歌商。温良而能断者,宜歌齐。"《礼记·礼运》:"五声六律十二管,还相为宫也。"《易·履》:"上九,视履考祥,其旋元吉。"按,无邪之诗皆妙物之神韵,其乐成章。而既济六位之龙,经纬各三,无声无臭以化民也。

凤图和鸣,不显黄钟——《论语·子罕》:"子曰:凤鸟不至,河不出图,吾已矣夫。"《大雅·卷阿》:"凤凰鸣矣,于彼高岗。"《礼记·月令》:"中央土,其日戊己,其帝黄帝,其神后土,其虫倮,其音宫,律中黄钟之宫,其数五,其味甘,其臭香,其祀中霤,祭先心,天子居太庙太室,乘大辂,驾黄骝,载黄旗,衣黄衣,服黄玉,食稷与牛,其器圜以闳。"按,《小旻》一诗,传道之诗也。当武王访箕子而受《洪范》,道由商而周,及西周末。

附录一

论《诗经》与《楚辞》

《诗经》与《楚辞》为两部不朽的文学作品。了解吾国古代文化，此二书不可不读，且不可选读，应该全部读。有此基础，庶可进一步讨论吾国文化的地域性差别及文学之缊。

此二书同属选集，当然有选辑者。传说《诗经》系孔子所删，然此文不深入讨论删《诗》者。已可肯定删《诗》者确有其思想结构，传说以为孔子，基本可信。全书分风、雅、颂的编次，决非贸然而成。然辑者究非作者，概观吟诗者，非一时一地，当然非一人的作品。吟诗者的年代，主要属西周（可能有先周的作品）而下及春秋。吟诗者的地域，包括整个黄河流域。吟诗者的地位，兼及统治者与人民。故时经数百年，地距数百里，每时每地有不同社会地位者以吟其情，其情思不亦至赜乎。有辑《诗》者出，已择万千不同之人情而具于一书。宜《诗经》之旨，凡国之治乱、家之兴衰、人之得失、物之聚散，莫不具备。此所以能百读不厌，迄今已二三千年，犹能从各种角度引起读者的共鸣。此无他，吟诗者有其真情以明其所处，是之谓"思无邪"。有无邪之思者，方可吟出人情之缊。

至于《楚辞》一书，其情盖大异于《诗经》，系刘向所辑。著者有屈原、宋玉、景差。且已及汉之贾谊、淮南小山、东方朔、严忌、王褒及刘向本人。东汉顺帝时，王逸又益以己作及班固二序。

汉后盛行王逸注本，内容亦极丰富。于作者问题，半世纪前的疑古派，竟提出无屈原其人。今以考古所得，更核以史实，非但《离骚》等当属屈原的作品，如《九歌》等亦本属楚国的祭祀歌曲。由随县曾侯乙墓出土的编钟观之，当时（公元前433年）有此乐器，自然有乐曲，当然亦有歌曲，《九歌》等即是。故仅可谓屈原曾加删改编次，原著者必当在屈原前。且以《离骚》命名的"骚体"文学，当属楚国本有的文学体裁，因屈原有其不幸遭遇，始以《离骚》显，未可谓屈原前楚国无文学。读《论语》所载楚狂接舆之歌，孟子亦引及孔子曾听孺子之歌沧浪，然则渔父之讽实有据于古，是皆宜属于早期之《楚辞》。故《诗经》中之晚期作品，与《楚辞》中之早期作品，可云同时。且以文学之发展观之，似为由《诗经》而《楚辞》。今更以地域论，前者代表黄河流域的文化，后者代表长江流域的文化，此二大文化各有其渊源，及秦汉而统一，始合一而成汉文化。

进而宜考察其地域性之不同，以形成《诗经》《楚辞》之内容。以《诗经》论，已有其对人情之整体认识，是即辑《诗》者之思而发展成小序。或准小序之言以了解其诗，则迂腐头巾之气实不可耐。若能抽象而得其理，吟其诗而化其情，以风、雅、颂之正变，合于时空连续区而考察，则利贞性情之志，可喻温柔敦厚之诗教。此三百五篇之《诗》，所以纳入经学之囿，不仅以文学视之之故欤。

更观《楚辞》之内容，大不同于《诗经》者，此刘向、王逸之见，未可与辑《诗》者并论。孜孜于一人之情，其何以喻一国之风。孔子闻楚狂之歌，当楚昭王之初丧（公元前488年），是年孔子自楚至卫。又于鲁哀公十一年（公元前484年）"自卫反鲁，然后乐正，雅颂各得其所"，则孔子于反鲁前，已闻楚音。然于十五国风中，未见有楚风，正可见文风之异趣。故继《诗经》以辑《楚辞》，宜托始于楚狂。合屈原于接舆、渔父之情以当正变，庶见其全，则《楚辞》

当不逊于《诗经》。然刘向、王逸辈见未及此,或亦有其不得已。因以史实论,吾国文化之发展,大势由西北以及东南,故东南之思想渐为西北所影响。或凝其思者,每有伤感之情。以《诗经·王风》论,已有由西及东之悲。更观《楚辞·离骚》之情,纯为由北及南之风所伤。悲伤而能节,《诗经》之贵有正变;百死而不悔,《楚辞》不可有鼓枻之达者。大自然的气势属天,人当有人定胜天之情。此二千年来既合黄河、长江两流域之文化而一之,更当深入考察其不同而同之。雕虫小技扬雄已知其非,违时而生有邪之思,岂诗人骚客所宜有。考纪南为白起所拔,情景实惨,然三户亡秦而见咸阳三月之火,或亦非屈原所忍见。经天纬地之文,其何可执一。故读《诗经》者,忌执一诗之志。读《楚辞》者,宜察郑詹尹之所不知。天人之际,其机实微。识此机微之辨以通四库中之经、集二部,庶可论吾国之文学,郁郁从周之说,似未可忽。凡喜读文学作品者,包括研究现代文学者,对《诗经》与《楚辞》之情,决不可不知。特为丛述其旨,以见吾国文学之原。

附录二

书赞

明哉书教，二帝三代。曰若放勋，闰定成岁。曰若重华，巡狩朝奏。
曰若文命，契亲弃粒。皋陶万几，咎正甘誓。汤惭口实，三风十愆。
盘庚迁殷，伊恐戡黎。周武伐纣，玩人玩物。金縢习吉，迁顽营洛。
成王灭奄，公孤卿牧。天球象寂，吕刑尚赎。命晋无志，删书百篇。
达兼理穷，恒星移东。允让钦中，星鸟陆鸿。类帝禋宗，恤刑四凶。
始冀治洪，益虞垂工。牧食岳聪，五子歌衷。罪当朕躬，太甲放桐。
生生自庸，天弃西钟。倒戈自攻，六极影从。大诰情重，永命用供。
伯禽砺锋，业广功崇。河图道冲，西周政壅。五霸七雄，才极杂丛。
疏通知远，天命否泰。上咨仲叔，下格妠汭。谨量审度，臣二十二。
徐扬荆豫，清谐礼乐。精一先甲，辰房弗集。事义心礼，归亳一德。
瞑眩瘳疾，奸宄罔畏。敬受洪范，戒酒封卫。宋蔡延祀，顾諴民罍。
罔克一念，弥留顾命。四世保厘，昭穆渐替。秦誓补过，去籍性定。
寅人戌空，消息剥丰。来复虚冬，博济至公。州肇山封，干支天功。
兖青梁雍，伯夷夔龙。启呱家风，义和不恭。时忱有终，日新困蒙。
良弼帝梦，三仁心融。九畴观颙，新民殪戎。周召保冲，无逸艰农。
狂圣异踪，敬威之侗。三后协同，骊山火烽。继周气充，心微柏松。

附录三

论《乐律》

孟子曰："师旷之聪，不以六律，不能正五音。"又曰："既竭耳力焉，继之以六律，正五音不可胜用也。"按孟子生当战国，是时之音乐，已极发达，乐律之理，似为普通之常识，乃能随口引以为譬。况吾国本以礼乐治天下，儒之重乐，与墨子之非乐，恰成对比。孔子在齐闻韶而三月不知肉味，绝非过甚之辞。以孔子之知识，所醉心之韶乐，其曲佳妙，岂一般之音可比，定已和声抑扬，清浊迭奏，旋宫转调，杂然并陈，翕纯皦绎之体，洋洋盈耳之乱，岂后世之单音音乐所可比拟。庄子记黄帝张咸池之乐，此曲是否作于黄帝时，当可致疑，然音乐令人有惧怠惑之情感，必有所指。读《诗经·陈风》，亦可佐证音乐舞蹈之盛行于民间，如无此好乐之甚以致废事失业，墨子亦何必重视非乐。夫乐之理，决不可非，或有流弊，当以礼节之，何可因噎废食。孟子与人与众之言，今乐犹古乐之论，仍有可取处，又曰："天下期于师旷，是天下之耳相似也。"此即以乐理言，故乐之有律，实天下同耳。若准律以作曲，势必有雅俗之分，下里巴人与引商刻羽自然不同。今仅论乐律，则不但雅俗同，古今亦同，中外仍同。

或谓二三千年前，吾国是否已知乐律，秦焚《乐经》是否有其事？今仍有不信先秦有《乐经》者，甚者乃曰十二律吕盖起于汉，持此类不正确之见界。幸有古乐器不断出土，成套之编钟亦已屡见。最近发掘湖北随县曾侯乙墓，得古乐器一百二十四件，内编钟六十四，发掘工作基本完成于1978年6月底。初步较全面之报导，见1979年第7期《文物》。此曾侯乙墓，时当公元前433年或稍晚，约而言之，在孔孟之间。曾国附楚，稍后之孟子，尚视楚为南蛮鴂舌之人，而音乐已有此成就，则中原之乐，更可推知。今有此实物，已不待琐碎之考据，可确证周代，已知天下同耳之乐律。孟子之喻，实有所知。他如《管子》《吕览》等书之记载，失在有而未记，殊非无而空言。首应明此事实，庶足以论乐律。

曰乐律者，先宜准物理学中声学之理言之。凡耳之闻声，本诸声波在空气中振动而传递。以秒计之，振动数最少约为十六次，最多约为一万五千至二万次。为每秒振动数超此二端，虽亦有声而耳不能闻，是谓超声波。以乐声言，更有限制。因振动数太快太慢之声，耳已未能分辨其音调而为噪音。故天下同耳之乐理，约在每秒振动数30次至5 000次之间。今之物理学，定每秒振动数256次为中部C，即标准音叉。所以取256次者，因当二之倍数。至于国际调C之振动数261次，自1859年由巴黎音制会决定，迄今通行。更有乐会调C之振动数为264次。以上三种振动数有世界性，若各国尚可有各种不同之标准。今由曾侯乙墓之编钟测音，已肯定当时吾国已有此标准音，实际振动数，尚宜进一步研究。若此标准音，当六律中之黄钟一律，可由之以定度量衡，《舜典》曰："同律度量衡。"义谓同此标准音，即可同度量衡。《汉书·律历志》："度者，分寸尺丈引也，所以度长短也，本起黄钟之长。……量者，龠合升斗斛也，所以量多少也，本起于黄钟之龠。……衡权者，衡平也，权重也，衡所以任权而均物平轻重也。……权者，铢两斤钧石也，所以称物平施知轻重也，本起于黄钟之重。"

观今日之度量衡，世界通用米突制，成于法国大革命（公元1789）前夕。量衡本于度，度长之标准，为地球子午周之四千万分之一。

而吾国于二千余年前，能以律管之声波振动数，为长度之最后标准，故《史记·律书》曰："王者制事立法，物度轨则，壹禀于六律，六律为万事根本焉。"此一精深之思想，完全符合科学原理，吾国之重视乐律可云至矣。

《管子·五行》第四十一有言：

一者本也，二者器也，三者充也，治者四也，教者五也，守者六也，立者七也，前者八也，终者九也，十者然后具五官于六府也，五声于六律也。……审合其声，修十二钟以律人情。人情已得，万物有极，然后有德。

又曰：

昔黄帝以其缓急作五声，以政五钟。令其五钟，一曰青钟大音，二曰赤钟重心，三曰黄钟洒光，四曰景钟昧其明，五曰黑钟隐其常。五声既调，然后作立五行以正天时，五官以正人位。人与天调，然后天地之美生。

此已合五声六律十二钟而言，读其"修十二钟以律人情"一语，完全合乎乐律原理。

《管子》于《地员》第五十八曰：

夫管仲之匡天下也，其施七尺。……命之曰五施，五七三十五尺而至于泉，呼音中角。……命之曰四施，四七二十八尺而至于泉，呼音中商。……命之曰三施，三七二十一尺而至于泉，呼音中宫。……命之曰再施，二七十四尺而至于泉，呼音中羽。……命之曰一施，七尺而至于泉，呼音中徵。……凡听徵，如负猪豕，觉而骇；凡听羽，如鸣马在野；凡听宫，如牛鸣窌中；凡听商，为离群羊；凡听角，为雉登木以鸣，音疾以清。凡将起五音，凡首先主一而三之，四开以合九九，以是生黄钟小素之首以成宫。三分而益之以一，为百有八为徵。不无有三分而去其乘适足，以是生商。有三分而复于其所，以是成羽。有三分去其乘适足，以是成角。

此节喻五声之情，非常形象化。于五施当五音之次，始于徵而终于角，与曾侯乙墓所得之次相同，确为当时之次无疑。至于将起五音之数，即三分损益律。示其算式如下：

$$(1\times 3)^4 = 81 \quad 黄钟\quad 宫$$

$$81\times \frac{3+1}{3} = 108 \quad 徵$$

$$108\times \frac{3-1}{3} = 72 \quad 商$$

$$72\times \frac{3+1}{3} = 96 \quad 羽$$

$$96\times \frac{3-1}{3} = 64 \quad 角$$

上式为五音生生之次，合上五施之序，宜以下图示之：

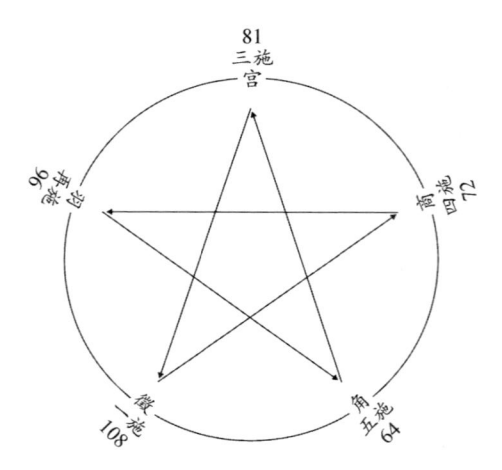

此三分损益律，及由黄钟之数以起五音，仍当以声学之理说明之。凡乐之成律，贵得周期之变。以黄钟之振动数，倍之或半之，其音仍为黄钟，唯倍则浊而半则清。此标准音叉所以必取二之倍数，以便半倍。故定一振动数与其倍数或半数间，即为乐律之周期。

今以比数言，宜"凡首先主一而三之"者，分声波为三，仅起五音，故四开已足。如及十二律吕之比数，当为十一开。"开"为管子时之数学专门名词，犹今曰"乘方"。以乐理言，周波间取乐律，其比数愈简单，其音最谐和。故除本律之清浊外，比数莫简于三分，此三分损益律所以为古今中外乐律之本。吾国于管子时，已明确有三分损益律之记载。尤重要者，宜注意"小素"之"素"字，此必为弦乐器之弦，犹汉京房所用之准。凡定乐律，首当取黄钟律管之长，若起三分损益之比数，须准弦乐器。由曾侯乙墓乐器之铭文观之，可推得其必用之琴弦。然则京房之用准，已非首创，实恢复古法耳。

至于十一开之数，《淮南子》中有记载，然已不用"开"字。《淮南子·天文训》曰："……十二各以三成，故置一而十一、三之为积，分十七万七千一百四十七，黄钟大数立焉。凡十二律。"考十二律吕之名，今见于《吕氏春秋》，尚为先秦之书，《季夏纪》二曰："黄钟生林钟，林钟生太簇，太簇生南吕，南吕生姑洗，姑洗生应钟，应钟生蕤宾，蕤宾生大吕，大吕生夷则，夷则生夹钟，夹钟生无射，无射生仲吕。三分所生，益之一分以上生。三分所生，去其一分以下生。"此十二律吕，后简称为十二律，与原意已不同，如管子唯称十二钟，律则唯六，他六名吕，《周礼·春官·大司乐》名"六律六同"。

凡律为阳声，吕为阴声。阴阳声者，依奇偶分之以五声言，如黄钟宫为阳声，生林钟徵为阴声，又生太簇商为阳声，又生南吕羽为阴声，又生姑洗角为阳声。计五声中阳声三阴声二，即有《周易·说卦》所谓"参天两地而倚数"之象。又知五声中后世以宫为首，管子时以徵为首，盖阴阳声之变化。由是合诸十二律吕，凡黄钟、太簇、姑洗、蕤宾、夷则、无射为六律。大吕、夹钟、仲吕、林钟、南吕、应钟为六吕，犹《周礼》之六同。若于《国语·周语》，又有六间之名，释十二律吕之义，殊有可取。录示如下。

王将铸无射，问律于伶州鸠，对曰：'律所以立均出度也。古之神瞽，考中声而量之以制，度律均钟，百官轨仪。纪之以三，平之以六，成于十二，天之道也。夫六，中之色也，故名之曰黄钟，所以宣养六气九德也。由是第之，二曰太簇，所以金奏赞阳出滞也；三曰姑洗，所以修洁百物，考神纳宾也；四曰蕤宾，所以安靖神人，献酬交酢也；五曰夷则，所以咏歌九则，平民无贰也；六曰无射，所以宣布哲人之令德，示民轨仪也。为之六间，以扬沈伏而黜散越也。元间大吕，助宣物也；二间夹钟，出四隙之细也；三间中吕，宣中气也；四间林钟，和展百事俾莫不任肃纯恪也；五间南吕，赞阳秀也；六间应钟，均利器用俾应复也。律吕不易，无奸物也。细钧有钟无镈，昭其大也；大钧有镈无钟，甚大无镈，鸣其细也。大昭小鸣，和之道也。龢平则久，久固则纯，纯明则终，终复则乐，所以成政也，故先王贵之。'

能明此律吕相间之阴阳声，庶可见曾侯乙墓中，唯六律全同。古今文字之异依次于下：

黄钟——黄钟　大矣——太簇　割　——姑洗
妥宾——蕤宾　犀则——夷则　无铎——无射

考六律之名，除黄钟外，皆有所异。然名异实同，有以见文字之变化云。若其相对位置，五律符合旧传，仅"犀则"一律，作为申国之律名而独出，尚无从判别其相对位置，是否符合旧传。实则确与旧传符合，理极简单，试述如下：

考申国者，位于南阳宛县，郑武公娶焉。见《左传·鲁隐公元年》。其国所以取"犀则"一律者，以申字当地支之申。盖十二律吕，恰当十二地支。既本诸黄钟一律，自古以黄钟属子，依次序之，"犀则"当申，宜为申国所取，国土之位相对于洛阳郑州，亦略当西南。且分野之理，本诸初封之时，尤具时位之宜。凡六律属地支为子寅辰午申戌，今曾侯乙墓中之六律，五律全同旧传，唯"犀则"因申国国名而另置，而申在午戌间绝无异议，故"犀则"一律之相对位置，必在妥宾、无铎之间。

因可肯定六律之位，与古籍所记载全同，天下同耳，即以此六律，为当时各国所通行。至于阴声六吕，或各国异名，今曾侯乙墓中，有二吕同名，而音实不同，即亘钟——夹钟，于地支位于卯。雠音——应钟，于地支位于亥。而其音实，亘钟当清姑洗，于地支位于辰，雠音当清黄钟，于地支位于子。究其所以然，盖已合汉京房六十律之音。亘钟者犹南授，雠音者犹色育。所以用此二吕者，雠音为宫，亘钟为角，准此二音，徵商羽三音已在其中，仍借用京房六十律之名，示之如下：

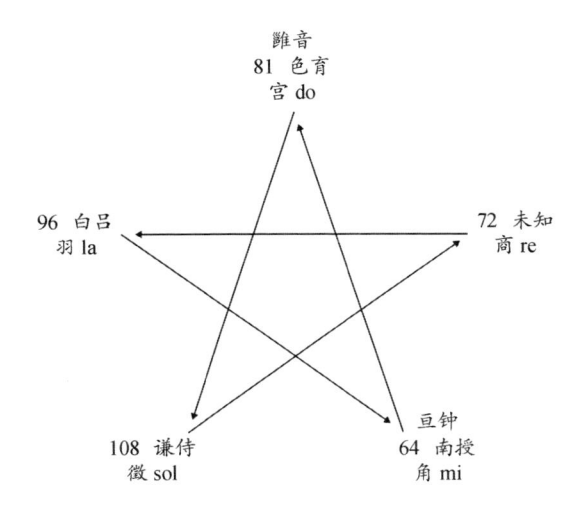

```
            雠音
            81 色育
            宫 do

96 白吕                    72 未知
羽 la                      商 re

    108 谦侍           亘钟
    徵 sol            64 南授
                     角 mi
```

更以五音合诸十二律吕，凡宫商间一律而为一整音，商角间一律而为一整音，角徵间二律而为一整音又半，徵羽间一律而为一整音，羽宫间二律而为一整音又半。乃于角徵与羽宫间，势必各增加一半音，此所以有"变徵""变宫"而成七音。

据伶州鸠之言，知吾国之七音起于武王伐纣之时，乃曾侯乙墓中已明确有"变徵""变宫"之名，则伶州鸠之言可信之。或以黄钟子为宫，则应钟亥为变宫（si）已无疑，然蕤宾与仲吕间，究以何者为变徵（fa），本有不同之说。三国吴韦昭注伶州鸠之言，盖以蕤宾当变徵，实则未是，考《淮南子·天文训》之言，本有和与缪之辨，或取蕤宾是谓缪，或取仲吕是谓和，此与曾侯乙墓中之"穌"（孯曾），音义全同。唯其十二个半音，于同一套编钟上皆全，乃证《礼记·礼运》篇所谓"五声六律十二管还相为宫"之言，绝非空论。

除上八名（六律二吕）外，尚有十八个异名，以见各国之十二律吕，计楚有十一律，即穆钟、坪皇、文王、新钟、兽钟及其浊共十律，又吕钟无浊。晋有二律，即槃钟、六㪤。齐国有一律，即吕音。周有一律，即刺音。曾国有三律，即雔音、嬴孠、浊割肄。

此初步可测春秋战国时，各国之乐律标准音，继之可求得各国之度量衡制，此于了解当时之社会，有极重要之关系。

更以音域言，从"楬钟"倍低组 C_2 开始，至琥钟、嬴孠钟之最高音 C_7 止，跨五个八度之多，较今之钢琴，约两端各少一八度。此以编钟言，如合琴瑟论其音域，或尚可多于七个八度，盖必已尽耳所能闻之声。今以标准音义推其音域，如始于八而终于四千有九十六，计有十个八度。

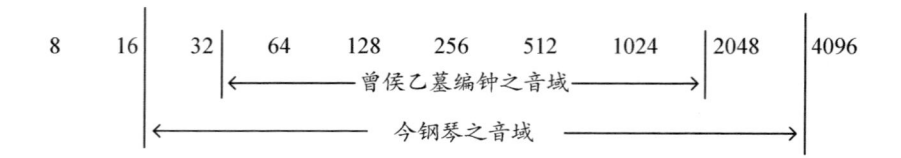

```
 8    16  | 32   64   128   256   512   1024  | 2048 | 4096
            ←————曾侯乙墓编钟之音域————→
          ←——————————今钢琴之音域——————————→
```

于两端，实非耳能闻之乐音。虽然，如能专心致志，确亦能较一般人多闻若干音。《庄子·人间世》有言："仲尼曰：'若一志，无听之以耳，而听之以心；无听之以心，而听之以气。听止于耳，心止于符。气也者，虚而待物者也。唯道集虚。虚者，心斋也。'"由心斋以闻弦外之音，今于若干休止音符时，有其象焉。

总上所述，仅明三分损益律，实则由十二律吕而成京房六十律，至五十四律"色育"起，音差已不同，故能超出三分损益律之范围。然此系汉代之事，理同十二律吕之超出五声或七声制。今由曾侯乙墓之乐律论，不但有十二律吕，且已超出三分损益律，凡京房之说，实恢复古律而已。其关键在角声之变，则三分损益律即成谐律。凡协和音程，其比数见下表。

协和音程比数表

一度	小三度	大三度	四度	五度	小六度	大六度	八度
1∶1	6∶5	5∶4	4∶3	3∶2	8∶5	5∶3	2∶1

尤要者，以协和音程，尚未足以尽种种不协和之人情，乃三分损益律，仍为乐律之本。明宗室朱载堉于万历二十三年（公元1598）上其《乐律全书》，是当十二平均律，因其未合自然，故吾国未行。不期德人魏克米斯特（Werckmeister，1645—1706）于1691创十二平均律，与朱氏全同。因其便于转调，乃在西方盛行，迄今之钢琴仍用此十二平均律。

直至二十世纪，始有重视其不自然，而有改革乐律之说。其本仍不外三分损益律与谐律而已，故曾侯乙墓之乐律复现，不仅吾国有影响，对整个音乐界及今后之乐律改革，皆有影响。此事殊宜注意，须进一步研究，似当由京房之六十律入手。转调之法，则应从《淮南子》"和"与"缪"音入手。本之以结合实物而推得其理论，

278　　　　　　　　　　　　　　　　　　　　　诗　说

方可明我国春秋战国时之音乐水平。尚有一重要特征，我国之乐律，非但通乎度量衡，尚通乎天文历法，其联系处亦极自然。

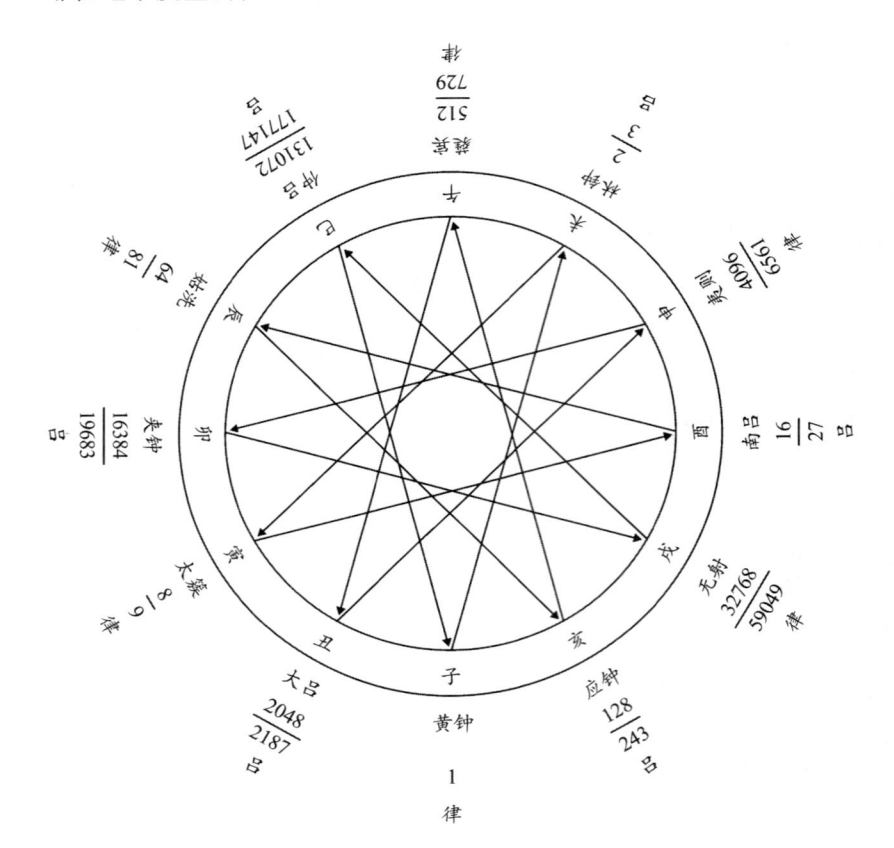

```
                        夷则 512/729 律
              南吕 1771147/1310172 吕        姑洗 3/2 律
                                        夹钟 6561/4096 吕
      仲吕 81/64 律
                                              南吕 16/27 吕
      夹钟 19683/16384 吕
                                              无射 59049/32768 律
      太簇 8/9 律
                              应钟 128/243 吕
              大吕 2048/2187 吕
                      黄钟 1 律
```

附录四

潘雨廷先生信札（附简注）

1. 潘雨廷和金德仪致佛学家单培根

1983年4月24日

培根兄文席：

　　来函收悉。即日来沪，不胜欢迎。大著《摄大乘论》初稿完成，先此祝贺，见面时当恭聆教诲。

　　此次来沪寓于张府，约定于二十九日来舍下，同赴校中访周老，甚好。请于是日上午七时半至八时到舍下，可同赴校中。适是日上午九时校中有事，故八时一刻同往极方便。

　　至于乘24路车至舍下，于老西门终点站上车，至文化广场下车，已是复兴中路陕西路口，再直行向西至1350弄即是，尚须步行约10分钟左右。一切面谈。即问

近祺

弟潘雨廷敬上

按：信札Ⅰ。○原信下附乘车路线示意图，日期本有。○单培根（1917—1995），字根土，浙江嘉兴人，业医。善佛学，精法相唯识。○周老，即周子美（1896—1998），版本目录学家，华东师范大学教授。

培根兄如见：

　　此次来沪，畅谈殊快，惜为日未多，尚少请益。秋后有兴，可再次来沪。日前已遇陈世忠兄，知与顾老交谈之情况。又往访程叔彪老居士，亦谈及"楞严百伪"问题。程老心知其非，然不愿为文。未知　吾兄已有大作否。佛学分院讲课是否有进展，此事周老子美认为佳事，如能成功，确有甚大之功德。

　　留在舍间有《论零》一书，系陈晓耕所著。全书翻阅后，理亦可取。老子曰"道可道非常道，名可名非常名"，今固执今日之名而有以通之，似可不必。以数言，"〇"有无穷无尽的内涵，则何必执可道可名之道名。故希望作者直接研究宇宙人生，不必盘旋于前人对宇宙人生已有的名相。拙见如此，是否有当，请吾兄教正。原书奉还。

　　下周将赴京参加全国宗教学学会，约一月回沪（尚须至济南等处），一月后可再通信。庄老前请代致意，恕不另笺。

　　另附寄拙作《周易象数与道教》一文，请予斧正为幸。敬此函达。并颂
暑祺

弟潘雨廷敬上
7.11

按：信札Ⅱ。〇网上此信未附《周易象数与道教》。〇陈世忠，佛学研究者，顾康年弟子，生于1940年。〇顾老，即顾康年（1916—1994），佛学家。〇程叔彪（？—1981），佛学家。〇庄老，即庄一拂（1907—2001），浙江嘉兴人，昆曲度曲家。〇信中所及"全国宗教学学会"于1981年7月26—31日在北京召开，知此信写于1981年7月11日。

1983年10月19日

培根兄如见：

久未复信，歉甚。昨接来函，知有访沪之行，然未知是否有时间之限。因近日弟适有长沙之行（21日离沪），约半月回沪。如其他友人与时间无关，则能于下月10号后来沪，定能在沪畅谈。

适在校中又与周老谈及此事。周老极佩服吾兄佛学有基础，惜未能大展弘图。未知近日有何大著，念念。北京之事是否有发展，周老极关心。

此次去长沙后，又将去湘潭。回沪时可能杭州住一二天，因浙江图书馆须翻阅四库抄本，最近可能印若干种道书，如《黄庭经》《悟真篇》等，详情当面谈。希望能于下月中旬来沪，不胜欢迎。专此函复。并颂

撰祺

弟潘雨廷上

按：信札Ⅲ。○日期原有。

培根兄如见：

承介绍庄老等，畅聚一日，获益良多，叨扰厚宴，盛情心感。庄老如来沪，请先函告，当趋前问候。

近日工作略忙，未早通信，当不见怪为幸。前日收到手书及照片一帧，专此致谢。

《中国佛教》第一辑，有友人谈及，亦未见。上海或可购得，等一二天友人将带来，待看到内容后再可奉告。据说将出八辑，原为向国外发行，今则国内亦有，似有黄忏华之遗作。

于顾居士处，见　吾兄之大著，评《原人论》及《龙树因缘所生法偈》与《天台宗空假中三观解》，已借来拜读。分析精微，判断明确，不胜敬佩。与其他大著宗旨仍同。至于天台与贤首两宗，本已中国化，与印度西域之佛法确有差别。虽然以发展看，以动观不以静观，似亦不能肯定"根本没有相同处"。因由静而动，对能认识有变化，此决非文字语言可尽，则所认识自然亦变。是否有当，便请教正。顺颂
净祺

弟潘雨廷敬上

　　附数日前写出的《论道藏中所用的十二辰次》一文，请郢正。雨廷又及

按：信札Ⅳ。○后附《论道藏中所用的十二辰次》，潘师母手迹。同题文已收入《道教史发微》，此略彼详。○《中国佛教》第一辑出版于1980年4月，信中又提及曾与庄老等"畅聚一日"，发布这批书信的博客上也公布了一帧四人照片，照片背面附说明，"单培根、庄一拂、潘雨廷、郁功圭一九八〇年五月十八日岁次庚申四月初五日摄于南湖"，知此信写于1980年5月18日后不久。

培根兄如见：

　　日前之函，谅已收到。然于三日晚车经过贵地，因种种原因，未能下车，专此致歉。庄老处望郑重道歉。

　　实则沪与禾，交通极便，当日即可往返。以后星期日，不知庄老与兄等是否有暇。近日天气甚佳，五月份尚有11、18、25三日，拟选定一日，专程拜访如何。

附录四　潘雨廷先生信札（附笺注）

　　庄老之曲已久仰，惜未识荆。以文会友，固人生之一乐，暂定18日晨来禾如何？
　　此番游天台，除随喜国清寺外，拟一访唐司马承祯、宋张伯端之遗迹，结果一无所得。当年与国清寺相似之桐柏观，已全部潜入桐坑溪水库。沧海桑田，何足怪哉。惟《参同》《悟真》实属道教中重要文献，司马之继汉以启宋，关系至为重要。惜今日于道教之遗迹，尚未引起国家注意。专此函达。即颂
近祺
　　　　　　　　　　　　　　　　　　　　　　　弟潘雨廷敬上
　　　　　　　　　　　　　　　　　　　　　　　　　五、四

按：信札V。○"禾"即嘉兴。○据上"照片说明"，此信写于1980年5月4日。

培根兄如见：
　　玉函早已收悉，承　介绍庄老。日前洪凌源兄曾提及，惜夏日旅过贵处，未及往访，失之交臂。然此次庄老莅沪，又未知居处，故未能往访。即日过春节，或已返乡，则又无缘见面。然来日方长，80年春夏间，有赴杭之约，如能旅杭，定将又访贵地，届时当可见面。
　　校中所讲之《周易》，记其纲领已油印，特寄赠一份，请指正。庄老精于曲，弟对研究生亦讲过乐律，有油印《论乐律》一文，亦寄上，请指正。便呈庄老，有以下教为幸。至于道教问题，须直接研究道藏。正统藏涵芬楼影印本，凡一千二百册，初步计划一年，粗读一遍，然后择要研究。本已读过之数十种，更可加以连贯。今依次粗读，仅及什之一二，其与佛理，颇多相似，然仍有其特色。

取法乎《易》，更为常事。故道教者，竟可视之为《周易》之宗教化。于文革前曾屡访徐师颂尧，惜已仙逝。未知贵乡今尚有曾研读道藏者乎，便请一告。日前有上海气功门诊部（属龙华医院）往温州访得一老道，名倪诚圭，年86岁，属正统教即龙门派二十四代，善气功，故已得当地卫生部门重视。如何发展，今尚未知。然于中医理论，确有关系。又除养生外，于天文亦极精深，如《参同契》所谓"始于东北箕斗之乡"，其实本银河言。此箕斗之乡，确为银河系之中心（今日之银河系坐标，即以此点为中心），能不钦佩魏伯阳观天象之有得乎。附寄《周易参同契简介》一文，亦请教正（所附之天象图，本《史记·天官书》，由朱文鑫之图加箕宿，即成《参同契》所指之天象）。

　　凌源兄久未通信，如春节回禾，请代致意。雪光师、勤和女居士皆代为致意，恕不另笺。专此函达。顺颂
春节如意

弟潘雨廷敬上
二，十四

按：信札Ⅵ。〇徐颂尧，西派汪东亭弟子，生于清末，卒于"文革"期间。著有《天乐集》。〇信中提及"80年春夏间"计划，则此信当写于1979年2月14日或之前。

培根居士道席：
　　十月底惠书及《金刚经》，皆已收悉。未能及时奉复，歉甚甚。二月来为后母丧葬事，于诸事皆有影响。断七后，骨灰已安葬于姑苏。凡三次往返，始于日前办妥。忆于二十四岁时，生母弃养，翌年先父续娶此后母，迄今恰三十年。世事无常，本来如是，然不可

不聊尽人事。

近月来师大工作又较忙。有一事可奉告者，校中图书馆有全部道藏，然绝无人翻阅。不期国外竟有专研道藏者，今年九月份在瑞士召开国际道教会议，吾国派二位学者参加，会后即邀请主持者访华。日前已来沪，须要研究《正统道藏书目提要》。目前读道藏者较读佛藏者更少，可云已绝。故道藏之书目且未知，何能明其内容而作提要。而知法巴黎十大图书馆藏有十部道藏，皆有专人在研究，由是我国亦不能不略加注意。近日由弟一人先在校中整理道藏，发展如何，后当续告。佛教方面今知《大唐西域记》已在重校重注，校勘部分由友人范祥雍兄负责。范兄校勘《洛阳伽蓝记》早已出版，工作极精细。今拜读 吾兄诸文，实堪媲美。迨出版佛学刊物，当可发表。又悉佛教研究处，拟设在苏州灵岩山，何日成立仍难预料。

周老在校中，每日见面，极钦佩 吾兄，宏法利生，当仁不让。知之行之，于实践处尤为重要，非仅考证而已。太虚与欧阳竟无两系，其二乎一乎，似非文字语言所可尽。未识 吾兄以为如何。适收到12月3日之书，随即回信。有劳久候，再请恕之。敬颂
净祺

潘雨廷敬上
12.4 晚

禾地诸善知识，请代致意，恕不另笺。

按：信札Ⅶ。〇范祥雍（1913—1993），文史学家，著述有《洛阳伽蓝记校注》《宋高僧传》（点校）等。〇信中言及"今年九月份在瑞士召开国际道教会议"，即1979年在瑞士召开的"第三次国际道教研究会"。据此，信当写于1979年12月4日。

培根居士如晤：

今年五一节，有已在天台山之张居士相约，将往旅游数日。回沪时如有便，定愿再莅贵处，并可一会庄老。约在三日或四日，如四日不到，已有他故，惟能下次再见。如到禾，仍先访陈府。特先函告。即颂

如志

弟潘雨廷谨上
四、十八，赴天台前

按：信札Ⅷ。〇据上五月四日信，此信写于1980年4月18日。

单老如晤：

顷接来函，蒙细读《周易浅述》并能指出正误，不胜感激之至。益使我钦佩单老学识深渊，治学谨严。

弟即于26日启程赴武汉参加全国易学讨论会，会期为5月30—6月6，即于10日左右返回上海。盼单老在酷暑前能来沪畅聚，或有机会，弟亦将趋嘉兴一日，以访诸友。具体日期，能否成行，以后通信联系。敬此 并祝

撰祺

潘雨廷
5月24日
金德仪执笔

按：信札Ⅸ。〇信中所及武汉"全国易学讨论会"，即1984年在武汉召开的全国性易学讨论会。据此，信当写于1984年5月24日。

附录四　潘雨廷先生信札（附简注）

单老：您好！

　　潘先生近日因公去武当山，约国庆前回来。

　　谢谢你介绍我们认识乐居士。这次去普陀，使我们在住与食方面取得极大方便。七月底回上海后，即有信去嘉兴向你道谢，次日接信，才知你已到了厦门南普陀。

　　厦门风景很佳，尤其鼓浪屿。南普陀香火很盛，现在又恢复闽南佛学院，培养更多佛门弟子，增加佛学哲理思想，单老也有功一份！

　　寄来讲义一卷已收到，因潘先生不在上海，免你记挂，特此草草不恭先复。等他回来以后再寄信向你问好。即此　并祝
秋祺

金德仪
9月16日

按：信札Ⅹ。○单培根居士于1985年退休后即应闽南佛学院之邀赴闽讲学。据此，信当写于1985年9月16日。

（黄德海录文。信札排列方式依网上发布次序，原来发信的次序应该是Ⅵ、Ⅶ、Ⅷ、Ⅴ、Ⅳ、Ⅱ、Ⅰ、Ⅲ、Ⅸ、Ⅹ。原帖地址：http://blog.sina.com.cn/s/blog_9ed6cce4010185sc.html。）

2. 潘雨廷致沈延发、卢松安、刘公纯

延发先生文席：

忽奉玉书及大作《易学新论》一册，喜出望外，爽然久之。因暑假中未至校，前日始见到，未能及时复信，歉甚。

文革前与令尊令兄有数载之交往。令尊于文革初期避乱来沪，尚屡屡拜访，畅谈易理，而今回忆，历历在目，前辈风采，足为楷式。令兄虽在沪，然地处市郊，未能经常见面。文革后不时念及，为俗务所羁未能赴苏会面。及闻令兄逝世，不胜感慨系之。

当年曾从薛育津先生等，专车由沪来苏，会见令尊以交流易义，可属近代易学史上之佳话。今见自得斋丛书书目预告中，有为"易与物质波量子力学"（1937）加以说解校订。此书为薛师早年所著，曾自加补正，其后出版"超相对论"（1946）。最后曾合此二书，另有心得而著成"第三八卦"。此书稿本尚在，有兴可共同研究之。

今已有全国易学组织，第一届"中国周易学术研究讨论会"于1984年在武汉召开，决定三年一次。第二届会议，将于今年12月在济南召开。如有兴趣，拟恭请参加。

附上拙稿《易学史简介》等，弟参加第一届会议时之论文，请加斧正。近年来正在写包括哲学、宗教、科学三方面之易学史。迨秋凉后造府谒见，以谈易理之缊。余容续告。敬此函达，顺颂

撰祺

潘雨廷

9.2

舍间地址为　　上海复兴中路 1350 弄 3 号
工作地址为　　上海华东师大古籍研究所

按：信札Ⅰ。○沈延发（1915—2001），浙江钱塘人，生于上海，有易学著作多种，苏州市周易研究会会长。其父沈瓞民（1878—1969），辛亥革命元老，著名学者。其兄沈延国（1914—1985），章太炎学生，著述有《逸周书集解》《周易证释》等。○薛师指薛学潜（1894—1969），无锡人，潘雨廷先生的老师。○"风彩"现多用为"风采"。○第二届"中国周易学术研究讨论会"于 1987 年召开，知此信写于 1987 年。○网上贴出的信未附《易学史简介》，此文已收入《读易提要》。

延发先生文席：

　　尊称不当，既属同辈，年纪反小。不日有缘，当可觌面畅谈。近日赴成都，参加"道教与中国传统文化学术讨论会"（11 月 19—26 日），返沪未久，又将参加《周易》会议于济南。当收到大札后，随即去信济南山大哲学系刘大钧同志，此次会议基本为刘所安排。如尚能有名额当补发通知，希望在会议上见面。不然在会议结束后，定当专程来苏拜访。来苏前当先函约定日期。

　　此次杭州的气功古籍学术研讨会，主要提出《参同契》与《悟真篇》二书，然虽已接到通知，基本不能参加。吾兄有兴参加，不妨直接与"杭州市天目山路 26 号浙江省气功科学研究会办公室胡雅

附录四　潘雨廷先生信札（附简注）

萍同志"联系。

　　近年来出版问题最麻烦，易学著作更难。至于沈宜甲之书，似无价值而反出版，可见编辑者对易学尚未能认识。此一问题很难解决，近有不科学之思想又借易学以言，尤宜注意。总之是一复杂问题，见面后可畅谈。

　　重庆斐然先生有所心得，载治先生未深知。冯子道同志曾通过信，其书尚未见。莫善钊同志则屡次见面，对易学极其兴趣。以后有机会，确宜为易学之发展，多多交流。

　　薛师之《易与物质波量子力学》及《超相对论》二书，晚年亦自加修订。修订处亦存，见面时亦可相示。专此函复，即问撰祺。

弟　潘雨廷　上

11.21

按：信札Ⅱ。○"道教与中国传统文化学术讨论会"于1987年年底召开，知此信写于1987年。○斐然先生指霍斐然，1931年生，四川巴县人。○载治先生当指于载治，曾发表易学文章。○冯子道，1936年生，江苏无锡人，科技工作者，曾任中国科学院成都分院总工程师。○莫善钊，即莫善朝，善钊是别名。1949年生于广东汕头。

延发先生大鉴：

　　半年前敬悉　苏州市周易研究会成立，拟复信时已四月初。知　大驾远游以致迟迟未复，歉甚甚！

　　今又承赐函告知　苏州市老年大学设立《周易》专业讲座，殊难能可贵。

　　有关易学问题，内容复杂，非通信可尽。神交既久，当觌面交

流。弟愿来苏一次专程拜访，暂定这月十四日（下星期三）来苏如何？便望函复。敬此顺颂

撰祺

也六先生处请致意，恕不另笺。

潘雨廷

10.3

复函寄舍间可早日收到　　廷又及

按：信札Ⅲ。○苏州市周易研究会成立于 1988 年 2 月，知此信写于 1988 年。○王也六，苏州市周易研究会副会长。

延发尊兄，您好！

十月下旬，弟赴北京，在体育学院及中医学院等处讲课，于十一月中旬返沪。未能及时通信相告，歉甚！

又 12 月 12 日将来苏，于苏州大学参加唐蔚老之无锡国专全国校友会成立大会，然仍为一日往返，或未能造府畅叙。

今决定 12 月 15 日（星期四）在沪恭候 大驾光临舍间。火车到沪，于南面出口处出。乘 113 路（票价一角）至江苏路下车。再于斜对面乘 96 路（票价 5 分）至汾阳路下车。斜对面即复兴中路 1350 弄（详见下图）。于上下车时，不必寻江苏路、汾阳路，同为路对面即是。

至于 15 日是否有暇，暇则不必再通信，弟一准在家。如无暇或临时有事，不妨 12 日至苏州大学当面再约他日亦可。且薛师晚年尚有《第三八卦》巨著（包括前二书而更有发展）现在弟处。故当请 吾兄来沪一道翻阅之，以便共同注解之，研究之。敬此函复

附录四　潘雨廷先生信札（附笺注）　　　　　　　　　　　　　　　299

顺颂

撰祺

弟潘雨廷
12.5

按：信札Ⅳ。○《潘雨廷先生谈话录》一九八八年十一月二十日："先生归。去北京三周，为北京体育学院等讲养生理论。"知此信写于1988年。

卢老赐鉴：

　　久仰隆德，未识荆为憾。戋戋一文，视为同道，愿任推荐，厚赠资斧，幸何如之。三十余年来，后学一心读《易》，寄居江南之易家唐蔚芝、周孝怀、马一浮、沈瓞民、熊十力、金巨山、丁超五、杨践形、薛育津、王欣甫诸老，皆曾觌面受《易》，惜俱已作古，且未闻有继承学《易》者。今沪地未遇一人谈《易》，能不慨然。若居京之读《易》者，自当以 卢老为首。时不可失，亟愿来京问《易》，寻访师友，以明今后数十年读《易》之方，推存（整理者按，应为陈）出新，古为今用，于四个现代化中起应有之作用，志所在焉。承寄《滋溪老人自传》一文，当年 卢老寄赠杨师践形时，后学曾拜读。《易学群书平义》一书与拙著《读易提要》相似，他日能读全书，当可借镜。未知黄老寿祺之近况如何。肃此函达，顺颂

道安

后学潘雨廷敬上
九，十四

按：信札Ⅴ。○1977年刘公纯曾向卢松安推荐潘先生，此信应写于此年。○卢松安（1898—1978），北京人，尚秉和弟子，曾任职于

北京市文史馆。1978年，卢将收藏的1 046种3 534册易学图书捐赠山东图书馆，特设"卢松安藏易室"，并推荐潘先生赴济南协助整理。○唐蔚芝即唐文治。○周善培（1875—1958），号孝怀，祖籍浙江诸暨。著有《周易杂卦证解》、《辛亥四川争路亲历记》。○沈瓞民（1878—1969），名祖绵，字瓞民、迪民，浙江钱塘人。著有《三易新论》。○金其源（1789—1961），字巨山，江苏宝山人（旧属）。著有《诸子管见》、《读书管见》。○丁超五（1884—1967），福建邵武人。著有《易理新诠》。○杨践形（1891—1965），著有《易学讲演录》。○薛育津，即薛学潜（1894—1969），字育津。著有《政本论》《易与物质波量子力学》《超相对论》《天文文字》。○王欣甫，即王欣夫（1901—1966），原名大隆，字欣夫，号补安，以字行。著有《文献学讲义》等。○《滋溪老人自传》，即尚秉和《滋溪老人传》，收于《周易尚氏学》中。○《易学群书平义》，即《易学群书平议》。作者黄寿祺（1912—1990），字之六，号六庵。原件参看http://www.kongfz.cn/28493980/。

公纯兄赐鉴：

　　拜读大札，谨悉一一。承访贺、任二君，心感无已。若户口迁京，本非所望。任君允向沪方推荐，甚好。成与否，本未可必，弟实无非份之想，自问继续研易，于吾国文化及世界文化，关系甚大。有关部门当能注意及此。今见第二期《社会科学战线》载有于省吾之《周易尚氏学序言》一文，尚氏即尚秉和，卢松安之师。文中提及《焦氏易诂》，是书弟写有提要，特抄呈，以见尚氏治《易》之情况。是否有当，愿闻高见。此文即弟所写三百余篇《读易提要》之一，未识能否有发表之机会。若继续研《易》之方针有二，其一，于吾国所有之易著，愿加以整理；其二，取其精华，以古为今用，

附录四　潘雨廷先生信札（附简注）　　301

可合诸四个现代化之自然科学理论。此二点烦向任君说明，以便推荐。另附单位地址。近月来因胸闷，经心电图检查，知有冠心症，然尚无大碍，乐观精神如常。写作仍进行，唯速度放慢。承加关注，感谢感谢。日前接奉清平老人函，问及《虚云古德外传》抄本之下落，已函告吾兄北京之地址，谅已通信。一月来，沪地大热，于京避暑，得其机焉。每日是否读徐昂之易？若徐氏取象，每取变象，与尚氏不同，盖各有所当，宜并存者也。专此函复，顺颂

秋祺

弟潘雨廷敬上

八，十四

按：信札IV。○于省吾《周易尚氏学序言》刊《社会科学战线》1978年第2期，知此信写于1978年。○刘公纯（1900—1979），名锡嘏，字公纯。山西人，1927年毕业于燕京大学中文系，熊十力与马一浮的弟子。潘雨廷于1955年师从马一浮时认识刘公纯，1956年又因刘的介绍师从熊十力。○贺、任二君，指贺麟、任继愈。刘公纯拜访贺、任，推荐潘雨廷。又据《潘雨廷先生谈话录》一九八六年五月十六日，潘后来因刘公纯的介绍，见到了任，"与贺终缘悭一面"。○清平老人，即徐映璞（1892—1981），号清平山人，浙江衢州人，文史学者。四十年代与马一浮、张大千等人弹琴作诗，曾任浙江通史馆编纂。五十年代后长期居住在杭州。○《虚云古德外传》，待考。○徐益修（1877—1953），原名徐昂，南通人。著有《周易虞氏学》《周易对象通释》《河洛数释》等。原件参看 http://www.kongfz.cn/28493960/。

（信件I、III、IV、V、VI黄德海录文，信札II承王剑俊先生提供原件，应明录文。黄德海校订并简注，李阿慧、林潼、余一睿查

核部分信息。信札依写信时间先后排列。网上致沈延发信共4通5页，先录出3通3页，另1通2页清晰度过低，未能录出。原帖地址：http://www.kongfz.cn/his_item_pic_3333086/。此信后在网上拍卖，得见清晰件。参看 http://www.kongfz.cn/15356239/。）

3. 潘雨廷致张仁杰、王永嘉、应光荣、金文杰、徐京华

仁杰大医师：

您好！这次杭州气功会，想必开得很好！

我因武汉会议冲突不能参加，承介绍于载冶同志见面，聚谈甚欢。马春同志亦介绍夏双全同志谈气功，甚是投机。

这次会议论文数有限，不能全部满足。我的一份内尚需整理，有双份的即挑出，随后寄上。

现寄上我这次论文《易学史简介》及《读易提要》二册，请提意见，以供今后改正。我计划写《易学史》百万字，五年完成。即此 并祝

夏安

潘雨廷
84.6.26

按：信札Ⅰ。○张仁杰，生卒年不详，曾为杭州市第一人民医院医生。1986年曾参加北京全国易经学习班。○信中言及"武汉会议"，指1984年在武汉召开的"第一届中国《周易》学术讨论会"。○于载冶，即于载冶，前青岛市周易学会会长，曾发表《"丧羊于易"考释》等文章。○马春，1925年生于山东，曾任上海中医研究所副所长，著有《马家气功》《强身气功》。○夏双全（1953—2006），生于

湖北武汉，原武汉体育学院教授，后任职于广州中医药大学。著有《中华气功学》《观想养脑法》。

永嘉同志文席：

  来书及大著，已收到数月。约半年前校中体检，发现体内有肿瘤。因之住院详检并手术治疗，一切良好。三月后已复查，尚无妨。今始恢复工作，下学期起又能照常赴校。

  在此数月中，一般信件皆未作复，非常抱歉，万望恕之。

  大著已拜读，内容极有见地，功力殊深，洵佳作也。近年来正写易学史，观点颇多相近。进而对《左传》《国语》之成书年代及情况，亦可一考，方能确定《周易》的成书年代。未知有意于此乎？

  明年《周易》会议上，尚望更有大作，一新耳目。以后如有机会到宁，定将造府畅谈，恭聆高见。既有共同治学之目标，正可加强交流。此次正值因病，迟复数月，以后有兴，欢迎联系。近日尚在暑假中，特附上家庭地址，如能来沪，尤望下顾。敬此函复顺颂

暑祺

弟潘雨廷上
8.20

  家庭地址：上海市复兴中路1350弄3号

按：信札Ⅱ。○王永嘉（1923—2004年），别号壶斋，慈溪县黄山人。毕业于无锡国学专修学校，擅书法、篆刻。著有《周易新解》。○此信信封上有邮戳日期，为1986.8.21。

附录四　潘雨廷先生信札（附简注）　　　　　　　　　　　　　　307

永嘉同志文席：

　　来书收悉，近作《马王堆周易文字校证》定有心得，正待拜读大作。如是实事求是以研究《周易》，必将对《周易》能得较正确的认识，可喜可贺。

　　黄宗羲学术交流会知将召开，具体情况尚未闻，恐未能参加。即日将赴北京有会议，回沪后再可通信。先此函复　并祝

秋祺

潘雨廷上

9.3

按：信札Ⅲ。○信中言及"黄宗羲学术交流会"，于1986年10月20—25日在浙江宁波召开，知此信写于1986年。○信中言及"北京会议"为"第四届全国道教代表大会"，于1986年9月6—10日在北京白云观举行。

永嘉同志：

　　您好！

　　承赠　尊刻印章一方，又烦　令郎送至舍间，不胜感谢。令郎至舍间时，适因事外出，未能接待，心尤不安。望转向令郎致歉！

　　上次赴京返沪时，"国际黄宗羲学术交流会"已开过。我所现任所长李国钧教授亦参加，惜未及介绍。在京时相遇山大刘大钧同志，正在积极筹备明年之"周易会议"，并及易学与气功等问题。

　　于上月下旬又赴南京，参加全国医学会委托江苏省中医学会举办之医易讲习班，并共同研究中医与易学的结合问题，武大唐明邦教授亦参加。医易结合有实用价值，明年之"周易会议"上，亦将为重要内容之一。

大作《马王堆帛书周易文字校证》一文，定有可观，将继《周易作者考》后，又一篇不朽之作。当今之治《易》，正须有面对事实，作深入的研究。足下之治学精神，令人钦佩。刻印之刀锋，亦古雅淳厚，可见功力精深，修养有素。他日有机来宁，定将登门拜侯。敬此函复顺颂

时绥

潘雨廷上

12.14

按：信札Ⅳ。○李国钧（1930—2001），河南临颍人，华东师范大学教授，时任华东师大古籍研究所所长。○刘大钧，1943年生，山东邹平人，中国周易学会会长。著有《周易概论》《周易讲座》等。○信中言及"医易演讲班"为"全国首届医易学习班"，于1986年12月1—15日在南京举办，知此信写于1986年。○唐明邦（1925—2018年），重庆人，武汉大学教授，著有《周易通雅》等。

永嘉学长文席：

上次张文江同志返沪后提及，吾兄亦是唐蔚老之弟子，则属同门，尊称不当。

来书收到已久，因未详《周易》会议的情况，故何从作复。日前已收到通知，谅 吾兄亦已收到。约一月后又将在山东见面，快何如之。

大作《马王堆帛书周易文字校正》一卷，定有心得，宜设法全卷印出。已印之《周易新解》必能引起与会者重视。《周易作者考》实有新义，可云合乎史实。

美国之行因外汇紧张，未能参加，仅寄去论文，且往香港一行。

国外对易学确感兴趣，此次《周易》会议上有国外学者，当可相互交流。数月前在美国召开的是"第五届国际中国哲学会"，且于89年又将召开国际《周易》会议（亦在美国），故以后将增多交流之机会。上次会议，刘大钧赴美参加，对易学亦能初步交流。一般对作者问题尚未能深入研究，故具体阐明易学之究竟，仍当由国人努力。

专此函达 顺祝

撰祺

弟潘雨廷
11.9

按：信札 V。○唐蔚老，即唐文治（1856—1954年），字颖侯，号蔚芝，江苏太仓人，潘雨廷先生的老师。无锡国学专修学校创办者。○"何从作复"，疑当作"无从作复"。○"校正"应作"校证"。○"第五届国际中国哲学会"于1987年7月12—17日在美国加州大学圣地亚哥分校举办（The 5th International Conference of Chinese Philosophy, University of California, San Diego, July 12–17, 1987.），中国学者汤一介、何兆武、李德永、方立天、刘大钧等参加。知此信写于1987年。

应光荣教授：

您好！

日前外出数天，今日始回沪，迟复数日为歉。九月初曾来京，通电曹建同志，据说赴日，未知情况如何？故亦未能见面。

来函提及将出中国传统文化丛书，当然是极有价值的事业。顾问编委已及学术界有名者，此事必将有成就。先此预祝成功。

至于承邀担承编委，实无其德。以后如有拙稿及有价值之传统文化书，定将推荐，以利发扬中国传统文化。近年来学术著作的出版极困难，希望由此以走出低谷，则为中国学术界一大幸事，必当促其成。担承编委实不敢当。专此函复。并祝

撰祺

潘雨廷
1989.11.8

请代向 林中鹏、曹建等同志致意问好。恕不另笺！

廷 又及

按：信札Ⅵ。〇应光荣，1960年生，浙江金华人，合著有《消费资本论纲》。〇曹建，"大雁气功"修习者，先后师承杨梅君、姜宗坤。曾就职于中国科学院半导体所、北京中医药大学，主编《气功导论》。〇林中鹏，1939年生，中医文化学者，全国中医人体学研究专业委员会主任，著有《经络磁场疗法》。

金老道席：

大著已出版，可喜可贺。久未通信问候，歉甚歉甚！今又收到新作《理玄篇·下篇》，凡序诗五律一首及三十六首七律。详读三遍，略能成象。"时空立义先"与"请从律历着先鞭"，殊得易学之旨。由宋理而识京氏易，可免"汉宋分庭言喋喋，图经异趣复年年"。今后发展易学，必须兼及汉宋。

今年三月份承邀参加中日学术研讨会。双方学者近二十人，在北京举行。附上当时提交的论文，题为《易学的时空结构》。在会议上已经过讨论，今请金老郢正。

易学象数实为义理之本。舍象数而空言义理，自然有喋喋不休之争。若象数之变化，宜继承而发展。愿与金老共勉之，专心致之，

必将更有所得。敬此函复　顺颂

时绥

潘雨廷

1989.9.17

按：信札Ⅶ。○原件由金慧女士提供。○金老，即金文杰（1922—2001），自号宣阳子，湖南长沙人，易学研究者，著有《大易探微》。○"大著"指《大易探微》，潘先生曾受钱学森委托审阅此书，参见1987年8月7日钱学森致潘雨廷信（张文江《诗说》"又记"）。该书的提要，收入潘雨廷《读易提要》卷十。○《易学的时空结构》，收入潘雨廷《过半刃言·衇爻·衍变通论》附录中。

（以上信札七通，由林潼录文并简注。）

徐教授：

　　日前初次请教，获益良多。承介绍二书，已读毕。于 *The Physical Foundation of Biology* 一书中，M. Elsasser 提及旋转 60° 的抽象群（原书 186 页）。此一抽象群，既来源于 6 个变元的代数系统，亦宜以几何形象观之，实即（5维—6胞腔）之平面投影，可属五维非阿几何中之一种空间（于解释生物学之实验事实必有其用）。于 *Selforganization of Matter and the Evolution of Biological Macromolecules* 一文中，Manfred Eigen 用 "information box" 之概念极感兴趣，其形象宜始于克来因瓶，以当种种生物圈。或准 D. Hilbert 之基本方体言，属（4维—8胞腔），当 8 行 8 列之方阵。凡时间一维亦取空间之三分量，方阵行列之变，以示（4维—8胞腔）中之种种曲率。曲率之极致可取第一对角线及第二对角线之十六元素（A11-A88，A18-A81）以当此（4维—8胞腔）之十六顶点。此一形象，属四五维之际，犹摩比带当二三维之际（同书P.41即用以明化学结构式）、克来因瓶属三四维之际，谓之"information box"当有五维中心。其经验事实，由物理理论进化成生物理论（更以数理逻辑观之，已及谓词谓词之演算。悖论由是起，然非全成悖论，此即方法论中形式逻辑与辩证法之不同）。略述读后之拙见，请指教。以后仍望介绍有关生物学中理论性之文献。致以
革命敬礼

11.14

	S_1	S_2	S_3	S_4	S_5	S_6	S_7	S_8
T_1	O_{11}							O_{18}
T_2		O_{22}				O_{27}		
T_3			O_{33}		O_{36}			
T_4				O_{44}	O_{45}			
T_5				O_{54}	O_{55}			
T_6			O_{63}		O_{66}			
T_7		O_{72}				O_{77}		
T_8	O_{81}							O_{88}

按：信札Ⅷ。原抄件由张文江提供。〇按：收信人徐教授，经研究当指徐京华教授（1922—2003）（参见赵杨《关于徐教授其人及书信日期的考证》）。徐京华，上海市人，中国科学院生物化学所研究员，生物化学与生物物理学家。〇 M. Elsasser，即德裔美籍物理学家沃尔特·埃尔泽塞尔（Walter M. Elsasser, 1904-1991），研究理论物理学。The Physical Foundation of Biology（《生物学的物理基础》, London: Pergamon Press, 1958）一书，研究量子力学对生

物科学的适用性。○ Manfred Eigen，即德国化学家及生物物理学家曼弗雷德·艾根（1927—2019），研究化学分子动力学，1967年获诺贝尔化学奖。Selforganization of Matter and the Evolution of Biological Macromolecules（《物质的自组织与生物大分子的进化》，Naturwissenschaften, Vol. 58, Iss. 10, 1971, pp.465-523）一文，提出了关于生命早期生物化学主体结构的"超循环理论"。○据徐京华教授资料及此信致敬语推测，此信写于1977—1978年。

（以上信札，由赵杨录文并简注。）

后　记

　　《诗说》是潘雨廷先生的未成稿，此书以易象解说《诗经》，分析其中的结构，厘定每篇诗的位置，并演其大旨。此稿没有完成，然而大体已见，令人感到既幸运又遗憾。

　　全书分为四卷，《风》《雅》《颂》各一卷，第三卷在解说《周颂》的《雍》以后，于《载见》只写了一句话就中断了。《周颂》共三十一篇，《雍》《载见》位居第十七、十八，解说了一半多一点，以下《商颂》《鲁颂》阙。第四卷是《诗丛说》，多有阙文。存目十篇，完整保存的只有三篇。此外七篇，两篇有原文无述，四篇有图无说，还有一篇有目无文。

　　原稿一气呵成，字迹潦草，然而保存尚属完整，精彩之处，在在可见。参与整理多部文稿的叶沙女士，不顾辨识困难，毅然承担了打字工作，协助完成了录入和校对，使文稿得以清晰呈现。原稿没有列出《诗经》，整理时将原文植入，以方便阅读。全书完成后，由黄德海先生统校一遍。

　　《论〈诗经〉与〈楚辞〉》不在此书中，整理者找来作为附录一，以见《诗经》和《楚辞》的联系。遗稿中尚有《书赞》一页纸，无附注，列为附录二，作为读《诗赞》的辅助。潘先生阐发六经，另有《易赞》（附注），收入《易学史入门》，作为《潘雨廷著作集》的一种，由上海古籍出版社出版。

《序》中提到的薛师，指薛学潜先生（1894—1969）。文末所署的日期，重光大渊献指辛亥，即1971年；月旅大吕日临壬戌，指该年农历正月初十一，即公历2月6日。

张文江
2016年7月8日

又　记

　　《潘雨廷著作集》十三册十九种，上海古籍出版社于2016年9月出版。尽管存在种种不足，潘雨廷先生的学术思想，已大体可见。从1991年潘先生逝世算起，整理工作至今持续了二十五年，具体过程可参看各版的跋与后记。现在加上这本新的《诗说》，离全部著作的最终完成，又接近了一步。潘先生未刊遗稿已数量不多，希望还能整理出几种，将来作为《著作集》的《补编》。

　　除了"文革"中的损失，潘雨廷先生还有一些稿件没保存下来。整理者当年亲眼所见，潘先生绘制的关于多维空间的图表，后来在遗稿中没有看到。这些图表应该有几百张，每一卦每一爻都有对应，拼拢严丝合缝。图表的主要轮廓见于《易老与养生》的《论易学》一节，部分数据可参考《过半刃言、繇爻、衍变通论》的附录二和附录三。潘先生为《东周人物志》写的"晏婴"和"颜回"二条，各约四百字，也遍寻不得。

　　此外还有集外文，准备逐步搜拾。整理者在定稿时，决定增添附录三，收入潘先生信札，为整理集外文开个头。这部分信札来源于网上，分二组：1. 潘雨廷和金德仪致佛学家单培根；2. 潘雨廷致沈延发。前者收信札十通，时间为1979—1985年；后者收信札三通，时间为1987—1988年。由黄德海先生录文，并作简注。这些信札，对研究潘先生的思想和社会活动，有重要意义。

潘先生还有其他信札，此处提供两条线索。1987年8月7日，钱学森致潘雨廷，请审阅金文杰的易学著作。此信收入《钱学森书信补编》二，李明等编，国防工业出版社，2012年出版，第416页。金著《大易探微》，青岛出版社于1988年出版。此书的提要，收入潘著《读易提要》中，列第243种。以整理者所见，钱学森于1983年7月6日还有致潘信，可知两人的相识在此之前。此外，整理者还看到过任继愈1981年2月8日致潘的工作信件。

这些真实的遗物，是那个时代中人的所思所感。学术人物之间的交往和情谊，在平淡中有其动人之处。尤其是从事传统学问之人，与现实似断似联，更是息息相通。潘雨廷先生留存的照片不多，其中有一帧1963年（癸卯）薛学潜先生七十岁寿宴的合影，尚可见当时人雍容祥和的精神风貌。在可以辨认的参加者中，站在最边上的是著名画家张充仁（1907—1998）。不禁引人遐想，他们之间的关系究竟是怎样的呢？

当年潘雨廷先生逝世后，傅紫显先生几次示意整理者去他家聊天，然而阴差阳错，迁延未能上门。现在想来，真有追悔不及之感。

张文江

2017年2月16日

修订本补记

此次修订，请黄德海校对一遍。另外补入《论乐律》一文，取《诗》乐相成之意，作为附录三。

原附录三改为附录四。信札2本来有三通，新增三通，由黄德海录文并简注。其中沈延发的第四封信，网上的原件字迹模糊，上次未能录入，这次找到了清晰版本。新增信札3，收入近期搜集的信件八通，由林潼、赵杨录文并简注。计新增十一通。

潘雨廷先生的信札，保存着若干重要信息。

信札1谈到"于文革前曾屡访徐师颂尧，惜已仙逝"，涉及潘雨廷先生与道家西派的关联。徐为汪东亭（1839—1917）弟子，著有《天乐集》。潘雨廷先生为此书的易学部分写有提要（见《读易提要》卷十，236），其中说到徐"公元1964年仍在继续著述"，很可能是关于徐生平的最后记录。

信札2谈到薛学潜先生、潘雨廷先生当年拜访沈瓞民（1878—1969），畅谈易理。沈瓞民是民国元老，早年客居日本时，与孙中山、章太炎、陶成章、黄兴等交往，参与筹组光复会，又加入同盟会。1903年就读东京弘文学院时，沈与鲁迅为室友。杨践形先生为潘雨廷先生写的两篇序中，历数民国易家，有杭辛斋、黄元炳、曹元弼、徐昂以及彭俞、周善培、沈瓞民，两篇序中都提到他（参见拙稿"《杨践形著作集》序"）。

信札2中，多次提到薛学潜先生的著作《第三八卦》：

今见"自得斋丛书"书目预告中，有为《易与物质波量子力学》（1937）加以说解校订。此书为薛师早年所著，曾自加补正，其后出版《超相对论》（1946）。最后曾合此二书，另有心得而著成《第三八卦》。此书稿本尚在，有兴可共同研究之。

薛师之《易与物质波量子力学》及《超相对论》二书，晚年亦自加修订。修订处亦存，见面时亦可相示。

且薛师晚年尚有《第三八卦》巨著（包括前二书而更有发展）现在弟处。故当请吾兄来沪一道翻阅之，以便共同注解之，研究之。

《第三八卦》继承《易与物质波量子力学》（1937）《超相对论》（1946）而更有发展。此书现在找不到，或已返回薛家后人，或被借走而遗失。薛学潜先生的著作，今已初步成集（参见拙稿"《薛学潜著作集》序"）。《第三八卦》虽然缺失，依然有可能尚存天壤间，期待能重现于世。

信札3中，有一封信比较特殊。收信人徐教授，据考证为中国科学院生物化学所研究员徐京华教授（1922—2003）（参见赵杨《关于徐教授其人及书信日期的考证》），推测写于1977—1978年。信件的内容，涉及生物学、物理学与数学，可见当时中国学者对西方科学前沿的深入关注。

新增潘雨廷先生和师友的两幅照片。照片一拍摄的当天是梁漱溟八十五岁生日，原刊于《梁漱溟日记》卷首24页（上海人民出版社，2014年）。照片上共有五人，《日记》整理者标示了其中四人，第五人未说明是谁。按第五人即潘雨廷，今附记于此，以补全缺失。照片二搜集于网络。

张文江

2023年3月28日

图书在版编目（CIP）数据

诗说 / 潘雨廷著；张文江整理. -- 上海：上海文艺出版社, 2023
ISBN 978-7-5321-8856-7
Ⅰ.①诗… Ⅱ.①潘…②张… Ⅲ.①《诗经》—诗歌研究—中国
Ⅳ.①I207.222
中国国家版本馆CIP数据核字(2023)第185115号

发 行 人：毕　胜
责任编辑：肖海鸥
封面设计：张　卉 / halo-pages.com

书　　名：	诗说
作　　者：	潘雨廷
整　　理：	张文江
出　　版：	上海世纪出版集团　上海文艺出版社
地　　址：	上海市闵行区号景路159弄A座2楼　201101
发　　行：	上海文艺出版社发行中心
	上海市闵行区号景路159弄A座2楼206室　201101　www.ewen.co
印　　刷：	苏州市越洋印刷有限公司
开　　本：	720×1000　1/16
印　　张：	21
插　　页：	8
字　　数：	256,000
印　　次：	2023年10月第1版　2023年10月第1次印刷
Ｉ Ｓ Ｂ Ｎ：	978-7-5321-8856-7/G.390
定　　价：	98.00元

告 读 者：如发现本书有质量问题请与印刷厂质量科联系　T:0512-68180628